I0680514

LA SOMBRA DE ALÍ BEY
(PRIMERA PARTE)

¡MALDITO CATALÁN!
Albert Salvadó

Dedicado a la memoria de Albert Dumortier, «mon vieux Picard», con toda mi gratitud por sus enseñanzas y por su inestimable amistad. Fue más que un maestro, fue un gran amigo.

ISBN: 978-99920-1-926-9
Depósito legal: AND.200-2012

© **Albert Salvadó** ® **2011**
www.albertsalvado.com

Diseño cubierta: Sarabia Photo

ÍNDICE

PRINCIPALES PERSONAJES HISTÓRICOS

Addington, Henry	Político inglés. Jefe de gobierno en sustitución de William Pitt.
Barras, Paul	1755-1829. Vizconde de Barras. Miembro del Directorio francés
Carlos IV	1748-1819. Rey de España
Conde de La Unión	1752-1794. Capitán general de Catalunya
Danton, George Jacques	1759-1794. Ministro de justicia francés en 1792
Domingo Badía	1766-1818. Aventurero y viajero
Dugommier, general	1736-1794. Militar francés
Fernando VII	1784-1833. Sucesor de Carlos IV de España
Floridablanca, conde de	1728-1808. Secretario de estado de España entre los años 1777 y 1792
Jorge III	1738-1820. Rey de Inglaterra
Godoy, Manuel de	1767-1851. Primer ministro de Carlos IV
Grenville, William	1759-1834. Ministro de Asuntos Exteriores inglés (1791-1802). Jefe de gobierno (1806-1807)
Luis XVI	1754-1793. Rey de Francia
Marat, Jean Paul	1748-1793. Revolucionario francés
Maria Antonieta	Esposa de Luis XVI
Maria Luisa	Esposa de Carlos IV
Montgolfier, hermanos	Inventores franceses
Napoleón Bonaparte	1769-1821. Emperador francés
Pitt, William	1759-1806. Jefe de gobierno inglés desde 1783 hasta 1801

Ricardos, Antonio Ramón	1727-1794. Teniente general español
Robespierre, Maximilien	1758-1794. Director del Comité de Salvación Nacional francés.
Stewart, Robert	1769-1822. Político irlandés.

1 - EL HOMBRE DE MADRID

Por más vueltas que le daba la conclusión era evidente. Había visto demasiado a menudo que en política alguien puede convertirse en nadie en menos que canta un gallo y quien manda puede decidir que alguien que no es nadie adquiera importancia de la noche a la mañana. El problema, para él, era saber quién concede el poder de mandar, que es quien manda de veras. En esta vida quien manda es quien está por encima de uno. Esta norma tan sencilla es la base de una pirámide en cuya una cúspide se sienta alguien que es más alguien que los demás. Durante siglos la posición más alta la ocupaba el rey. El pueblo llano cree que el poder emana de Dios y que los monarcas lo han recibido de sus manos y en consecuencia son incuestionables. Tanto que para sustituirlos sólo había dos caminos: esperar a que mueran o matarlos. Sin embargo, el tiempo había atemperado la necesidad de soluciones drásticas, porque resulta evidente que el rey manda porque hay un pueblo que obedece. Aun así, los últimos acontecimientos contradecían un planteamiento tan simplista y el poder de los reyes había disminuido. Los ministros, como es natural, cambiaban con rapidez y su poder era efímero. Sin embargo, contaban con la ventaja de que no era necesario matarlos. Bastaba con destruirlos u obligarlos a dimitir. Así era la Europa de finales del siglo XVIII.

Alfred Gordon también había llegado a otra conclusión: los funcionarios siguen normas fijas que les permiten desempeñar su cargo con independencia de quien manda. Este juicioso proceder, que el tiempo y la experiencia han construido lentamente, evita el descalabro que tendría lugar si sólo dependiesen del capricho del nuevo ministro. Un ministerio es una máquina que se mueve aunque se produzca un relevo de responsabilidades, un cambio de orientación o un cambio en la política. Los funcionarios, son el engranaje del sistema, la correa de transmisión que interpreta las órdenes y las convierte en movimiento. Y, en ausencia de consignas, la inercia impide que el movimiento se detenga.

Por eso, invariablemente, a las diez y media de la mañana de cada lunes, miércoles y viernes, ni un minuto antes ni un minuto después, la puerta se abría y aparecía en el largo y ancho pasillo de las dependencias de los Servicios de Información de Su Majestad Jorge III de Inglaterra el cuerpo grande y redondo de Alfred Gordon. E invariablemente inspiraba procurando esconder el tambor que tenía por barriga y, por un instante, las carnes disminuían para retornar a su lugar tan pronto soltaba el aire de sus pulmones. Después, en un curioso ritual, repasaba sus medias, se arreglaba las puntas de los puños de la camisa, tosía para aclararse la garganta y, concluido este ceremonial, repetido desde el 7 de abril de 1790, día en que tomó posesión del cargo de comisionado para el análisis de estrategias de búsqueda de información, enfilaba el largo pasillo hasta alcanzar la puerta de sir Blum, el jefe de los servicios de información del ministerio de Asuntos Exteriores, con responsabilidad sobre el área del

Mediterráneo comprendida entre España, Francia, Italia y el norte de África.

Pero aquella mañana, cuando se arreglaba las puntas de los puños se sobresaltó.

—¡Ferguson! ¡Qué susto me habéis dado! —exclamó con rabia, y se agarró la barriga con ambas manos.

—Os aguardaba. El asunto es muy importante.

«¿Importante?», pensó Gordon. Ferguson era demasiado simple para entender el significado de esa palabra. La señora Gordon decía que aquel joven era muy educado y muy atento, pero él estaba al corriente de que, si ocupaba el puesto que ocupaba en la secretaría de Asuntos Exteriores, era gracias a la intervención de cierta dama que apreciaba mucho su juventud y... otras cosas, a pesar de que, para el gusto de Gordon, aquel hombre era demasiado delgado, estirado y con una sensible falta de buenos modales. Aquella costumbre de agazaparse tras una columna y esperar a que su interlocutor se acercase para saltarle encima, era un detalle de mal gusto que ni la bien recortada barba ni su actitud elegante podían disimular.

—Me espera sir Blum —dijo Gordon—. Podéis contármelo mientras andamos. La puntualidad es una virtud británica.

—Ayer llegó Andrew McFar .

La máquina funciona si todas las piezas cumplen con su cometido. Sin embargo, de vez en cuando pueden detenerse un instante para comprobar si el movimiento es el correcto, si hay algo que afecta a algún engranaje o si hay que introducir pequeños cambios que aporten mejoras a los resultados. Gordon aminoró su paso y miró a Ferguson.

—¿No estaba en Madrid? —preguntó con extrañeza.

—Ha huido. El capitán John Lear ha muerto.

—¿Qué ha sucedido? —se detuvo en seco.

Por una vez Ferguson había acertado con el significado de la palabra importante.

—Un duelo —respondió Ferguson.

—¿Con quién?

—Un primo lejano de Godoy. Desafió al capitán para defender el honor de su hermana.

—¡Maldito sea! Siempre he dicho que Lear era un idiota —meneó Gordon la cabeza a derecha e izquierda—. Tarde o temprano tenía que pasar. Eso de andar tras las faldas... Y, más todavía, tras una parienta de Godoy.

—El capitán Lear no perseguía a la dama en cuestión, sino McFar.

—¿Y qué pintaba Lear en toda esta historia?

—El marido cornudo creyó que el ofensor era el capitán, pero es un hombre mayor e impedido y el hermano de la dama tomó su lugar y lo desafió. Como era el honor británico lo que estaba en juego... Lear no deshizo el error.

—El honor británico. ¡Idiota! Eso es lo que era Lear —bramó Gordon y alzó los brazos—. ¡Los cojones británicos! Y supongo que Godoy conocía la verdad, no quedó satisfecho, ordenó apresar a McFar y éste se ha visto obligado a huir.

—Supongo que sí. No hemos de olvidar que el primer ministro español es... es... —dijo Ferguson.

—Peligroso —Acabó Gordon la frase.

—No iba a decir precisamente eso —se quejó Ferguson.

Él consideraba que los españoles, todos, eran... eran... Nunca daba con el calificativo adecuado.

—¿Ah, no? ¿Y cómo calificaríais a un hombre que calienta la cama de la reina, al mismo tiempo que dirige una nación? ¿Quizás pensáis que es idiota? —sonrió Gordon.

Ferguson se puso tenso. Su inteligencia le permitía encontrar un paralelismo entre el primer ministro español y él, que también debía su cómodo trabajo a unas sábanas.

—¿Qué hago con McFar? —preguntó Ferguson.

Gordon le miró. Aquello era lo que le preocupaba. ¿Qué hago con McFar? ¡Pobre Ferguson! Nunca sabía lo que tenía que hacer. Cuando menos, imaginaba que en la cama, junto a su protectora, se le ocurrirían algunas ideas brillantes sobre lo que tenía que hacer en tan delicados momentos.

—El problema no es saber qué podemos hacer con McFar, sino lo que podemos hacer sin él y sin el capitán Lear.

—En Madrid no nos queda nadie —dijo Ferguson, y añadió—: Quiero decir nadie de relevancia. Contamos con el embajador y el segundo secretario, Albert Flint. El resto son peones.

—Flint es demasiado conocido y el embajador... —murmuró Gordon, y se rascó la barbilla. De pronto, alzó la mirada y la clavó en los ojos de Ferguson. Acababa de recordar un detalle importante—. ¿La esposa ultrajada no será la misma dama que perseguía Harry Berg?

—Me temo que sí, señor.

Harry Berg también había huido de Madrid tras un asunto con la misma mujer y había sido asignado a las órdenes de Jack Smith, que ocupaba idéntico cargo que sir Blum, pero con responsabilidad sobre el centro de Europa.

—Tres hombres en menos de un año. Si sigue así, ella sola acabará con todos los agentes del Imperio. ¿Acaso no saben nuestros hombres que en España una testa coronada con cuernos es un tema muy serio? —Entonces bajó la voz—: No como aquí, tal como podemos contemplar cada día —añadió, como si su comentario no tuviese nada que ver con su interlocutor, que enrojeció ligeramente—. Esa costumbre de los duelos y del honor nos puede salir muy cara. Pero ¿no los habían prohibido?

—Así es, pero la policía española hace la vista gorda. Ya sabéis que los españoles son... son...

—Sí, ya lo sé —cortó Gordon.

Habían destinado a John Lear a Madrid hacía unos meses, cuando el rey Carlos IV de España nombró secretario de Estado a Manuel de Godoy, que en poco tiempo había ascendido de simple cadete del Cuerpo de Guardias a teniente general del ejército, Grande de España y duque de Alcudia. Y ahora no tenían a nadie de peso allí. El embajador llevaba a cabo su trabajo, pero no podía hacer según qué cosas. John Lear, por contra, podía moverse libremente.

Gordon meneó la cabeza. Aquella noticia era terrible. Tendría que pensar algo. ¡Y rápido!

—¿Qué hago con McFar? —insistió Ferguson.

—Que redacte un informe sobre los años que ha vivido en España. Ya pensaremos algo para él. ¿Entendido?

—Sí, señor. ¿Le asigno una mesa?

¡Oh, Dios! ¡Pero qué idiota que le había tocado en suerte! Lástima que la sangre inglesa no fuese tan caliente como la española. ¡Ojalá el marido cornudo desafiara a aquel imbécil y lo matase! A Gordon se le acabarían muchos problemas.

Ya llegaba tarde a su cita. ¿Le asigno una mesa? ¡Dios de los cielos! Ni eso era capaz de decidir.

—Sí. Y proporcionadle papel, pluma y tinta —dijo con ironía, y lo dejó plantado.

Caminó deprisa y no saludó al soldado que permanecía en pie junto a la escalera que conducía al piso superior, a las dependencias de lord Grenville, ministro de Asuntos Exteriores, donde tenía su despacho sir Blum.

Llegó a su destino, entró sin pedir permiso en la pequeña madriguera que era la antesala de los dominios del responsable de los servicios de información, saludó a Harry, el secretario particular de sir Blum, un hombre delgado que ocupaba una diminuta mesa y que le contestó con una inclinación de cabeza, y llamó a la puerta del despacho. Solo podía hacerlo, sin aguardar a que Harry lo anunciase, los lunes, los miércoles y los viernes. Son las ventajas de una máquina bien engrasada.

Sir Blum estaba sentado tras la mesa de madera oscura. Sus ojos azules, bajo las cejas rubias, miraron furtivamente a Gordon. No era necesario dedicarle mayor atención. De sobras conocía aquella figura redonda, sus mejillas hinchadas, sus ojos vivos y escrutadores y sus labios carnosos que permanecían perpetuamente curvados hacia abajo en un pequeño rictus de asco.

Sir Blum había ordenado encender las dos lámparas porque el día era gris y triste, como él en aquellos momentos. Ya hacía un par de meses que no estaba de buen humor.

«¿Cómo se lo tomaría, cuando le comunicase las malas noticias?», pensó Gordon

—Sentaos —ordenó sir Blum, y señaló la butaca que había frente a su mesa.

El jefe de los servicios de información siguió redactando un documento sin despegar los labios, mientras Gordon contemplaba las manos de dedos largos y delgados en consonancia con el resto de la figura de sir Blum. Lo único que destacaba en todo aquel cuerpo era la barba rubia que escondía unos labios que parecían dibujados por el pincel más fino que existe, y la peluca blanca, que acababa en una cola recogida mediante un lazo negro y que le servía para tapar la calvicie.

Cuando sir Blum concluyó su escrito, hizo sonar la campanilla, se abrió la puerta y apareció Harry con la espalda doblada y la cabeza inclinada.

—Para el ministro Grenville —alargó el papel sir Blum—. Conducto urgente.

—Sí, señor —hizo una reverencia el secretario, que pasó inadvertida porque ya había entrado con la espalda doblada.

—No pinta muy bien este final de siglo —se quejó sir Blum. Gordon no hizo el menor comentario. Ya conocía aquella canción—. Apesta a guerra —tomó una hoja que tenía frente a sí —. Oíd lo que dice aquí: Francia ha empezado a mover tropas hacia el norte. ¿Sabéis qué significa? Que los rumores son ciertos. Ayer estuve con lord Grenville. Hace un año que es ministro de Asuntos Exteriores y me dijo que tenemos que conseguir que 1792 acabe mejor que ha empezado. Está resultando demasiado movido. El tema de Irlanda aún colea, mientras que Austria y Prusia siguen empeñadas en su guerra particular con Francia. No fue ninguna buena idea que el general de las tropas prusianas... ¿Cómo se llama?

—Duque de Brunswick —le recordó Gordon.

—Eso mismo, el duque ese —le agradeció sir Blum, y continuó con su razonamiento—: Pues no representó ningún acierto que ese estúpido amenazase a la Asamblea con destruir París si no le restituían el poder a Luis XVI...

—Es normal. Leopoldo II es hermano de la reina Maria Antonieta y... —comentó Gordon.

—Sí, ya sé, ya sé —alzó la mano sir Blum. Le sacaba de quicio que le replicasen cuando iniciaba un discurso. Buscó otro documento sobre la mesa y se lo mostró a Gordon—. Ésta es una copia del manifiesto de Coblenza, firmado por el emperador Francisco y por Catalina de Rusia. Es de hace diez días. Mirad la fecha. También exigen a los franceses que devuelvan la soberanía al rey. ¡Ojalá eliminen la Asamblea Nacional y Luis XVI recupere el poder! Y, en mitad de tanto desbarajuste, aún no sabemos qué hará España. Aranda lleva muy poco tiempo en el poder y todavía no ha tomado ninguna decisión importante.

—Excusadme, señor, Aranda ya no pinta nada en la política de España. El nuevo secretario de Estado es Godoy.

—¿Qué decís? Si hace dos días que Aranda fue nombrado...

—Aranda sustituyó al conde de Floridablanca a principios de año. Apenas ha estado unos meses en el cargo. Carlos IV lo ha destituido por causa de su política de neutralidad. Ahora, quien manda en España es Godoy.

Sir Blum también había sido nombrado para el cargo de jefe de los servicios de información hacía pocos meses. En su nombramiento no había contado demasiado su experiencia ni sus conocimientos, sino la intervención de lord Bristol, amigo personal de William de Brooksheeld, que era primo de sir Arthur Blum. «¡Menudo asco!», pensó Gordon. Pero, un funcionario es un funcionario y no tiene nada que objetar.

—¡En fin! Quiero decir que no es un final de siglo como nos agradaría —desvió sir Blum el tema, en un intento por esconder su ignorancia—. Con su revolución los franceses han encendido a toda Europa, y parece que han atravesado el Atlántico. George Washington cada día se muestra más alejado de Inglaterra.

Estamos perdiendo buena parte de las colonias y eso no agrada a Su Majestad ni al primer ministro. Y sólo nos faltaba el problema de Irlanda.

—En Irlanda contamos con un hombre de mucha valía —procuró Gordon suavizar la visión de su superior. Mejor dicho: su absoluta falta de visión.

Y era sincero. No podía olvidar que Robert Steward, el primer secretario del lord lugarteniente inglés en Irlanda, en tres años había conseguido notables éxitos. De vez en cuando, en política, hay quien sabe hacer cosas.

—Sí —asintió sir Blum—. Sin embargo, los espías franceses no dejan de azuzar a la población con mensajes que intoxican sus mentes para que reclamen la independencia.

—También contamos con William Pitt, el mejor primer ministro que hemos tenido en muchos años. Antes, el rey Jorge nombraba a sus ministros sin tener en cuenta su valor real, pero la aplastante victoria de William Pitt en las urnas no deja lugar a dudas. Él es quien manda. —añadió en un intento por animar la conversación.

—Cierto —aceptó sir Blum, pero sin entusiasmo. William Pitt no pertenecía al mismo partido.

¡Bien! Ya habían hecho el repaso general. Aquel hábito de despachar tres veces por semana, lunes, miércoles y viernes a la misma hora, resultaba absurdo porque repetían conversaciones ya pasadas. Ya se veían con frecuencia en los pasillos y hablaban de aquellos asuntos, pero sir Blum era persona de costumbres fijas. Sin embargo, aquel día Ferguson le había proporcionado a Gordon un tema de conversación.

—Acabo de hablar con Ferguson... —empezó Gordon.

—¿Cómo se porta ese joven? —se interesó sir Blum. Gordon apretó los labios y simuló una sonrisa—. Es decidido y educado —alabó. ¡Claro! Era un protegido—. ¿Sucede algo con él?

—No, señor. El problema es nuestro hombre en Madrid.

—¿Madrid?

—Sí, señor. El capitán Lear.

—¿Lear?

—John Lear, señor. Nuestro número uno en Madrid.

—Un joven muy emprendedor. Es hijo de Horacio Lear. ¿No es así? —hizo memoria sir Blum. Para él, alguien que tiene un padre importante merece un respeto. Gordon afirmó con la cabeza—. ¿Qué le pasa?

—McFar está aquí. Llegó ayer.

—¿McFar?

—Andrew McFar —aclaró Gordon con desesperación—. Nuestro número dos en Madrid.

—¡Ah, sí! Ya lo tengo presente —asintió sir Blum varias veces, pero Gordon se dio cuenta de que sir Blum ni siquiera sabía quién era McFar. No era hijo de nadie—. ¿Qué hace McFar aquí? —preguntó fingiendo extrañeza.

—El capitán Lear ha muerto en un duelo, a manos de un primo lejano del primer ministro español. —Calló un instante y concluyó—: A causa de una dama.

—Ya le advertí que se dejaba ver demasiado —exclamó sir Blum. Ya no recordaba haber dicho que Lear era un joven muy emprendedor y Gordon tampoco recordaba aquella advertencia, pero guardó silencio—. ¿Cómo se le ha podido ocurrir enfrentarse a un primo de Godoy?

—Primo lejano —rectificó Gordon.

Sir Blum se puso tenso. Aquella constante precisión por parte de Gordon lo alteraba.

—Primo lejano —aceptó y meneó la cabeza—. Un error que puede resultar muy caro. Nuestros oficiales tienen que limitarse a abrir las líneas enemigas y no las piernas femeninas —dijo, y sonrió satisfecho por el chiste que acababa de hacer.

—No fue él, señor, sino McFar.

—¿Cómo decís?

—Ferguson cuenta que McFar era el amante, pero el marido lo confundió con el capitán. Sin embargo, Godoy conocía la verdad y McFar ha tenido que huir para no morir.

—Ya decía yo que Lear no podía haber cometido un error como ése —rectificó sir Blum todos sus planteamientos.

Gordon tampoco replicó. No valía la pena. Sir Blum se quedó en silencio, reflexionando. «¿Reflexionando?», se preguntó Gordon. Su superior fingía reflexionar, pero él sabía muy bien que su cerebro estaba vacío. Ahora, como siempre, sir Blum esperaba que Gordon pronunciase la primera palabra. Pero Gordon ya estaba más que harto de sacarle las castañas del fuego y le escocían las yemas de los dedos. De manera que permaneció en silencio.

—¿Quién nos queda en Madrid? —preguntó finalmente sir Blum.

Una gran pregunta, afirmó Gordon con la cabeza.

—Albert Flint —anunció—. Pero es el segundo secretario de la embajada y es demasiado conocido.

—¿Y ahora qué?

También una pregunta digna de una mente privilegiada. Tan clara como la de Ferguson. ¿Y ahora qué? ¡Claro que ambos se entendían a las mil maravillas!

—Cuesta tiempo y esfuerzo crear un nuevo capitán Lear.

—¡Y cuesta muy poco echarlo todo a rodar! —pontificó sir Blum. Entonces, tuvo una inspiración—: ¡Harry Berg! —exclamó—. Tiene experiencia.

—Está en Viena —le recordó Gordon.

—Sí, pero es la única opción que tenemos.

Gordon reflexionó. O empezaba a repasar la historia de la salida de Berg a toda prisa de Madrid, le recordaba que ya no estaba bajo sus órdenes, le explicaba que Jack Smith no se desharía fácilmente de él y se perdía en mil y un detalles, o tomaba un atajo y cerraba la cuestión con rapidez.

—Imposible, señor —negó con la cabeza—. No podemos desnudar Viena para vestir Madrid y menos todavía cuando Francia se mueve. España, ahora, no representa ninguna amenaza, pero Francia y Austria pueden acabar muy mal. Nos interesa disponer de unos ojos en Viena.

—De Austria todavía no hay nada en concreto —sonrió sir Blum—. La guerra acabará en un santiamén.

«Cuando uno ha nacido idiota ya puedes darle un cargo importante que seguirá siendo idiota», pensó Gordon. Los austríacos no habían entrado en Francia con tanta facilidad ni tan deprisa como habían prometido.

—El señor Smith dice que las noticias apuntan a que la olla se está calentado demasiado —replicó Gordon.

—No diré que las suposiciones de Jack Smith carezcan de fundamento, pero siguen siendo rumores. Hemos de reflexionar sobre qué hacemos con España.

Hemos de reflexionar significaba que alguien tenía que pensar. Y no precisamente sir Blum. No valía la pena darle más vueltas. Quizás había llegado el momento de recordarle la idea que él tenía sobre el espionaje en los tiempos que corrían. Dudó. Ya lo había intentado en diversas ocasiones y la respuesta nunca había sido positiva.

—Me pondré a trabajar en ello —concluyó finalmente Gordon.

—No descuidéis a Berg. En estos momentos Austria es vital —dijo sir Blum.

—Tenéis razón, señor —sonrió amablemente Gordon.

Aquel hombre era increíble. ¿Por qué le decía a él que no descuidase a Berg, si dependía de Jack Smith? Ni siquiera era consciente del cargo que ocupaba. Sin embargo, la última palabra, aunque sea repetida o equivocada o copiada o robada, siempre pertenece al superior.

Gordon tenía mucho trabajo por delante y la reunión había concluido. De manera que se levantó y se marchó.

Primer paso: McFar. Las explicaciones de Ferguson no habían resultado demasiado explícitas y Gordon no se fiaba un pelo.

McFar se presentó de inmediato y Gordon se repantigó en su silla y se dispuso a escuchar de labios de uno de los protagonistas aquella absurda historia de amantes, maridos cornudos y espías muertos.

—Yo le advertí de que era una mujer peligrosa, pero...

—Pero ¿quién era el amante de la dama: vos o él? —preguntó Gordon al oír las primeras explicaciones de McFar.

—En principio, el capitán John Lear.

¡Por todos los santos! Ferguson era un inútil incapaz de transmitir un mensaje correctamente.

—¿Qué significa en principio? —intentó Gordon aclarar las ideas—. Relatadme los hechos desde el comienzo. ¿Quién es ella?

—La esposa del barón de Malpica —dijo McFar—. Una mujer muy apetitosa en todos los sentidos —añadió, mientras Gordon entornaba los párpados y escuchaba con atención—. El capitán Lear cayó rendido a sus pies, pero el problema es que esa dama nunca está satisfecha y dice que, como los ingleses somos más fríos, vamos más despacio y dedicamos más tiempo. Eso es bueno, porque la cosa dura más, pero también dice que actuamos con menor intensidad y ella necesita más... energía. ¿Comprendéis? —hizo una corta pausa, hasta que Gordon asintió con la cabeza, y después prosiguió—: De manera que le pidió al capitán que me convenciese para montar un juego a tres bandas

Gordon abrió los párpados y puso unos ojos como platos.

—¿Tres bandas? —exclamó.

—Los tres a la vez —explicó McFar, y se mordió los labios—. Ya me entendéis.

—Según deduzco, al capitán no le costó convenceros —afirmó Gordon—. ¿Me equivoco?

McFar carraspeó para aclararse la garganta, negó con un ligero movimiento de cabeza y enrojeció.

—El hecho es que a la baronesa le gustó el juego y lo repetimos, con tan mala fortuna que el marido nos descubrió. En Madrid tienen un dicho que reza: *Tanto va el cántaro a la fuente, que al fin se rompe* —explicó McFar y, al ver que Gordon ponía cara de idiota, le tradujo la frase.

—¿Qué es un *cántaro*? —preguntó Gordon.

—Es un recipiente de barro que mantiene el agua fresca. Es redondo y el agua mana por un pitorro que tiene arriba, a un lado —respondió McFar y, como Gordon no acababa de entenderlo, se lo explicó con gestos—. Así, redondo, y el lugar por donde mana el agua es una pequeña protuberancia que... —y cerró los dedos.

—¿Similar a un pezón?

—Es un ejemplo bastante acertado.

—Una forma redonda... ¿Quizás como el pecho de una mujer?

—De una mujer de generosas carnes.

—Entiendo. Conserva el agua fresca y calienta la sangre —sonrió Gordon. Entonces, recuperó la seriedad—. Proseguid.

—El hecho es que vino a vernos don José Manuel de Castro, el hermano de la dama, y nos acusó de haber abusado de su hermana y haber ofendido el honor de su cuñado. Don José Manuel dijo que el barón es un pobre hombre impedido, que se desplaza con ayuda de un bastón... Y como carece de recursos... nos exigió quince mil duros para pagar la afrenta a su honor. El capitán se burló de él y respondió que si querían ir a juicio, que iríamos, porque la dama en cuestión es una puta y todo Madrid lo sabe. De manera que ningún juez se tragaría aquella absurda historia. La conversación subió de tono y don José Manuel nos desafió a ambos. Si no pagábamos, primero se batiría con el capitán y luego conmigo. El capitán Lear, como ya sabéis, es un gran tirador de pistola... —dudó un instante—. Lo era. Pero don José Manuel, en calidad de ofendido, escogió el florete. Cuando me enteré de que don José Manuel, al día siguiente a primera hora, se había deshecho del capitán en un abrir y cerrar de ojos... Y como no dispongo de fortuna y no podía pagar los quince mil duros... no creí oportuno quedarme en Madrid.

—¿No estabais presente cuando murió Lear?

—El duelo tuvo lugar a primera hora de la mañana y don José Manuel dice que con un duelo al día ya es suficiente. A mí me había emplazado para el día siguiente y me había prohibido que asistiese al del capitán.

—Y huisteis.

—Don José Manuel es una de las primeras espadas de Madrid —se defendió McFar—. Si el capitán no pudo con él, dudo que yo tuviese mejor suerte.

Gordon ya había oído bastante. «¿Cómo se puede ir al garete un plan meticulosamente preparado por una estupidez como aquélla?», pensaba. ¡Pandilla de inútiles!

—Quiero un informe detallado de todo lo que sucede en Madrid en estos momentos y adjuntad una relación de todos los nombres que recordéis de los ingleses que residen en España. He dicho España, no sólo la capital.

—¿Para cuándo lo deseáis?

—Para esta tarde a primera hora.

—Casi es hora de comer —aún se atrevió a decir McFar, pero la mirada que le dirigió Gordon lo decía todo.

Gordon llegó a su despacho de muy mal humor. Durante el resto de la mañana había repasado todos y cada uno de sus hombres y no había encontrado ninguno con suficiente talla que estuviese disponible. El clima que se estaba fraguando en el continente no daba pie a alegrías y, tras las bajas de los últimos meses, el problema que le habían generado aquel par de idiotas era más que complicado. No sabía ni por dónde empezar. Tenía claro que si no daba pronto con una solución sir Blum se levantaría de la butaca y comenzaría a bramar como un loco.

—Gordon, me habéis decepcionado —diría—. Quizás tendremos que tomar alguna decisión —lo amenazaría.

Contempló la mesa llena de papeles. El informe de McFar estaba encima y Gordon lo tomó, se cabalgó las gafas en la nariz y empezó a leerlo.

Paja, paja, paja y más paja con objeto de justificarse. Eso era lo único que había.

Siguió leyendo mecánicamente, mientras meditaba sobre el problema de Madrid.

Después tomó la lista de ingleses que residían en España, pero ni siquiera le echó un vistazo. Se sentía cansado y necesitaba un milagro. Se quitó las gafas, las depositó sobre la mesa, se levantó y se dirigió a la ventana. La tarde era tan gris como la mañana.

Tomó de nuevo la lista de McFar y abrió la pequeña puerta que daba al despacho contiguo, el que ocupaba Brenton, un hombre diminuto y enjuto pero eficiente. Lo había escogido Gordon personalmente.

—Quiero toda la información que podáis conseguir sobre todos los nombres de esta lista —ordenó.

—Sí, señor —respondió Brenton, que abandonó la silla como un relámpago y se hizo cargo del documento.

—Ya sabéis qué busco. Detalles. ¿Entendido?

2 - LA VERDADERA INTELIGENCIA

A sus cincuenta años, la señora Gordon no necesitaba que su marido le explicase nada para saber que llegaba a casa de muy mal talante. La manera de quitarse el sombrero y dejarlo sobre el mueble del recibidor era de por sí un libro abierto. Eso quería decir que tenía un problema preocupante y que el verano estaba resultando más caluroso de lo habitual.

Después, durante la cena, el silencio se apoderó del comedor. Mal asunto. El calificativo de preocupante aumentaba hasta convertirse en grave.

Y cuando observó que Budy, el nieto mayor del señor Gordon recibía sólo un beso y un gruñido, llegó a la conclusión de que la situación, más que grave, era dramática. Y más todavía si el señor Gordon durante los días siguientes abandonaba la casa con un portazo, sin despedirse de nadie.

Alfred no era un hombre agraciado. Nunca lo había sido y el tiempo no había hecho más que confirmar una realidad que todos ya advertían cuando se atrevió a pedir su mano.

—¿Cómo puedes casarte con un hombre como ése? —le preguntaban las amigas.

—Es funcionario de aduanas y siempre dispondrá de un sueldo y de la posibilidad de realizar buenos negocios —dijo su padre, que era quien tomaba la decisión.

De manera que Helen Courtney se convirtió en Helen Gordon y, con el tiempo, el señor Gordon engordó hasta convertirse en un hombre agarrado a un tambor. Sin embargo, era honesto e inteligente y acabó por obtener un cargo en el ministerio de Asuntos Exteriores. En su relación matrimonial no hubo pasión. Alfred, aunque era delicado y amable, no prendía ningún fuego en su interior, pero con el tiempo había llegado a quererlo. Helen le había dado dos hijos que por fortuna habían salido más a ella que a él en el terreno físico. Y, además, habían heredado de su padre la capacidad de trabajo y el sentido de la responsabilidad. Poco a poco, Alfred Gordon había pasado de ser un oscuro funcionario a ocupar cargos de responsabilidad en el ministerio, había conseguido un sueldo más que decente y había cumplido parte de las expectativas de su suegro, que en paz descanse, porque, si bien era honrado y no hizo grandes negocios, había dotado a su esposa de una casa y del servicio suficiente para situarla en una posición respetable. Eso, sumado a que su imagen no lo acompañaba, era digno del mayor de los respetos. Y Helen Gordon lo respetaba profundamente y no se quejaba.

Llegado el día 11 de agosto, Alfred le comunicó que el pueblo francés había atacado las Tullerías y había encarcelado al rey. Ahora Helen comprendía el carácter agrio que se le había puesto a su marido. Ella no entendía de política y menos todavía de lo que sucedía más allá de su entorno inmediato, como pasaba con la inmensa mayoría de los británicos, pero ella era una mujer casada con un alto funcionario del ministerio de Asuntos Exteriores y sabía, porque se lo había oído decir a su marido, que podía estallar una guerra en el continente y que el imperio británico no permanecería al margen. A partir de aquí, el señor Gordon se despachó a gusto, como siempre acababa haciendo con su esposa, y le explicó el lío que tenía entre manos. Ella lo escuchó en silencio, como siempre, y él, como siempre, se quedó más tranquilo, pero con idéntica cara de mala leche.

Por eso Helen se llevó una sorpresa al ver, la noche anterior, que el humor del señor Gordon cambió. Cenó bien y al día siguiente le vio sonreír cuando se arreglaba los puños, tomaba el bastón y el sombrero y abandonaba la casa. Incluso levantó el bastón con energía para saludar a los vecinos.

Seguro que había encontrado una solución al problema del capitán Lear. Y tenía que ser buena, porque no había hablado de ello. Cuando tenía dudas o no sabía hacia dónde tirar, lo consultaba con ella. ¡Bueno! Era mejor decir que reflexionaba en voz alta, mientras ella permanecía en silencio y, sólo cuando Alfred había acabado, se atrevía a hacer algún comentario. En no pocas ocasiones le había proporcionado una salida con sus comentarios, propios de la intuición femenina.

Fuera como fuese, Alfred ya le comunicaría el motivo de su cambio de humor.

Dos días antes, Gordon había abandonado el trabajo hacia las seis de la tarde. No hallaba a nadie que enviar a Madrid con una mínima garantía de éxito y ya estaba harto de estrujarse el cerebro, mientras sir Blum, tal como le había comunicado, por si se daba el caso de que surgiera algo digno de interés, estaría en una recepción del embajador ruso que iría seguida de una cena y acabaría con un baile. En esta vida hay quien trabaja y quien vive, y cada cual debe conformarse con su papel. Por eso los franceses, con su revolución y la idea de trastocar el orden establecido, habían organizado un buen lío. Decían que la época feudal tocaba a su fin. «¿Tendrán razón?», se preguntaba Gordon. Si los reyes y la nobleza perdían la partida, otros ocuparían su lugar y mandarían. Al ser humano lo han parido así. Necesita alguien que lo dirija. ¡En fin! Que el poder es el poder.

Aquella tarde, cuando bajaba las escaleras, se sorprendió al ver que William Pitt se dirigía al despacho del ministro de Asuntos Exteriores. ¿El primer ministro no tenía que asistir a la famosa recepción? Además, siempre era lord Grenville quien se desplazaba para hablar con el primer ministro. «Evidentemente, hay quien trabaja y quien vive», concluyó pensando en sir Blum.

Aunque la escalera era ancha, se hizo a un lado para dejar pasar a William Pitt e inclinó respetuosamente la cabeza. Sentía admiración por aquel hombre joven que desplegaba una actividad que le había valido el respeto de toda Europa. Había llegado a primer ministro con tan solo veinticuatro años. Y eso le recordaba que Godoy también había accedido al cargo, en España, a una edad muy temprana. Europa estaba cambiando y la juventud aportaba nuevas ideas.

—¿Qué tal, Gordon? —le saludó Pitt.

—Bien, señor primer ministro —se sintió halagado de que William Pitt recordase su nombre—. Intentando hallar una solución al problema de Madrid —añadió.

Siempre es bueno que los superiores estén al corriente de que trabajas mucho, a pesar de que con William Pitt no era necesario. Gordon sabía que dedicaba especial atención a los asuntos exteriores.

—¿No habéis encontrado sustituto para John Lear?

Aquello era un verdadero primer ministro, sonrió Gordon. Estaba en todo, conocía a todo el mundo y siempre sabía de qué le hablaban. No como sir Blum.

—No es fácil, señor.

—En este caso, tendremos que echarle más imaginación —respondió Pitt.

Aquellas palabras azuzaron a Gordon, que en cuanto a imaginación no andaba escaso.

—Los tiempos que corren requieren nuevos métodos, pero los cambios cuestan esfuerzo y no son bien recibidos —se atrevió a decir.

—Explicaos, por favor.

—Hasta ahora hemos confiado la tarea de los servicios de información a la nobleza, a los banqueros y a los diplomáticos. Pagamos importantes sumas de dinero a los partidarios del rey de Francia, a un buen número de girondinos, a ciertas damas de la nobleza, a algún marqués español, a algún conde italiano... Disponemos de una red de bancos bien instrumentada que se hace cargo de las deudas de nuestros informadores. De vez en cuando, y cada vez con mayor frecuencia, son descubiertos y ajusticiados. Sobre todo en Francia, donde la guillotina hace horas extraordinarias. ¡En fin! Una sangría en todos los aspectos. Sin embargo, los tiempos cambian y, a pesar de que las grandes decisiones se toman en los despachos de la gente importante, no debemos perder de vista que quien mueve la economía es la burguesía. Los franceses han apuntado un camino y la clase burguesa está tomando el relevo. Lo mismo podría suceder en toda Europa. De manera que la burguesía se está convirtiendo en el centro de la sociedad.

—Creía que el centro era la corte.

—Cuando hablo de centro, me refiero a la capa que ocupan. Pensad que ellos están en medio, que hablan con los nobles y con los proletarios. Lo hacen para mantenerse al tanto de cuanto sucede. Se juegan el pan de cada día, la fortuna y el futuro —calló un instante. William Pitt asintió. Eso quería decir que estaba interesado en aquella teoría—. Son prudentes y discretos y no se meten en líos. Éstas, para mí, deben ser las cualidades de un buen informador.

—Discreto y prudente... Casi anónimo. Interesante.

—Y si además encontráramos a alguien que, aunque sea aparentemente, tuviese problemas con Inglaterra, a nadie se le ocurriría sospechar.

—¿Disponéis ya de vuestro hombre?

—Por el momento sólo es una idea —respondió Gordon. Quizás había ido demasiado lejos.

—Una idea muy peculiar. ¿Habéis hablado con lord Grenville?

—Mi superior es sir Blum y no puedo saltármelo.

—¿Y habéis hablado con él?

Gordon alzó las cejas al mismo tiempo que apretaba los labios. Nunca se atrevería a criticar a sir Blum, pero una insinuación...

—Sir Blum prefiere los cauces habituales.

Pitt sonrió. Él tampoco criticaría al protegido de lord Bristol,. Pero tomaba nota de aquel comentario.

Al día siguiente, a primera hora de la tarde, Gordon recibió la orden de presentarse en el despacho del ministro Grenville. Durante tres horas muy intensas expuso su plan con todo detalle y respondió a muchas preguntas.

Sir Blum también estaba presente con un gesto de rabia. Al final de la entrevista, lord Grenville lo miró fijamente.

—Un plan complejo y arriesgado. Aunque, bien meditado —dijo—. ¿Qué seguridad tenemos de que las informaciones de nuestra gente de Madrid sean correctas?

—He estudiado todos los datos y los informes los pedí personalmente —respondió Gordon.

—A mis espaldas —se quejó sir Blum.

—Ahora no es momento para reproches —lo cortó lord Grenville, y después miró a Gordon—. ¿Podéis encontrar a un hombre de esas características?

—¿Dispongo de absoluta libertad por escogerlo? —respondió Gordon con otra pregunta.

—Tenéis absoluta libertad para *proponer* un nombre y tenéis mi palabra de que lo estudiaré con atención —respondió lord Grenville, mientras miraba significativamente a sir Blum.

El mensaje era claro: no habría filtros ni interferencias. Además, había recalcado el verbo *proponer*. Quien manda, sigue mandando.

Al día siguiente Gordon contempló la figura de Andrew McFar, que le esperaba a la puerta de su despacho. La tarde anterior había ordenado a Brenton que lo llamase. Quería verle a primera hora.

—Un informe muy detallado —alabó Gordon.

No hizo más que un gesto con la mano para que McFar entrase. No le dijo que se sentara, pero McFar, al escuchar las primeras palabras y el tono con que las había pronunciado, se dirigió con decisión a la silla y tomó posesión de ella como si se tratase de un territorio conquistado, mientras exhibía la sonrisa del hombre que lo domina todo.

Gordon buscó las gafas y se las acercó a los ojos para leer un nombre de la lista. Después, cruzó las manos y miró a McFar a los ojos.

—Thomas Headking. ¿Qué sabéis de ese hombre? —preguntó.

McFar levantó los ojos como si se mirase el cerebro. Gordon comprendió enseguida que no sabía ni quién era. Sin embargo, algo tenía que decir porque por alguna razón lo había puesto en la lista.

—Oí que alguien pronunciaba su nombre y, como se trataba de un inglés, tomé nota —dijo, finalmente.

—¿Y...? —movió los dedos Gordon, invitando a que McFar sacase todo lo que llevaba dentro, si es que había algo más.

Su interlocutor hizo un esfuerzo y abrió un par de veces la boca para emitir un sonido de su garganta que indicaba que seguía buscando nueva información.

—Por lo que se ve, vive en Barcelona y... poca cosa más —dijo. Después dejó escapar un nuevo sonido y, de pronto, se hizo la luz en su cerebro—. Regenta un pequeño negocio de aceitunas —añadió más animado—. Las compra en Andalucía y las vende en Catalunya. Alguien en una fiesta mencionó su nombre, porque... le había comprado. No es nadie importante. Un inglés que procura ganarse los garbanzos con aceitunas —meneó McFar la cabeza a derecha e izquierda, mientras dejaba caer los párpados y sonreía con suficiencia. Incluso le había hecho gracia la ocurrencia de los garbanzos y las aceitunas.

—No sois vos quien debe asignar el grado de importancia de las personas —replicó Gordon—. Vuestra tarea es encontrar información y comunicármela. ¿Me habéis comprendido?

McFar borró la sonrisa, carraspeó ligeramente, enderezó la espalda y asintió.

—Podéis retiraros —sonrió Gordon.

McFar se levantó y se dirigió a la puerta. No entendía nada. Primero Gordon le sonreía y lo alababa, después le echaba una bronca y finalmente le dedicaba una nueva sonrisa. ¿Se habría vuelto loco?

—La próxima vez esperad a que os lo ordene para calentar la silla con vuestro culo —oyó que decía Gordon a sus espaldas.

McFar volvió ligeramente la cabeza, pero no respondió. Simplemente abrió la puerta, salió y la cerró. Sí, Gordon debía de haberse vuelto loco.

Todo había salido a pedir de boca. El idiota de McFar decía que no era nadie importante, pero cuando alguien le preguntase, no tendría más remedio que explicar que él había consignado el nombre en la lista. Por otro lado, Brenton era eficiente y sabía que la importancia de la gente no radica en su nombre, sino en las circunstancias que le rodean. De manera que había realizado un buen trabajo. Gordon lo presentaría como una idea genial y sir Blum tendría que tragarse muchas cosas y digerir todo el vinagre de los últimos días. ¿No decía que tenían que vestir Madrid? Pues Gordon lo haría. Evidentemente, lo que no comunicaría era que ya tenía noticias de Headking desde hacía meses.

*** ***

«Esto es un insulto. Gordon lo pagará caro, ¡muy caro!», pensaba sir Blum. Aquel hombre gordo y seboso se reía de él y quería dejarle en ridículo. No sólo planteaba un plan absurdo, sino que proponía el nombre de un asesino para una misión tan delicada. ¡Lo pagaría caro! Le había ocultado que Tom Headking estaba en España y ahora, además, pretendía convertirlo en poco menos que un héroe, en el salvador de la patria. «La única solución rápida y efectiva», decía Gordon.

—Tom Headking es responsable de la muerte de mi sobrino Peter y del estado actual de mi hermana, lady Miriam de Brooksheeld. Ese hijo de puta huyó de Inglaterra antes de que se celebrase el juicio. Es un proscrito. ¡No lo permitiré! —gritó sir Blum ante lord Grenville.

—Inglaterra está por encima de todos nosotros y a todos nos pide sacrificios —replicó el ministro.

—Lady Miriam, desde el día en que Headking mató a su hijo, vive un calvario. Padeció un ataque de apoplejía que la ha dejado postrada. Tiene medio cuerpo paralizado, le cuesta andar y hablar. Headking es un criminal —repitió sir Blum con rabia contenida—. Trajo la desgracia a mi familia y juré, a Miriam y a su marido William, que se lo haría pagar.

Aquélla había sido una historia que había levantado no pocos comentarios. William de Brooksheeld era amigo personal del rey y la huida del responsable de la muerte de su hijo añadió más leña al fuego. Sin embargo, Gordon tenía razón en una cosa: habían repasado la lista de posibles candidatos y no encontraban ninguno disponible. Lord Grenville quería una solución, y rápido.

—Si no acepta, me ocuparé personalmente de que lo traigan hasta aquí, lo juzguen y lo cuelguen —dijo.

—Si no se aviene a razones, iré a buscarlo personalmente —añadió Gordon.

—¿De veras? —exclamó sir Blum—. Vos sabíais que vive en Barcelona y no me habíais dicho nada. Ahora os exijo que vayáis y que regreséis con él. En caso contrario...

—He tenido noticias de Headking por la lista de McFar. No sabía nada de él hasta que Brenton me trajo la información —mintió Gordon.

—Dadas las circunstancias, creo conveniente que vos os mantengáis al margen de este asunto —cortó lord Grenville la discusión dirigiéndose a sir Blum.

—Soy uno de los jefes de los servicios de información y no puedo quedar al margen —replicó sir Blum.

—Y yo soy el ministro y decidiré.

Sir Blum se levantó de la silla, se disculpó y abandonó el despacho con un portazo. Lord Grenville estuvo tentado de detenerlo y obligarle a sentarse de nuevo, pero conocía de sobra a sir Blum y era consciente del agravio que todo aquel asunto le provocaba. ¡Bien! Debería hacer algo al respecto, pero por el momento tenía que tomar decisiones.

—El plan es bueno, pero habéis escogido a una persona que puede acarrearnos más de un disgusto —meditó en voz alta.

—Soy consciente de ello, señor. No obstante, si ha sido capaz de vivir todo ese tiempo perseguido por nuestros servicios y los ha burlado en un buen número de ocasiones, es sin duda nuestro hombre. Vive en Barcelona y, si no fuera porque alguien lo vio por la calle y lo reconoció, no tendríamos ninguna noticia de él. Ha cambiado de nombre, ha creado un negocio y se ha reído de todos los perseguidores que sir Blum ha puesto tras sus pasos. Sabe qué hacer con una pistola en las manos o con una espada. Y, por si fuera poco, tiene deudas con la justicia británica. No me negaréis que es todo un descubrimiento. Además, he estudiado el caso y hay ciertos detalles que no acaban de cuadrar. Me estoy refiriendo al asunto entre el sobrino de sir Blum y Headking.

—No perdáis el tiempo con misterios y dedicaos al tema que nos ocupa —le advirtió lord Grenville, que bien sabía que Gordon era como un bulldog y que cuando iba tras un asunto que le interesaba podía perder el oremus, el norte, el rumbo y todo cuanto se puede perder.

—Entendido, señor ministro.

Dos días después, William Pitt llamó a lord Grenville. Que le acompañase Gordon, decía la nota.

—Habéis cocinado un buen pastel —dijo Pitt, cuando llegaron lord Grenville y Gordon—. Sir Blum ha hablado con lord Bristol, y éste quería hablar con el rey. He tenido que desplegar todo mi poder de persuasión para evitar el desastre.

—Os pido disculpas, señor —respondió Gordon—. Pero, Tom Headking es nuestro hombre. Es joven e inteligente. Sabe manejar la espada y no es mal tirador, aunque es prudente y discreto.

—¿Prudente y discreto? —alzó una ceja William Pitt.

—Lleva una vida tranquila y no se mete en líos. Es un hombre con iniciativa, sabe esconderse y no siente inclinación por figurar demasiado —Calló Gordon un instante, y añadió con decisión—: Sería como una bocanada de aire fresco. Pero, si nadie se arriesga, nunca cambiará nada.

El primer ministro lo miró a los ojos. Gordon era un buen elemento. Y Pitt no se equivocaba casi nunca con la gente.

—Por eso es por lo que todavía estáis donde estáis, porque he decidido arriesgarme. Más de lo que os podéis imaginar. La idea que pusisteis sobre la mesa goza de muchas posibilidades. Un hombre que pueda viajar es un elemento muy valioso.

Gordon miró el suelo y se mordió los labios. Mentalmente era muy ágil y el planteamiento que acababa de hacer el primer ministro, tal como había dicho, abría unas perspectivas insospechadas. De manera que asintió lentamente.

—Si Headking no acepta o falla, es hombre muerto, porque sir Blum seguirá al frente del caso —prosiguió Pitt—. He tenido que ceder en ese punto y vos tendréis que aceptar sus órdenes.

—Si es así, será un fracaso —intervino lord Grenville—. Sir Blum es vengativo. Si ha llegado hasta lord Bristol, puede seguir adelante y acabar condenando a nuestro hombre.

—Headking ya está condenado. Vivirá si acepta trabajar para Inglaterra, porque entonces significará que es un buen inglés. Por lo menos, éste es el único argumento que ha detenido a lord Bristol —dijo Pitt—. En caso contrario, traedle a Londres —miró a Gordon y añadió—: Como sea. ¿Habéis comprendido?

—Sí, señor —contestó Gordon.

—¡Bien! No hay más que hablar.

—Disculpadme, señor. No hemos fijado el precio —dijo Gordon con timidez.

El primer ministro lo miró sorprendido. Gordon carraspeó.

—Todo servicio tiene su precio y Headking no hará nada por nada. Sería absurdo.

—Conservará la vida —respondió lord Grenville.

—Ya la ha conservado y sin ayuda de Inglaterra —replicó Gordon—. Por otro lado, nos interesa ese hombre y presentarnos con las manos vacías sería tanto como hacerle el juego a sir Blum.

—Obtendrá dinero y una vida cómoda —dijo Pitt.

—¿Y si ése no fuese el precio? —preguntó Gordon.

—¿Adónde queréis ir a parar? —preguntó Pitt.

—He estudiado el caso y he sacado algunas conclusiones. A veces el dinero no lo es todo y, como ha dicho lord Grenville, las finanzas andan cortas. ¿Si yo diese con un precio que no fuese dinero, estaríais dispuesto a pagarlo?

—¿Por ejemplo?

—Aún no se me ha ocurrido, pero ¿podría contar con vos?

—Si no mezcláis en este asunto a nadie más, de ningún servicio ni de ningún ministerio, sí.

—Bien, señor.

—Quiero estar al corriente de todo —dijo Pitt—. Y cuando sepáis cuál es el precio que puede satisfacer a Headking, comunicádmelo antes de tomar cualquier decisión.

—Así se hará —afirmó lord Grenville.

Los dos hombres abandonaron el despacho del primer ministro, salieron del edificio y subieron al coche. Desde la ventana, Pitt contempló al cochero que fustigaba los caballos y vio partir al vehículo. Entonces, se dirigió a su mesa, sacó una carpeta del cajón y la abrió. Él también había estudiado el caso de la Corona contra Thomas Headking y también había sacado sus conclusiones.

Su padre, que también había ocupado cargos políticos importantes, le había dicho en diversas ocasiones que la verdadera inteligencia de un político está en su habilidad para rodearse de gente capaz. Lord Grenville y Gordon lo eran. ¡Y mucho! O él andaba muy equivocado o aquellos dos hombres también sabían cuál era el precio de Tom Headking. Por eso había recalcado que ningún servicio ni ningún ministerio debían verse involucrados, porque dependía de otra persona.

Aquella noche, por fin, la señora Gordon tuvo conocimiento de la idea de su marido. Después de escucharle en la cama, asintió y sonrió. Alfred Gordon vio que la cabeza de su mujer se balanceaba arriba y abajo y se quedó satisfecho. Si a ella le gustaba, era una buena idea. Apagó la luz y se quedó dormido casi en el acto.

3 - LA GRACIA DEL REY

Barcelona era una ciudad llena de vida. Su puerto recibía barcos que descargaban y zarpaban con nueva mercancía para todos los puertos del Mediterráneo.

En la calle Bonaventura, junto al mercado, los carros con verduras y legumbres, carne, quesos, aceite, vino, pan y todo tipo de productos entorpecían el paso de los peatones, y el traqueteo de las ruedas de madera sobre el empedrado hacía que el griterío aumentase hasta el punto que no se podía mantener una conversación en tono mesurado.

En medio de todo aquel jaleo, dos hombres bien vestidos y con capa sorteaban los obstáculos. Uno era alto y delgado, blandía un bastón con empuñadura de plata y calzaba botas de media caña. El otro era más bajo que su acompañante y gordo, y lucía medias y zapatos con hebilla. Tenían el aspecto de dos caballeros que se han perdido por las calles de Barcelona. De vez en cuando se detenían y observaban las casas. Finalmente, entraron en un café lleno de proletarios que hacían una pausa en el trabajo para tomarse un vaso de vino y calentarse un poco.

Nada más entrar descubrieron al hombre que les miraba sentado en una mesa cerca de la puerta. Ellos eligieron otra junto a la ventana para poder observar la calle y la puerta, se quitaron el sombrero, lo dejaron sobre el banco de madera y se sentaron.

Tras varios intentos, consiguieron que un hombre recio, calvo y con un delantal que se movía entre las mesas y daba órdenes, se fijara en ellos y tomase nota de su pedido. Pero, aún tuvieron que esperar un rato e insistir para que el amo del café se acordase de ellos. A aquella hora el local estaba abarrotado, se disculpó.

El verano no había sido generoso y aquel octubre era un mes frío en Barcelona. «En Barcelona y en Londres», pensó Gordon, después de agarrar con ambas manos la taza de café con leche caliente que el dueño del establecimiento acababa de depositar frente a él. Habría preferido una taza de té, pero su acompañante le había advertido que en España pedir un producto tan inglés era perder el tiempo. Sintió un escalofrío. La humedad del mar lo calaba hasta los huesos. Después observó el plato que contenía una rebanada de pan moreno con tocino entreverado. El otoño era frío en todas partes, pensó, mientras soplaba sobre el líquido para templarlo un poco.

El viaje por mar había resultado movido a causa de un fuerte viento que los perseguía por el norte. Además, los barcos no le hacían la menor gracia. Sir Blum se había vengado.

—Os encargaréis personalmente —había ordenado cuando vio que carecía de argumentos para discutir el plan de su subordinado.

Sir Blum lo dijo con la cara enrojecida de rabia. «Gordon no le había comunicado nada sobre su existencia», no cesaba de repetirse. «¿Cuánto tiempo hacía que vivía en Barcelona? Dos años. ¡Maldito sea!» Pero como él también había dicho que necesitaban hallar una solución rápida, tuvo que callarse. Como siempre, Gordon tenía respuesta para todo. Tanta meticulosidad lo sacaba de quicio. Tanta meticulosidad y que hubiese hablado con el primer ministro, saltándose todos los escalafones. No sabía si las coincidencias son únicamente eso, coincidencias, pero el hecho era que lord Grenville y Pitt llevaban el mismo nombre de pila: William. A sir Blum nunca le había agradado aquel nombre, a pesar de que su cuñado se llamaba William de Brooksheeld, y de que Grenville ostentaba el título de barón y era miembro del partido *tory*. ¿Qué hacía, pues, junto a un *whig*? Los *whigs* eran republicanos y demócratas, mientras que los *tories* se mostraban partidarios de las prerrogativas reales frente al Parlamento. Además, los *tories* siempre habían sido los defensores de los terratenientes. No lo entendía. ¡Él era *Tory*, evidentemente!

Una semana antes, Gordon había desembarcado en Gibraltar. Nadie se extrañaba de que un barco inglés arribase a la inmensa roca que era territorio británico desde el tratado de Utrecht de 1713, ahora convertida en fortaleza gracias a los túneles excavados en la montaña. Allí le esperaba Albert Flint, segundo secretario de la embajada en Madrid, un hombre que conocía bien aquel país y que hablaba español. De nada le había servido argumentar que él, Gordon, no hablaba ni una palabra de español. Sir Blum, incluso, había sonreído con sorna.

—Me sorprendería que un detalle tan insignificante os detuviese. Sobre todo después de vuestra audacia ante lord Grenville al plantear un plan tan fantasioso —había concluido con una chispa de victoria en los ojos.

El clima de Andalucía era diferente, más cálido, pero a medida que ascendían hacia el norte las cosas cambiaron. Habían encontrado lluvia cerca de Toledo, pero no en Madrid, una ciudad que crecía día tras día. La industria florecía y el proletariado llenaba sus calles. La tarea de dotar a la capital de carreteras y caminos que se dirigían a los cuatro puntos cardinales daba sus frutos. «La corte siempre será la corte y atraerá prosperidad», meditaba Gordon. Antes de partir de Londres se había informado de la situación de España, donde la mayor parte de la tierra pertenecía a la nobleza y al clero. La gente del campo malvivía con lo poco que le quedaba después de pagar las altas rentas a los amos de la tierra, y los grandes señores no invertían en mejora alguna e incluso tenían aduanas interiores que dificultaban el comercio. En los pueblos el analfabetismo adquiría proporciones alarmantes, mientras que en las ciudades empezaban a aparecer voces ilustradas que reclamaban cambios sustanciales, a pesar de que entre los habitantes de las grandes urbes también reinaba una ignorancia considerable. El poder del rey era absoluto y la situación del país era lo más semejante a la época feudal.

Después se dirigieron hacia el nordeste y cruzaron los Monegros. Casi un desierto. También hacía frío y la tierra estaba seca. Creyó que al llegar a Barcelona la temperatura aumentaría. Y acertó, pero la humedad lo estropeaba todo.

Gordon había ordenado a Flint que comprase el *Diario de Barcelona*. Una publicación que había visto la luz por primera vez el 1 de octubre de aquel año 1792. Decían que era conservador, católico y monárquico y que representaba la primera prensa escrita de España con una periodicidad constante y un interés por las noticias de Europa. Aquello sí que era una revolución. Tres años antes, el 1789, el conde de Floridablanca hizo cuanto pudo para que no llegase a la población ninguna noticia del exterior. Tenía miedo de que la declaración de los derechos del hombre prendiese hogueras peligrosas para la monarquía. Sobre todo después de que los ilustrados se inclinasen por los planteamientos del pueblo francés, cosa que no había sido bien recibida por la Iglesia Católica y, menos todavía, por la Inquisición. Y la religión católica, en España, era mucha religión y muy católica.

No había demasiadas noticias. Europa, excepto Francia, permanecía en calma. Por lo menos, eso es lo que se desprendía de la lectura del diario. Sin embargo, Gordon sabía que una cosa es lo que cuentan los diarios y otra, muy distinta, lo que sucede de veras. Los periodistas raramente tienen acceso a cuanto esconden los muros de los despachos donde se toman las grandes decisiones y, además, en España no estaban muy bien vistos por las autoridades. En Inglaterra la libertad de información era mayor, pero él tenía constancia de cómo se movían los hilos y de cómo llegaban las noticias al gran público. Era un tipo de censura mucho más discreta. De hecho, leer los diarios le servía para saber hasta qué punto el mundo estaba informado de la realidad. Y muchos días sonreía divertido. ¿Alguno de aquellos mozos de carga de la taberna era consciente de todo cuanto se cocía fuera de sus fronteras? Con sólo observar sus caras, escuchar sus risas y verlos beber, tenía la respuesta: evidentemente, no. ¡Ay, la ignorancia puede aportar felicidad! En el fondo, Gordon los envidiaba. Sólo cuando tenía a alguno de sus nietos en las rodillas podía olvidar durante breves instantes el mundo. Muy breves. Y la ignorancia permite a los que mandan seguir mandando sin interferencias. Así es el mundo. Quien está encima sabe que, para dominarlo, las noticias deben ser precisas, pero sólo en el sentido que le sean favorables. Por esa razón, el conde de Floridablanca había dado instrucciones al Santo Oficio para que requisase todos los documentos que fuesen en contra de la monarquía y del Papa. Y sus sucesores, Aranda y Godoy, seguían practicando tan provechosa política, pero con mayor discreción.

Levantó la vista y vio entrar a un hombre moreno, más alto de lo que era habitual entre los habitantes de Barcelona. Vestía una chaqueta que se adivinaba que realizaba diversas funciones. La última había resultado un poco agitada, pensó Gordon al contemplar que el recién llegado se liberaba del polvo depositado en sus mangas. No vestía medias, sino un pantalón gris y botas.

El hombre que ocupaba la mesa junto a la puerta, que los había mirado significativamente nada más entrar, se levantó y se marchó. Ésta era la señal convenida.

—¿Qué, don Tomás? —saludó el dueño del café al recién llegado—. ¿Qué tal andamos hoy?

—Bien —respondió el joven.

Después bromeó con un par de clientes, saludó a otros y se sentó.

—Ahora mismo os traigo el desayuno —dijo el amo del café, mientras hacía un gesto con la mano para indicar a otros clientes que enseguida estaría con ellos.

—Gracias —sonrió aquel hombre, y desplegó el diario.

—¿Qué han dicho? —preguntó Gordon a Flint.

—No he entendido una palabra, excepto que el dueño lo ha llamado don Tomás.

—Creía que hablabais español.

—Es que han hablado en catalán —respondió Flint, y al ver el gesto de extrañeza de Gordon, explicó—: España es un país muy especial. Estamos en Catalunya y tienen su lengua y sus costumbres.

—¿Cómo Irlanda? —exclamó Gordon, y Flint asintió.

Así que don Tomás, reflexionó Gordon, y observó al hombre que acababa de entrar. Eso quería decir que en aquel barrio se le respetaba. También le gustaba mantenerse informado y era el único que leía el diario en todo el local. Un hombre que sabe leer y escribir es alguien importante. Si además habla inglés y francés y posee un pequeño negocio, merece el tratamiento de don Tomás, aunque el dueño del café había pronunciado el título con cierta familiaridad, pensó Gordon, mientras lo observaba con atención. La descripción de sir Blum coincidía. La nariz recta, los ojos vivos, joven y fuerte, a pesar de que no era demasiado corpulento. Sabía leer. No era de extrañar, habida cuenta de que su padre había sido maestro de escuela. ¿Cómo habría llegado hasta allí?

Aunque sólo fuera por llevarle la contraria a sir Blum, aquel joven le caía bien. No tenía aspecto de asesino, pero... ¿algún asesino la tiene?

El joven dio cuenta de su desayuno, pagó, se despidió de los clientes, comentó alguna cosa con el dueño del local que le preguntaba sobre lo que decía el diario y salió.

Había llegado el momento de conocerle personalmente.

Gordon le hizo un gesto a Flint, que se hizo cargo de la nota, y salieron. No era necesario correr. Sabían muy bien adónde se dirigía. De manera que dejaron que Headking llegase a su vivienda y se adentrase en el portal. Calcularon que ya debía de haber entrado en casa y entonces decidieron subir.

Tom Headking cerró la puerta y se liberó de la chaqueta. A la altura del codo descubrió que la tela estaba gastada y que pronto aparecería un agujero. Tendría que comprar otra. Quizás el lunes, cuando el trabajo hubiera disminuido, se acercaría hasta el sastre que tenía el taller dos calles más arriba y vería si disponía de algo que le fuese bien. No demasiado caro.

Había escogido el nombre de Tomás García y en aquel barrio creían que había llegado a Barcelona después de vivir de niño en Bélgica, donde supuestamente habían muerto sus padres. Eso explicaba el deje en su acento y que hablase francés e inglés. Veinticinco años y soltero, no se le conocían amantes, a pesar de que era alto y las mujeres lo consideraban atractivo. Su madre, según contaba, era belga. Eso también explicaba que fuese alto. No se metía en líos, no se le veía en las fiestas, no alternaba... Era, en suma, un hombre gris que no suscitaba el menor interés y menos todavía en una ciudad abierta al mar que recibe gente de todo tipo.

Se había levantado a las cinco de la mañana y no había descansado un momento hasta que todas las aceitunas estuvieron en las paradas del mercado. Sacos y cajas, arriba y abajo. Se acercó a la ventana y contempló el cielo azul de Barcelona.

Dos años atrás había llegado a aquella ciudad con cuatro reales en el bolsillo y ahora ocupaba unas habitaciones en la calle Bonaventura. Allí dormía y recibía a sus clientes y proveedores. No era el mejor lugar del mundo, pero estaba cerca del mercado y, cuando menos, era decente. El único problema de aquella vivienda era que, de vez en cuando, le llegaba el hedor de la trapería, sobre todo en verano, cuando el calor le obligaba a abrir la ventana y el sol arrancaba el olor a podrido del rincón donde se amontonaban las porquerías que servían de nido a las ratas.

Habría deseado buscar unas estancias más adecuadas, pero el dinero de un hombre que arranca un negocio no daba para más. Primero hay que pagar a los proveedores, para que vean que pueden confiar en uno. Con un poco de paciencia, todo cambiaría. Su padre siempre le decía que todos hemos nacido en el seno de una familia y que hay que aceptar las circunstancias. Pero, él vivía convencido de que, si bien es preciso aceptarlas, nada impide que luches para mejorarlas. Si no hubiese sucedido todo lo que había sucedido, él viviría en Reigate, la pequeña ciudad situada a unas leguas al sur de Londres, y, posiblemente, habría acabado como su padre, maestro de una escuela rural y sin mejor futuro que vivir humildemente y agachar la cabeza cada vez que se cruzara con los grandes señores.

Saltar al continente y huir durante cinco años le había enseñado a vivir en condiciones más que precarias. Por aquel entonces ya hablaba francés y un poco de italiano. Francia, en aquellos días, era un buen escondite si se pretendía huir de los británicos, pero no era un país seguro. Los franceses lo miraban con recelo. Su acento lo delataba y ya estaba harto de dar explicaciones. Por esa razón decidió que Bélgica era un lugar más acorde. Y lo fue durante un tiempo, hasta que los omnipresentes británicos dieron con él y solicitaron de las autoridades su apresamiento. Entonces huyó a Austria, que tampoco resultó una buena solución. El alemán era un idioma demasiado complicado para poder aprenderlo en poco tiempo y los trabajos que encontraba eran cada vez peores. Además, lo perseguían sin tregua. Descendió hasta Grecia, se enroló en un barco y acabó en las costas africanas.

África no lo acogió con entusiasmo. No se entendía con aquella gente. Sus costumbres eran tan diferentes y su lengua tan complicada que se sentía un extraño entre extraños. Pero, por lo menos, su estancia en aquellas tierras sirvió para que sus perseguidores se olvidasen de él. Finalmente, llegó a Marruecos y de allí saltó de nuevo al continente.

España era distinta. La gente tenía un carácter abierto, era alegre y divertida. El español se parecía al italiano y se entendió enseguida con los habitantes de aquellas tierras, que le dieron toda clase de facilidades y se esforzaban en comprenderlo. Estuvo por tierras andaluzas, por aquellos caminos polvorientos, bajo un sol abrasador que en ciertos momentos le recordaba el desierto. Después subió hacia el norte, hasta Madrid. Una ciudad que despertaba con energía, con ciento setenta mil habitantes, que había crecido al amparo de la corte. En definitiva, una nueva oportunidad. Trabajó en los mercados, ahorrando cuanto podía, malviviendo, hasta que juntó cuatro reales y regresó al sur para comprar algunos sacos de aceitunas. En su anterior estancia en Andalucía había descubierto los campos de cultivo y, tras su paso por los mercados de Madrid, se le había ocurrido que podía montar un negocio.

Todo fue a pedir de boca durante un tiempo, hizo otros viajes a Andalucía, trabó amistad con unos aceituneros, compró y aprendió a sobornar a los funcionarios de las aduanas interiores. En fin, que todo funcionaba hasta que un día un miembro de la embajada en Madrid se interesó por su persona y tuvo que echar a correr hacia el nordeste, hasta alcanzar Barcelona, una ciudad portuaria donde, si las tornas cambiaban, podría tomar un barco y huir más rápidamente. Allí montó de nuevo su negocio y, durante dos años, había prosperado lentamente. Ya no viajaba a Andalucía con tanta frecuencia. Tenía contactos en Jaén que le enviaban la mercancía por mar y se ahorraba parte de los sobornos a los aduaneros interiores.

Alquilar aquellas habitaciones fue un gran paso. Allí recibía a sus clientes y negociaba con los proveedores en un lugar digno. Ahora, tenía crédito en dos de ellos, que ya no le obligaban a pagar al contado. También era cierto que la gente había dejado de apodarlo «el belga» para llamarlo don Tomás. Se adivinaba enseguida que era educado, y eso de haber viajado le otorgaba cierta aureola de señor. Tampoco podía olvidar que su carisma aumentó tras deshacerse de los tres esbirros, primer de uno y luego dos más, enviados por Brunell, que gobernaba el entramado de relaciones que movía la mayor parte del dinero del puerto y del mercado y que no veía con buenos ojos que alguien pretendiese hacerse un hueco en su territorio. Y, ahora, era don Tomás. Un hombre que se había hecho a sí mismo, sin tener que pagar ni protección ni peajes. Una excepción que confirmaba la regla. Y, por si fuera poco, había aprendido el catalán. Mal hablado, pero suficiente como para hacerse entender. Ése era un punto positivo entre la gente del barrio.

Debería tomar algún mozo a su servicio, alguien que lo ayudase a descargar la mercancía. Así él podría dedicar más tiempo a buscar nuevos clientes. Ya había tenido un ayudante, pero un día sufrió un accidente y se partió ambos brazos. Un accidente en el que Brunell había tenido algo que ver. Si bien lo dejaba en paz, no permitiría que nadie trabajase a sus órdenes. Una cosa es una excepción y otra, muy distinta, un forúnculo en el cogote que crece demasiado rápido. Tendría que buscar a alguien que fuese especial, como él, sin miedo a nada. En caso contrario, ya había tocado techo.

Oyó que llamaban a la puerta y se sorprendió. No esperaba a nadie.

—¿Tomás García? —preguntó el hombre que apareció nada más abrir.

Había pronunciado su nombre con un marcado acento inglés. Iba bien vestido y el corte de la ropa le recordaba otros tiempos y otros lugares.

—Para servirle —respondió, no obstante, en catalán.

El hombre sonrió. Lo acompañaba otro, gordo y moreno.

—¿Podemos pasar? —preguntó el hombre alto, en inglés.

Tomás se apartó y los dejó entrar. Después echó un vistazo a la escalera. No había nadie más. Cerró la puerta y condujo a sus visitantes hasta el pequeño despacho situado en la parte trasera de la casa. Por el camino tomó la chaqueta y se la puso. Había que estar a la altura de las circunstancias y no podía recibir a dos caballeros en mangas de camisa.

48

—Lo único que puedo ofreceros es un vaso de agua —dijo, al tiempo que les indicaba dónde podían sentarse. En esta ocasión había utilizado el inglés.

El hombre gordo, que no había hablado, observó su silla. Estaba cubierta de polvo. Tom se dio cuenta, tomó un trapo que había sobre una aleja y la limpió. Después se volvió para hacer lo mismo con la otra silla, pero su acompañante ya se había sentado.

—Mi nombre es Albert Flint. Le presento al señor Alfred Gordon. Somos del ministerio de Asuntos Exteriores de Su Majestad Jorge —dijo el hombre alto.

El otro permanecía en silencio y paseaba su mirada por todos los rincones. Muebles viejos, paredes que hacía largos años que no recibían la visita del pintor, alguna que otra mancha de humedad y poca cosa más.

En dos años nadie lo había molestado, nadie que fuese inglés, y Tom Headking vivía convencido de que ya se habían olvidado de él. Además, las relaciones entre España y el gobierno de Su Majestad no eran precisamente buenas. El eterno conflicto, no declarado, entre las dos potencias por la supremacía en el continente americano se mantenía siempre en una tensa espera. No hacía ni dos años que había estallado una crisis que había durado unos meses. ¿Qué habían venido a hacer, pues, aquellos hombres? Instintivamente pensó que guardaba una pistola en el cajón de la habitación, pero estaba demasiado lejos.

—¿Qué puedo hacer por vos? —preguntó.

—Más que por nosotros, por Inglaterra —respondió Flint con una sonrisa.

—¿Yo? —se extrañó—. Os equivocáis de persona.

—Depende de si vos sois el Thomas Headking que nació en Reigate y que huyó tras dar muerte al hijo del señor de Brooksheeld, cuñado de sir Arthur Blum, jefe de los servicios de información del ministerio.

Tom se puso tenso.

—Si hubiésemos querido nos habríamos presentado de una manera muy distinta, pero hemos venido para conversar tranquilamente —dijo Flint.

Tom dudó unos momentos. Era evidente que sabían muy bien a quién buscaban. No valía la pena intentar hacerse el tonto.

—Ya han pasado algunos años y estamos muy lejos de Inglaterra —replicó sin dejar de observar a sus visitantes. Sobre todo, los ojos y las manos.

—Cuatro años. Casi cinco, para ser más exactos. Cuatro años que no han sido demasiado generosos con vos. Vuestra madre...

—Ella no tuvo nada que ver en aquel asunto —se puso en guardia Headking.

—No he dicho lo contrario —replicó Flint.

—Fue una pelea limpia, a pesar de que nadie quiso escucharme. Ni la policía ni el juez.

—Quizás es cierto, pero huisteis y todavía sois un fugitivo de la justicia británica.

—Él había matado a mi padre y empuñé la espada. Todo el mundo lo sabe. ¿Qué habríais hecho en mi lugar? El duelo fue más limpio y noble que el suyo con mi padre, que no sabía ni lo que hay de hacer con una espada en la mano. Aquello sí que fue un crimen.

—Tampoco lo negaré. Yo no estaba presente —respondió Flint con idéntica flema.

—Pero, me habéis condenado.

—No soy juez. Fuisteis condenado en rebeldía, por haber huido.

—¿Qué garantías habría tenido, si no llego a huir? ¿Qué vale mi palabra, la de un plebeyo, frente a la palabra de los nobles? —siguió atacando Headking.

—En estos momentos contamos con un primer ministro *whig* y os puedo asegurar que la justicia es ecuánime.

—Me acusaron de matar al hijo de Brooksheeld a traición y los testigos guardaron silencio. ¿De veras creéis que la justicia es igual para todos? —sonrió Headking.

—Por eso hemos venido —intervino Gordon. Por el tono con que había respondido y por la manera en que Flint lo miró, Tom dedujo de inmediato que era quien mandaba de veras—. Hace dos años que vivís en Barcelona y nadie os ha molestado, a pesar de que conocíamos vuestra existencia. No habría resultado difícil enviar a alguien que os obligase a regresar a Londres para ser juzgado o que... —hizo un gesto con la cabeza, harto elocuente—. No obstante, no lo hemos hecho. Al contrario, hemos revisado vuestro caso y creemos que quizás tenéis razón y que fue tal como explicáis. Por lo menos, eso es lo que cierta persona ha insinuado.

—¿De quién se trata?

—Por el momento prefiere permanecer en el anonimato.

—Entonces, que se celebre el juicio y que declare en mi favor.

—No es tan sencillo. Habrá que convencerla. Por eso, cuando he hablado de vuestro caso con sir Blum, le he dicho que estoy seguro de que sois un inglés de pies a cabeza —explicó Gordon.

—¿Habéis hablado con sir Blum? —casi se rió Tom.

—La idea no ha resultado, precisamente, de su agrado —confesó Gordon—. Me ha pedido una prueba y yo le he contestado que seríais capaz de cualquier cosa por vuestro país. Entonces me ha respondido que, si es cierto que sois un inglés de pies a cabeza, él no tendría inconveniente en solicitar para vos la gracia del rey. Vuestra madre es una mujer mayor que se sentiría feliz de volver a ver a su hijo. Ha estado enferma y... —hizo un corto silencio—. ¿No sabíais que ha estado enferma?

Tom bajó la mirada.

—No puedo comunicarme. La comprometería.

—Siento haber sido yo quien os ha traído la noticia —dijo Gordon, y se calló unos instantes hasta que tom pareció haberla asimilado—. Me gustaría que pudieseis visitarla y visitar la tumba de vuestro padre. Sé que no representa ningún consuelo, pero es todo cuanto puedo ofreceros. Eso y la gracia del rey.

—¿Me ofrecéis la gracia del rey por haberme defendido, por haber vengado la muerte de mi padre y por no permitir que aquel idiota me matase?

«Es un joven agradable», pensó Gordon. Incluso, podía creer su historia. Era mentira que hubiesen revisado su caso, como también era mentira que nadie hubiera insinuado nada o que su madre hubiese estado enferma o que sir Blum estuviese dispuesto a interceder ante el rey, pero el perdón sí que podía obtenerlo. Había hablado con William Pitt y éste le había dado su palabra de que, si Headking aceptaba, presentaría el caso al rey. De manera que se trataban de mentiras menores frente a una verdad mayor y, por lo tanto, quedaban justificadas.

—Es más rápido y más seguro que un juicio, ¿no creéis? —respondió Gordon.

—¿No decís que la justicia británica es ecuánime y, además, que hay alguien que puede declarar en mi favor? ¿Por qué, pues, necesito el perdón?

¡Por supuesto que le gustaba aquel joven! Era culto y tenía respuesta para todo. Habría que andarse con tiento.

—No os he ofrecido el perdón —sonrió Gordon, que tenía fama de ser un rival difícil de batir en el terreno de la dialéctica—. El perdón se ofrece a los culpables. La gracia del rey significa que la justicia olvida el asunto y que no sois responsable de nada. No habéis sido juzgado. ¿Comprendéis la diferencia?

Tom asintió lentamente.

—¿Cuándo podré visitar a mi madre y rezar a los pies de la tumba de mi padre? —preguntó.

—Antes tenéis que prestar un servicio a Inglaterra.

—¿Qué servicio?

—No os engañaré. No es sencillo, pero el favor que podéis hacer a vuestro país justificaría cualquier gracia.

Tom se levantó y se acercó a la ventana. El cielo de Inglaterra no era tan alegre como el de Barcelona, pero ya hacía demasiado tiempo que no lo contemplaba y lo añoraba. De la misma manera que recordaba los campos de un verde intenso, a su madre y... a su padre. Cuatro años es mucho tiempo para una mujer mayor. Demasiado para alguien que no ve a su hijo, que no tiene ninguna noticia de él, que no sabe si está vivo o muerto. Y cuatro años eran muchos años también para él. Gordon decía que Inglaterra le necesitaba y que sir Blum estaba dispuesto a olvidar. Valía la pena cualquier sacrificio para recuperar el pasado y la vida.

—Acepto —respondió—. Siempre que pueda emplear mi auténtico nombre, sin esconderme, a plena luz del día —añadió—. No soy ningún criminal.

Gordon asintió. De hecho ya tenía previsto proponerlo él. Entraba dentro de sus planes, pero mejor que se le hubiese adelantado el joven.

—Sentaos, tenemos que hablar largo y tendido —sonrió.

Y Tom, más tranquilo, se sentó y escuchó.

4 - NUEVOS HORIZONTES

Pintado en el portón por donde entraban los carros se leía Productos Erquiza, una palabra en cada hoja de nogal oscurecido por la luz del sol. Por allí entraban quesos y embutidos, sin olvidar los aceites, vinos y todo tipo de alimentos que pudieran conservarse durante cierto tiempo. A primera hora de la mañana los empleados cruzaban la pequeña puerta que se hallaba justo bajo el nombre de Erquiza, con letras bien grandes y en color blanco, que Santiago Erquiza, don Santiago ordenaba repintar cada temporada.

Don Santiago había hecho crecer el pequeño negocio que fundó su padre, Pedro Erquiza, y se había ganado el respeto de sus competidores y clientes, hasta el punto de que era uno de los proveedores del Palacio Real. Más valía que no explicara cómo lo había logrado ni cuánto le había costado. El hecho es que durante años trabajó como el que más, amplió el número de sus clientes y extendió su red desde Madrid hacia el nordeste hasta Zaragoza, hacia el noroeste hasta Valladolid y hacia el sur hasta Ciudad Real. Pero, desde hacía días, la nave cada vez aparecía más vacía y más triste. Donde antes había cajas y sacos, ahora se apreciaban rincones vacíos y a ratos los empleados permanecían mano sobre mano.

Nada más abrirse la pequeña puerta y aparecer aquel hombre no demasiado alto pero fornido los empleados cortaron la charla y la nave recuperó el movimiento. Don Santiago se detuvo un instante, pero no dijo nada y enfiló hacia la escalera que conducía hasta su despacho, situado sobre la nave que le servía para recibir la mercancía. No saludó a nadie. Aquella era su forma de manifestar que lo que había visto no era de su agrado.

Al llegar al despacho, un hombre enjuto, con gafas, que corría como un pingüino, lo alcanzó. Era Manolo, el contable. Siempre andaba con los libros bajo el brazo y todos decían que ambas cosas formaban una unidad indisoluble.

—Don Santiago, tenemos que hablar —le dijo.

Erquiza asintió. Aquella frase, pronunciada por Manolo, era un mal augurio. Si todo iba bien, casi nunca cruzaban una palabra, excepto para saludarse.

La figura del empresario contrastaba con la del contable. Su cuerpo era recio y las manos, anchas y fuertes. Se trataba de un hombre que, cuando era necesario, sabía arremangarse y no perdía los anillos. A sus cincuenta y siete años tenía dos hijas. Su esposa Gertrudis había muerto dos años antes sin haberle dado ningún hijo varón.

Petra, la hija mayor de Erquiza, se había casado con un funcionario del Tesoro no muy brillante y don Santiago no contaba con él para que le echase una mano en el negocio. Su yerno Mariano era hijo de buena familia y, por lo menos, ya tenía una hija colocada. La otra, Angelines, con diecisiete años, había tenido dos pretendientes y los había asustado con su carácter de mil demonios. Por eso se sintió presa del terror cuando recibió la noticia de que el barco que iba camino de Cuba había desaparecido con toda su carga de aceite, quesos y arenques. Lo había invertido casi todo en aquella nueva aventura que debía permitirle dar un gran salto. Cuando menos, éste era el proyecto que le había propuesto Luis de Montmarfart, un hombre al que conoció durante una cena. Desde Cádiz directamente a Cuba, y desde allí a todo el continente americano. Eso le había propuesto. Un negocio redondo, porque Montmarfart, que según afirmaba llegaba de las Américas, conocía muy bien el terreno. Y lo engatusó con toda la verborrea que era capaz de desplegar.

—Don Pedro, el director del banco quiere que vaya a verle —comunicó Manolo nada más cerrar la puerta.

Durante casi tres meses había esperado noticias del barco desaparecido, pero parecía que se lo había tragado el mar. Y conforme transcurrían los días y las semanas fue repasando todos los acontecimientos. Pero ¿cómo podía haber sido tan imbécil? Montmarfart lo convenció de que comprase un barco. Él compraría otro en América y podrían realizar dos viajes al mismo tiempo. Uno desde del Nuevo Continente hacia España y otro en sentido contrario. Duplicarían los beneficios. Y tanto habló sobre el gran negocio que Erquiza solicitó un crédito al banco, hipotecó la casa, vendió parte de sus propiedades e invirtió hasta el último real. Él, que nunca había visto el mar, se convertiría en armador.

Ya no había vuelto a ver ni el barco ni a Montmarfart. ¿Cómo se habían perdido? Nadie sabía nada y Erquiza llegó a la conclusión de que había sido víctima de una monumental estafa y que el dinero, su socio y el barco se habían perdido. Y él, arruinado.

Los rumores sobre que aquella desgracia lo había dejado a dos velas no tardaron en circular y los proveedores fueron a visitarle. Todos se habían puesto de acuerdo, pero no para echarle un cabo, sino como buitres que planean sobre un cadáver. «No dudamos de vuestra capacidad para rehaceros, pero dadas las circunstancias...» La traducción no era difícil: ¿cobraremos?

¿Y él, qué podía decirles? Que sí, naturalmente. Que aquello no era nada más que un pequeño tropiezo, que el barco aparecería, que...

¿Un ligero tropiezo? El último mes había sido un calvario. ¿Cómo pagaría la mercancía si no podía ni devolver el préstamo al banco? Ya se veía arruinado, sin más alternativa que pedir caridad a sus parientes, amigos y conocidos. Pero, ¿quién le echaría una mano? Había tanteado el terreno y el futuro no se presentaba nada risueño. Cuando tu negocio va bien, todos están a tu lado, pero cuando cambian las tornas... todos huyen. Incluso su consuegro le había insinuado que corrían malos tiempos para todos, que él también había tenido problemas. Es decir: no cuentes conmigo.

Y ahora el director del banco quería verlo. Si es él quien pide que vayas a verle, significa que has dejado de ser un cliente interesante. No hay que darle más vueltas. Se había embarcado en una aventura que superaba sus posibilidades. El crédito fue para comprar los locales de Cádiz, el barco y la carga, adelantar el pago de la tripulación, prestar a su socio para hacer frente a no sé qué compromisos y pagar los jornales de los empleados durante los primeros meses. El problema era que no había asegurado ni el barco ni el cargamento para ahorrar algunos reales, y la casa, la nave de Madrid y las tierras que tenía en Andalucía no cubrían el montante de la deuda.

—Paco, Genaro y Mariano se marchan —dijo Manolo.

Lo escuchó como si su voz llegase de ultratumba, como si todo aquello formase parte de una pesadilla. Un sueño amargo que ya duraba demasiado. En los últimos días, dos empleados más habían pedido la cuenta y habían desaparecido. Les había pagado con el poco dinero que guardaba en casa. Y lo hizo en un desesperado intento por conseguir que todos creyesen que aún disponía de sobrados recursos en espera de que sucediese un milagro y el barco apareciese. Sin embargo, no había podido hacer frente al primer pago del préstamo en la fecha convenida y ahora ya no le quedaba nada. Cuando llegase el viernes, no podría ni pagar los jornales.

—También ha venido un hombre que desea hablar con vos —seguía informando Manolo.

—¿Quién es?

—No lo había visto nunca, pero viste bien y es extranjero. Le he dicho que estabais a punto de llegar y me ha contestado que regresaría enseguida.

Oyeron que llamaban a la puerta y apareció un empleado.

—Don Santiago, preguntan por vos —dijo aquel hombre, con la gorra en la mano.

—Debe de ser el hombre que ha venido antes —apuntó Manolo.

—Sí, el mismo —confirmó el empleado.

—Hazlo subir —ordenó Santiago Erquiza. Quizás era el milagro que aguardaba y traía noticias de Montmarfart.

—Don Santiago... —dudó el empleado.

—¿Qué quieres, Genaro?

—¿Ya le ha dicho el señor Manolo que...?

—Sí, ya me ha advertido de que todas las ratas abandonan el barco —afirmó Erquiza con desprecio.

—Don Santiago, tengo familia y...

—La semana que viene cobraréis y podréis huir. Haz que suba ese hombre.

La puerta se cerró y Manolo miró a don Santiago.

—No hay dinero en caja —dijo el contable—. ¿Quizás vos disponéis de algo?

No hubo respuesta, sino un ligero movimiento de cabeza por parte de Erquiza. En sentido negativo, evidentemente.

—¡Bien! Veré qué quiere ese hombre y después seguiremos despachando —concluyó la conversación.

Manolo recogió los libros mientras Genaro abría la puerta y entraba un hombre joven, moreno, alto y bien vestido.

—Buenos días. ¿En qué puedo serviros? —preguntó.

—Mi nombre es Thomas Headking —se presentó aquel joven, se quitó lentamente los guantes y alargó la mano.

Erquiza se la estrechó y le ofreció una silla, mientras se disponía a escuchar. Estaba nervioso.

—¿Traéis noticias del señor Montmarfart? —no pudo aguantarse.

—No conozco a ese señor. Venía a haceros una proposición que puede resultar muy beneficiosa —explicó Headking.

¿Una proposición? Erquiza se extrañó. Era lo último que esperaba escuchar.

—¿De qué se trata? —preguntó, tenso.

—Me han dicho que disponéis de unos locales en Cádiz. El Mediterráneo se está volviendo peligroso y Cádiz está muy bien situada para exportar a toda Europa a través del Atlántico.

La rabia se apoderó de don Santiago. ¡Exportación! Otro mal nacido que quería sacarle hasta el hígado.

—¿Ah, sí? —exclamó—. ¿Y qué habéis pensado exportar?

—Quesos, aceite, embutidos, aceitunas...

Aquella canción ya la había oído en labios de Montmarfart y ahora necesitaba treinta mil reales. La sangre se le agolpó en las sienes.

—Salid de aquí ahora mismo —se levantó con violencia.

—¿En qué os he ofendido? —se sorprendió Tom.

—O salís ahora mismo por vuestro propio pie u ordenaré a mis empleados que os echen fuera —lo amenazó.

—Quizás no he venido en un buen momento.

Erquiza se acercó a la puerta y la abrió con decisión. Aquella conversación había concluido.

Tom Headking se levantó de la silla con calma.

—Deberíais escucharme —dijo.

—¡Fuera! —gritó Erquiza.

Y cerró con un portazo.

—¡Manolo! —llamó—. Si aparece otro señor a proponerme un negocio fabuloso, échalo escaleras abajo.

—Sí, señor.

Se dejó caer en la silla, derrotado, y paseó la mirada por el despacho. Tendría que venderlo todo. Compradores no le faltarían, pero el precio... Los competidores le arrancarían la piel a tiras. Tantos años, tanto esfuerzo y todo se había perdido. Ya era mayor y se sentía demasiado cansado para empezar de nuevo. ¿Alguien le daría trabajo? ¡Sí, seguro! No había que olvidar que aún le quedaban clientes y que conocía el mercado. ¿Y Manolo? También le buscaría trabajo. Era un hombre eficiente y leal. Llevaban juntos, por lo menos, veinte años y en todo aquel tiempo le había servido con fidelidad.

*** ***

Lo retrasó cuanto pudo, pero los días se sucedían sin ninguna esperanza y al final llegó a la conclusión de que los malos tragos cuanto antes se pasen, mejor. De manera que don Santiago respiró hondo y entró en el banco. Había meditado todos los argumentos que emplearía cuando estuviese frente al director. «La deuda es muy elevada y las propiedades no la cubren», le diría don Pedro, el director, con aquel bigote largo y negro que se teñía para parecer más joven. Y lo diría agarrándose las solapas de la chaqueta con las manos, con el gesto grave de un juez. Era consciente de ello, le respondería él. Sin embargo, era el proveedor del Palacio Real. Podría rehacerse. No sería fácil, pero existía una posibilidad. Naturalmente no mencionaría que el rey no pagaba con la celeridad que se requería y que si no podía servir el próximo pedido o si no satisfacía la *gratificación,* que era costumbre *ofrecer* a ciertos funcionarios, lo perdería todo. En la corte y en Madrid todo tenía sus caminos y había que respetarlos y cuidarlos, no se dé el caso de que alguien más listo te pise el terreno ya que, cuando hay dinero de por medio, las lealtades son muy frágiles. Había inflado las posibles ventas y los probables beneficios hasta extremos increíbles. ¿Se lo tragaría don Pedro? Quizás, sí. Manolo era un artista con los números.

El empleado del banco, un hombre que cruzaba las manos como un jesuita y sonreía con media boca, al propio tiempo que doblaba la espalda cada dos por tres, lo condujo al despacho del director. Le esperaba. ¡Naturalmente!, pensó Erquiza. El verdugo también espera al condenado al pie de la horca.

Antes de entrar se dio cuenta de que llegaba con el corazón en un puño. ¿Cómo iría todo? ¿Lo escucharía? Se detuvo un instante y respiró hondo. Había que echarle narices.

—¿Qué tal, don Santiago? —lo saludó don Pedro con simpatía, alzando aquel bigote negro hasta dejarlo horizontal y mostrando la dentadura.

Erquiza lo miró extrañado. El director del banco se había levantado de la silla, había venido hasta él y le había estrechado la mano. Eso no se hace con un cliente que ha dejado de ser importante.

—Bien, dadas las circunstancias —respondió Erquiza, sorprendido por la cordialidad del director.

—Las circunstancias, aunque eran complicadas, han cambiado considerablemente. Sentaos, por favor.

Erquiza aún se sorprendió más. ¿A qué circunstancias se refería don Pedro? ¿Quizás tenía noticias de Montmarfart?

—Esta mañana, a primera hora, ha regresado vuestro socio, Thomas Headking, un joven con excelentes ideas —dijo don Pedro, y Erquiza puso cara de idiota—. No temáis, me ha advertido de que el trato aún no se ha cerrado y que ha de mantenerse en silencio para impedir que la competencia sepa algo. No saldrá ni una palabra de este despacho.

—¿Y qué os ha contado? —preguntó Erquiza, que aún no se había repuesto de la sorpresa.

—Lo de cambiar el nombre de Productos Erquiza por el de Aceites, Aceitunas y Otras Delicadezas del Sur de España es genial. Es un nombre más impersonal, más abierto y más genérico. Eso de *delicadezas* tiene una connotación más exquisita para comerciar con otros países del continente. Pero, lo mejor de todo es el título que añadiréis a todas las cajas —hinchó el pecho y levantó la mano como si pintase un cartel en el aire—: Proveedor del Palacio Real de Su Majestad el Rey de España.

Erquiza puso unos ojos como platos. Se había quedado sin habla. Aquello era increíble. Aquel joven proponía... ¿Proponía? ¡No! Le había soltado al director del banco que tenían previsto cambiar el nombre de la empresa. Aceites, Aceitunas y Otras Delicadezas del Sur de España. Y, por si fuera poco, aún quería añadir en todas las cajas que era el proveedor del rey. ¿Pero, cómo...?

Y aquí se detuvo. «Un momento, un momento... Eso de escribir en todas las cajas que soy el proveedor del rey no es ninguna tontería», aceptó. Porque era una idea genial. ¿Cómo no se le había ocurrido a él? Entonces, sonrió. Por primera vez en muchos días. Y la sonrisa todavía fue más franca y generosa cuando escuchó que don Pedro le informaba de que Thomas Headking, aquella misma mañana, había abierto una cuenta personal con cincuenta mil reales. De Montmarfart no había visto ni un duro. Y, aquel joven, por lo menos, mostraba dinero. ¿Sería el milagro que había estado esperando?

Cuando abandonó el banco, don Santiago todavía se preguntaba si todo aquello era cierto o si formaba parte de otro sueño que acabaría en pesadilla. Y le dio vueltas y más vueltas hasta que, justo al volver la esquina para dirigirse a su empresa, descubrió que Tom lo esperaba.

—¿Podemos hablar?

Erquiza no supo qué responder. Simplemente le indicó el camino que conducía a su despacho y le rogó que lo siguiera.

Al pie de la escalera, Genaro, con la gorra en la mano, se le acercó.

—Buenos día, don Santiago...

—Después —dijo Erquiza. Ahora tenía un asunto pendiente con su visitante.

—Sólo quería deciros que, si no tenéis inconveniente, no me marcharé. ¡Bueno! Nadie se irá.

—¡Ah! —fue el único sonido que escapó de su garganta—. ¿Y Manolo? —preguntó.

—Ha ido a atender un nuevo pedido. Ha venido un señor muy elegante, extranjero, de no sé qué lugar...

—¿De la embajada británica? —apuntó Tom.

—Eso mismo —corroboró Genaro.

—¡Ah! —repitió Erquiza.

Aquél era el día de las sorpresas. Y, por el momento, todas agradables. ¿Dónde estaría la trampa?

Los dos hombres subieron la escalera y entraron en el despacho. Tom esperó hasta que Erquiza le indicó la silla que había ocupado unos días antes y de la que lo había echado.

—¿Puedo ofreceros un vaso de vino? —preguntó el empresario—. ¿Jerez, quizás?

—Gracias. Sois muy amable —aceptó Tom—. Supongo que os preguntaréis qué hago aquí.

—Más bien me pregunto qué hacíais en el banco, explicando no sé qué historias a don Pedro —replicó Erquiza mientras servía el vino.

—Como no queríais escucharme, he buscado a alguien que tiene un poco más de paciencia que vos —dijo Tom con una sonrisa.

—Quizás me equivoqué. Os pido disculpas —respondió Erquiza.

—Yo también habría reaccionado igual después de sufrir el desengaño que ha significado para vos la experiencia pasada —le restó importancia Headking—. Me he enterado y no os lo echo en cara.

—¿Por qué me habéis escogido a mí?

—Necesito una nave, un puerto bien situado, una empresa y unos empleados, y vos lo tenéis todo. Como ya os dije, el Mediterráneo cada vez se vuelve más inseguro y el Atlántico es una ruta alternativa. No tendremos que cruzar Francia. Y cuando la situación regrese a la normalidad, Cádiz será ideal.

—No habléis tan pronto en plural. No hemos llegado a ningún acuerdo y, que yo sepa, no hay nada en venta —se adelantó Erquiza.

Ahora lo veía claro. Aquel joven quería comprar la empresa por cuatro duros.

—No quiero echaros del negocio, si es lo que os preocupa. Creo que juntos podemos lograr mucho más que por separado —sonrió de nuevo Tom.

—¿Podéis contármelo con mayor detalle?

—Vos disponéis de las herramientas y yo del dinero. Vos tenéis experiencia y yo nuevas ideas. ¿Por qué no hemos de trabajar codo con codo?

—¿Qué significa trabajar codo con codo?

—Ser socios.

—¿Cómo habéis dicho que era vuestro nombre?

—Thomas Headking, señor Erquiza.

—¿Y de dónde sois?

—De Reigate, Inglaterra.

—Socios habéis dicho, ¿verdad?

—Sí, señor.

—No basta el dinero para llevar un negocio —dijo Erquiza, mirando con interés a su interlocutor.

—Dinero, ideas, trabajo y contactos. Tengo un pequeño negocio en Barcelona. De manera que sé de qué hablo. Además, dispongo de buenos amigos que nos abrirían las puertas de otros mercados. Conozco a gente en Holanda y en Bélgica, y mis amigos también pueden echarnos una mano en Austria, Dinamarca, Prusia y Suiza.

—¿Trabajaríais aquí, conmigo? —preguntó.

—Para eso he venido.

Aquel joven parecía buena persona.

—Tenéis deudas y los proveedores no quieren serviros si no pagáis al contado —siguió hablando Headking—. Tenéis que hacer frente a un pago de treinta mil reales dentro de tres días. Me lo ha dicho don Pedro. Pero, si llegamos a un acuerdo, podréis saldarlo.

Erquiza iba de sorpresa en sorpresa. Aquel joven llegaba muy bien informado. Y... con cincuenta mil reales. ¡Más que suficiente! Podría pagar una parte de la deuda y con seguridad don Pedro le ofrecería otro crédito. Los banqueros, cuando huelen el dinero, se vuelven como una mujer encantadora que te lo ofrece todo. Después, igual que ellas, pasaría factura por los servicios prestados.

—¿Y cuál sería vuestra parte?

—La mitad.

—Con treinta mil reales sólo podéis aspirar a una pequeña parte —sonrió Erquiza.

—Estoy dispuesto a invertir lo que sea, pero quiero la mitad —se mantuvo firme Headking—. Poned precio. Si es justo, nos entenderemos. Si hubiese querido aprovecharme os habría pedido el cincuenta y uno por ciento, pero ya os he dicho que busco un socio con quien poder discutir y trabajar. Sin embargo, hemos de hacerlo de igual a igual. En caso contrario, quien posea la mayoría puede caer en la tentación de imponer sus criterios. Y eso no sería correcto.

«Curioso personaje», pensó don Santiago. Era consciente de su fuerza y no regateaba, pero tampoco lo ahogaba. Hizo un cálculo rápido. De hecho, lo tenía todo perdido y los milagros no existen. Sólo había un detalle que no acaba de entender y que lo desconcertaba. Si aquel joven venía tan bien informado, bien sabría que, tarde o temprano (y en su caso, más temprano que tarde), el banco ejecutaría las hipotecas y acabaría subastando la empresa. ¿Por qué, entonces, le ofrecía quedarse sólo con la mitad, cuando podía tenerlo todo?

—Yo seguiré gestionando a mis clientes —dijo.

—Para eso quiero ser vuestro socio —replicó Tom—. Yo buscaré nuevos clientes y entre ambos haremos crecer el negocio. Partir de cero es duro y largo, pero con vos partimos de una base.

Quizás estaba demasiado susceptible o tal vez era que aquel hombre lo desconcertaba. Erquiza reflexionó. Más valía tener la mitad de algo que todo de nada. Cuando una puerta se cierra, hay que saber buscar nuevos horizontes.

—Mitad y mitad, señor Head... —no acababa de acertar con aquel nombre.

—Podéis llamarme Tom —dijo el joven levantándose y extendiendo la mano.

—¡Bien! Pensaré en el precio y os lo comunicaré, Tom —estrechó Erquiza aquella mano. Era firme y fuerte. También se notaba que había descargado unos cuantos sacos.

—Si llegamos a un acuerdo, os enviaré a mi abogado para que redacte los documentos necesarios.

—Si llegamos a un acuerdo, le recibiré encantado. Pero hay una condición.

—¿Cuál? —se extrañó Tom.

—El nombre de la empresa será Aceites, Aceitunas y Otras Delicadezas del Sur de España pero, debajo, dirá Antigua Productos Erquiza.

—Perfecto —rió Tom—. De esta manera los clientes verán que seguimos siendo los mismos.

Se despidieron con un buen apretón de manos y don Santiago contempló desde lo alto de la escalera cómo Head... Bueno, cómo Tom desaparecía por la pequeña puerta. Entonces paseó la mirada por la nave y acabó por dirigirla hacia el portón de madera. Tendrían que cambiar el nombre a la empresa y las letras serían menores, pero su apellido seguiría presente. Y eso era importante porque nunca sabes cómo puede acabar un negocio, aunque tenía que confesar que Tom le había caído bien.

*** ***

Lord Grenville había convocado la reunión para analizar la situación. Sir Blum observaba la cara de Gordon. Lo aplastaría si pudiese, como el día que propuso el nombre de Tom Headking.

—¿La embajada de Madrid ha cumplido con su parte? —preguntó lord Grenville.

—Sí. Y hay que reconocer que Headking ha hecho un buen trabajo —dijo Gordon, procurando que no se le escapase una sonrisa—. Es inteligente y hábil. Eso de ir a hablar con el director del banco no entraba en el plan y ha sido definitivo. Lo ha hecho por iniciativa propia.

—Ésa era la parte más fácil —restó sir Blum importancia al hecho —. ¿Cómo se las apañará para obtener información de lo que sucede dentro del despacho de Godoy?

—Es imaginativo, sabe moverse y, sobre todo, es discreto. No cómo el capitán Lear o como McFar —no pudo reprimirse Gordon. Los dos habían sido escogidos por sir Blum. Entonces, se volvió hacia lord Grenville—. ¿Por cierto, ya habéis hablado con el primer ministro?

—¿De qué?

—Del perdón de Tom Headking.

El ministro captó el rictus en los labios de sir Blum. Gordon tendría que haber cerrado la boca. Aquél era un detalle demasiado delicado para tratarlo delante del jefe de los servicios de información.

—Había otros asuntos más importantes y no creí oportuno sacar el tema.

—Pues, recordad que se lo hemos prometido y que...

—No necesito que me lo recordéis.

Una cosa es ganar la partida y otra reírse del adversario. A veces, el comisionado no se mostraba muy inteligente y lo mejor que lord Grenville podía hacer en aquellos momentos era cortar por lo sano. De manera que Gordon se levantó de la silla y se retiró.

Una vez fuera, la sonrisa del comisionado se convirtió en burla. El primer ministro William Pitt estaba al corriente de la operación y había alabado su habilidad. En esta ocasión, si todo iba bien, sir Blum no se colgaría las medallas.

Lo que Gordon desconocía era el contenido de la conversación entre el primer ministro Pitt y lord Grenville, que había tenido lugar el día anterior, en el despacho del primer ministro, sentados y con una copa en la mano.

—Sorprendente, ese Headking —había alabado Pitt—. Nos ha salido mejor de lo que esperábamos.

—Un hombre acostumbrado a huir y a esconderse tiene que ser listo. Una buena idea por parte de Gordon.

—¿Qué pensáis del resto?

—Gordon es astuto, metódico y reflexivo —había dicho lord Grenville—. Enseguida captó vuestra insinuación. Los tiempos cambian y hay que amoldarse. Hasta ahora nuestros espías actuaban en solitario. Era la garantía del anonimato, pero Europa es otra. Las fronteras se mueven con rapidez y necesitamos noticias. Crear una red paralela en la que todos nuestros espías posean un vínculo común es peligroso, pero también ofrece indudables ventajas. Disponer de un hombre que pueda viajar por todo el continente sin despertar sospechas es una gran idea. ¿Y quién mejor que un fugitivo de la justicia británica? Si hubiésemos querido fabricarlo no nos habría salido mejor. Ha pasado por Francia, ha huido de nuestros hombres en Bélgica y en Austria, ha vivido un tiempo en el norte de África y se ha establecido en España. Un verdadero descubrimiento.

—Hemos de conservarlo tal como es —dijo Pitt.

—¿Os referís al perdón del rey Jorge?

—Ese perdón tardará en llegar.

—Gordon insiste en que se lo prometimos —recordó lord Grenville.

—Toda persona es útil si ocupa su lugar. Gordon es inteligente y eficaz, pero no entiende de alta política —replicó Pitt—. Cuando está en juego el futuro de Inglaterra, hay que sacrificar peones. Además, si Headking regresa a Inglaterra, sir Blum podría hacer una locura. Es rencoroso y vengativo, a pesar de que no es demasiado inteligente. Podría poner sobre aviso a su cuñado, el señor de Brooksheeld, y... ¿comprendéis? El retraso del perdón es por el momento la salvación de Headking y para nosotros una carta de garantía. Podrá moverse libremente por todas partes, excepto por Inglaterra. Nadie sospechará de él e incluso los franceses no le prestarán mayor atención. Cursad órdenes a nuestra embajada de Madrid. Nadie, bajo ningún pretexto, debe pronunciar su nombre. Los contactos correrán a cargo de Albert Flint. De la forma más discreta posible. Y, si alguien pregunta por Tom Headking, la respuesta ha de ser clara y contundente. Es persona *non grata* para la Corona. ¿Entendido?

—Perfectamente. Sir Arthur Gray...

—Nuestro embajador en Madrid solo será informado de aquello que sea estrictamente necesario —lo cortó Pitt.

—Así se hará —asintió de nuevo lord Grenville.

5 - LAS DELICADEZAS DE ERQUIZA

Todos los carruajes habían llegado a los jardines de palacio. Los invitados subían la escalinata y ocupaban el gran salón. Las mujeres rivalizaban en exhibir sus vestidos y sus encantos, mientras que los hombres se saludaban con ligeras reverencias. El protocolo ordenaba que no podían saludarse hasta que los monarcas no hubiesen hecho su aparición. De manera que todos esperaban a que los soberanos descendiesen por la escalera, acción que tuvo lugar según lo previsto y los asistentes formaron un pasillo humano.

En lo alto de las escaleras, la reina María Luisa agarró discretamente el brazo del rey Carlos IV y lo detuvo. Con todos los ojos pendientes de ella, se sentía una diosa y quería disfrutar del momento. Había escogido para la ocasión el collar de diamantes que provocaba admiración en los hombres y envidia en las mujeres. Respiró hondo y empezó a descender lentamente, con lo que el rey tuvo que aminorar su paso para no dejarla atrás. Al pie de la escalera, el primer ministro Godoy les dedicó una reverencia. Después, los hombres, al paso de los monarcas, fueron doblando la espalda, y las mujeres la rodilla y el cuello, mientras desplegaban sus faldas.

Llegados a las sillas reales, elevadas del suelo por una tarima que les permitía contemplar toda la sala, los soberanos se volvieron hacia sus invitados y el rey Carlos ejecutó un gracioso gesto con la mano, describiendo un arco que comenzaba con la mano plegada a la altura del pecho y acababa con la mano extendida y los dedos hacia el exterior. Todo ello acompañado de una ligera inclinación de cabeza. La orquesta, situada en el balcón, empezó a tocar y las voces iniciaron las conversaciones.

El maestro de ceremonias levantó la barbilla, la puerta se abrió y un ejército de camareros portadores de bandejas repletas de exquisiteces se distribuyó entre todos los asistentes. El gesto estirado de los servidores, con aquellos pasos cortos, rápidos y bien definidos, conseguía que un espectador, situado en un extremo de la gran sala, tuviera la impresión de que los manjares volaban entre los vestidos cargados de las damas. Sólo si bajaba la mirada descubriría el baile de tobillos y piernas enfundadas en medias blancas, que se mezclaban con la diversidad de colores de las de los invitados, algunos con peluca y otros que empezaban a seguir los dictados de la nueva moda y lucían su propio cabello. Los camareros vestían casaca roja de faldón largo y llevaban peluca blanca.

En un rincón de la sala, sir Arthur Gray, el embajador británico, que había escogido para la ocasión un uniforme de gala, conversaba con Albert Flint. Permanecían alejados de Roger de Blaiçon, que había sustituido a Bourgoing, el enviado especial francés. El representante galo había llegado con dos damas profusamente adornadas y vestía un pantalón entero con raya, siguiendo la moda impuesta por los *sans-culottes*, que habían abandonado el uso de la calza corta, y que fue motivo de comidilla entre los asistentes. La reina María Luisa no pudo reprimir un comentario al rey Carlos IV.

—¿Te has fijado en el representante francés? Con esos pantalones parece un campesino de fiesta.

—Dicen que es cómodo —intervino Godoy, que los había seguido hasta las sillas reales.

—¿Cómodo, para qué? —sonrió el rey.

—Se pueden poner y quitar con mayor facilidad, Majestad —respondió Godoy, y dirigió una mirada a la reina, rápida y discreta.

—De todas formas, es poco elegante —replicó el rey.

—En eso he de daros la razón, Majestad.

—No debíamos haberle invitado —dijo la reina—. ¿No se están preparando en Catalunya para una posible guerra con Francia?

—Guerra que todavía no ha sido declarada, Majestad —sonrió Godoy—. Debemos ajustarnos a las normas del protocolo y, hasta al presente, Francia merece tanta atención como cualquier otro país.

—Y, dentro de poco, quizás más todavía —respondió María Luisa.

—Una guerra no es buena —dijo el rey.

—Majestad, no olvidéis que Francia le ha arrebatado el poder al rey Luis, vuestro amigo, y que si esa costumbre se extiende, el vuestro también podría peligrar —replicó Godoy.

La llegada de sir Arthur Gray impidió al rey contestar.

—Majestad, permitidme que os felicite por el queso —se inclinó respetuosamente el embajador inglés.

—¿Cómo decís, señor embajador? —se extrañó el rey.

Lo habían felicitado por muchas cosas, pero nunca por el queso.

—Tenemos el honor de compartir el mismo proveedor que vos. Lo escogimos cuando supimos que es quien os proporciona delicadezas de tan alta calidad —se explicó sir Gray.

—¿Ah, sí? No lo sabía.

—Santiago Erquiza escoge con mucho cuidado sus productos —dijo sir Arthur, se quedó un instante en silencio y miró a la reina—. ¡Oh! Os ruego que me perdonéis. Me he dirigido a Su Majestad el Rey y debería haber adivinado que es Vuestra Majestad la que decide sobre los proveedores de la Casa Real. No tengo excusa para tamaño error. Y, menos todavía, conociendo el gusto exquisito de una reina que es famosa en toda Europa por sus recepciones y por sus fiestas.

—Hace años que Santiago Erquiza es nuestro proveedor de quesos, embutidos, aceite y otros alimentos —dijo la reina María Luisa para demostrar que estaba al corriente.

—Felicidades de nuevo, Majestad. Me he permitido encargar algunas delicadezas para nuestro rey Jorge. ¿Puedo hacer constar que es vuestro proveedor?

María Luisa inclinó ligeramente la cabeza en señal de asentimiento y sir Arthur le dedicó una reverencia y se volvió hacia Godoy.

—Supongo que vos también tenéis el mismo proveedor.

—No lo sé —sonrió el primer ministro español—. Yo no me ocupo de esos asuntos.

—Deberíais tenerlo. ¿No creéis, Majestad? —preguntó a la reina—. Sería un homenaje a vuestro gusto real.

—Así lo consideraría —contestó la reina, y dirigió una mirada a Godoy.

—Mañana mismo, sin falta, ese hombre...

—Santiago Erquiza —recordó la reina.

—Santiago Erquiza será mi proveedor.

Sir Arthur hizo una nueva reverencia y se alejó para encontrarse con Albert Flint, que parecía muy interesado por los comentarios que hacía una dama sobre el vestido de una de las francesas que, según ella, no era adecuado en una mujer que se adivinaba a la legua que no pertenecía a la nobleza. Sin embargo, perdió todo interés cuando el embajador llegó a su lado.

—Comunicad a Gordon que el encargo se ha cumplido con éxito. La reina necesita demostrar que no tan sólo domina al rey, sino que Godoy también come de su mano —dijo sir Gray, mientras sonreía como si se tratase del comentario más banal del mundo—. Santiago Erquiza... Mejor dicho, Headking, será el nuevo proveedor del primer ministro —dedicó una pequeña reverencia al embajador austríaco, que lo miraba desde un extremo de la sala, y añadió—: Desde mañana mismo.

Flint asintió. Entonces, sir Arthur se dirigió hacia una dama y le solicitó un baile. Ya podía dedicarse al placer.

*** ***

—Esa idea nos está costando una fortuna —exclamó sir Blum, en el despacho de lord Grenville.

Habría querido decir «esa estupidez», pero se mordió la lengua.

—Siento contradeciros, sir Blum. No nos ha costado nada, porque el señor Santiago Erquiza ha corrido con todos los gastos. Luis de Montmarfart hizo un buen trabajo y todo salió a pedir de boca. Tenemos un barco sin pagar una sola corona y hemos utilizado el dinero del propio Erquiza para comprar a bajo precio la mitad de una empresa que ofrece muchas posibilidades —replicó Gordon—. Y no olvidemos que Headking ha recibido el dinero en préstamo y que los beneficios que obtenga, descontando su sueldo, irán a parar al gobierno de Su Majestad. Yo diría que se trata de un buen negocio.

Lo tenía todo muy bien meditado. Pero, a pesar de que aquel saco de grasa había conseguido que Headking llegase hasta la despensa del palacio de Godoy, quedaba por hacer la parte más difícil.

—Supongo que tenéis claro que el ministerio de Asuntos Exteriores no es el de Finanzas y que no nos dedicamos a las inversiones —sonrió sir Blum.

—No me cabe la menor duda.

—¿Sobre que no hacemos inversiones o sobre que Headking hará su trabajo como Dios manda? —azuzó sir Blum.

—Parece que no confiáis demasiado en Gordon —intervino lord Grenville—. Hasta ahora todo no ha fallado.

—Con todos mis respetos, señor ministro, creo que nos hemos precipitado. De hecho ahora ya podemos decir que España empieza a definir su política en el futuro y no era necesario tanto jaleo. Godoy nos apoyará en un posible conflicto con Francia.

—Aun así, os recuerdo, sir Blum, que el proyecto va más allá de saber qué piensa Godoy —dijo Gordon.

—¿Significa, pues, que no tenéis dudas por lo que se refiere a las inversiones...? —preguntó sir Blum, sin mirarlo.

—Ni sobre las inversiones ni sobre que Headking hará lo que debe hacer —contestó Gordon.

—¿Así que ya sabéis cómo lo hará? —se interesó sir Blum.

—Le he ordenado que estudie el palacio de Godoy. Nos proporcionará un plano detallado. Entonces, quizás, encontremos la manera de colarnos en su despacho.

—¿Quizás? Creía que lo teníais todo previsto —se mofó sir Blum.

—Dije que Gordon estaría a cargo del proyecto y, por el momento, los resultados son los esperados —dijo lord Grenville—. Él está al mando del asunto y en este momento me tienen sin cuidado los detalles. Sencillamente, quiero resultados.

Por fortuna, el ministro estaba de parte de Gordon y éste pudo seguir callado. Si hubiesen hablado en confianza, quien más le preocupaba no era precisamente Tom Headking, sino sir Blum.

*** ***

Estaban sentados en la sala grande, la que daba al comedor. Angelines había escuchado las palabras de su padre, cuyo humor había mejorado sensiblemente en los últimos días. Ahora, permanecían en silencio.

Desde que su madre había muerto y su hermana se había casado, Angelines había ido encontrando poco a poco su puesto en la casa. A pesar de su juventud, su carácter fuerte le había permitido empezar a dar órdenes e incluso hablar con su padre y convertirse en los oídos que escuchaban tanto las quejas como los éxitos, papel que había heredado de Petra, aunque don Santiago prefería a su otra hija. No le llevaba la contraria ni lo sacaba de quicio con comentarios que él consideraba fuera de tono. Pero, con alguien tenía que hablar, y le había explicado a su hija quién era el nuevo socio y, más o menos, cómo habían ido las negociaciones. Evidentemente, evitó algunos detalles cuando Angelines empezó a preguntar demasiado y le dijo que tal vez había cedido demasiado y había ido demasiado de prisa.

—El domingo lo invitaré a comer —dijo de pronto don Santiago—. Quiero que le conozcas y que me des tu opinión.

—Si todo ya ha sido bendecido, ¿para qué mi opinión? —replicó su hija.

El empresario apretó los labios. Angelines siempre tenía la palabra a punto. ¿Acaso no le había explicado que sin la ayuda de Tom lo habría perdido todo y que tenían que estarle agradecidos? Sin embargo, su hija seguía emperrada y no cesaba de decir que, seguramente, el tal señor Headking se había aprovechado de él.

—Aun así lo invitaré el domingo y deseo que lo trates como es debido.

—Sí, padre. Vos mandáis.

¡Ya le gustaría que fuera cierto! Meditó don Santiago que sabía muy bien que no hay quien mande más que quien no quiere obedecer. ¿A quién habría salido aquella fiera? Gertrudis también era dueña de un carácter fuerte pero, por lo menos, sabía cuándo tenía que callar. De todas formas, Angelines poseía una especial sensibilidad para conocer a la gente y don Santiago apreciaba mucho sus comentarios. Era lista como el hambre y no se le escapaba ni una.

Hacia las dos del domingo sonó la campanilla de la puerta y la criada abrió. Don Santiago se levantó de la butaca y se dirigió al vestíbulo.

El joven llegaba elegantemente vestido y, tras saludar a su socio, se quitó la capa y el sombrero que, juntamente con el bastón, entregó a la sirvienta, que le dedicó una pequeña genuflexión y desapareció.

—Mi hija bajará enseguida —dijo don Santiago—. Las mujeres siempre nos hacen esperar —añadió una sonrisa, ligeramente nerviosa, mientras lanzaba una mirada a la escalera —. ¿Pasemos al comedor?

La sirvienta aguardó a que desaparecieran por la puerta que daba al comedor. Entonces, subió corriendo las escaleras para dirigirse a la habitación de Angelines.

—¡Es joven y elegante! —exclamó nada más abrir la puerta—. Es alto y tiene una sonrisa preciosa. Moreno y apuesto.

Angelines depositó el cepillo del pelo sobre el tocador. La sirvienta lo tomó e hizo un par de retoques en el peinado de la muchacha.

—Le he visto las manos. Lleva las uñas bien cortadas y limpias, a pesar de que se ve enseguida que las ha hecho trabajar —siguió explicando, sin dejar de jugar con el cepillo—. Su voz es profunda, pero dulce. Es muy educado. Se ha quitado la capa con una sola mano y la ha plegado con un sólo movimiento, sobre el brazo, antes de entregármela —hizo un gesto, imitando lo que había visto—. Parecía un torero. Además, me ha dado las gracias y me ha sonreído. Entonces, ha estrechado la mano de tu padre, y lo ha hecho sin doblar la espalda. Sólo una ligera reverencia con la cabeza.

—¡Basta, Matilde! Parece que te hayas enamorado.

—¡Es que es todo un señor! —meneó Matilde el cuerpo de arriba abajo con gracia.

Angelines se levantó y se contempló en el espejo. Para Matilde todos eran señores. Cuando espantó al último de los pretendientes que su padre le trajo, la sirvienta se quedó muy compungida. «Tenía unos ojos preciosos», dijo. «¿Y el resto?», había replicado ella. Como si a los hombres sólo hubiese que medirlos por un detalle tan insignificante. «¿Insignificante?», había exclamado Matilde. «¡Ay!», había suspirado con una mano en el pecho.

La muchacha abandonó la habitación sin prisa. Matilde la seguía y casi la empujaba. Se moría por ver la reacción de Angelines. Pero la joven aún aminoraba más el paso, a pesar de que, si tuviera que confesarlo, la impaciencia se la comía.

Al llegar a la puerta del comedor, Angelines vio que el socio de su padre permanecía de espaldas. ¡Lástima! Le habría gustado encontrárselo de cara.

Ensanchó la falda para que rozase la madera e hiciese suficiente ruido como para atraer la atención de los dos hombres. Entonces, entró y se quedó plantada. Don Santiago se volvió al escuchar el roce de la tela. Su hija, evidentemente, no había escogido el vestido que él le había sugerido. Tampoco se extrañó. Nunca le hacía caso...

El socio de su padre no se volvió para mirarla. ¿Quizás era sordo? Angelines se enfadó.

Tom se lo tomó con calma y esperó a que don Santiago reaccionase y se dirigiese hacia su hija. Sólo entonces se dio la vuelta y la miró.

—Hija, estás preciosa —exclamó don Santiago con visible orgullo.

A pesar de que no le había hecho caso en cuanto al vestido, se había arreglado como pocas veces.

—Te presento al señor Tom Head... —nunca le salía aquel nombre. Aquella *d* acompañada de la *k* se le encallaba.

—Headking —dijo el joven.

—Tom, ésta es mi hija Angelines.

El joven dio dos pasos, se plantó ante la muchacha e inclinó ligeramente la cabeza. Sólo la cabeza. Angelines dudó. No sabía si alargar la mano y, como el joven permanecía con las suyas cruzadas a la espalda, no se movió.

—Encantado —dijo Tom.

Ella respondió con otra ligera inclinación de cabeza.

—Matilde, sirve la mesa —ordenó don Santiago.

Joven, con aspecto delicado, Angelines era la viva imagen de su madre. Eso es lo que le había dicho don Santiago a Tom. Muy joven, convino él. No le había precisado su edad, pero él le hizo como mucho dieciocho años.

La comida tuvo momentos de euforia por parte de don Santiago, mientras que Angelines intervenía poco. De vez en cuando Tom le dirigía alguna mirada, sobre todo cuando ella no miraba. Sin embargo, la joven permanecía pendiente del socio de su padre y era más que consciente de aquellas miradas.

Concluida la comida, los dos hombres se retiraron a la sala grande para tomar una copa y charlar de sus cosas. Angelines, en un gesto propio de una mujer mayor, se disculpó y subió a su habitación, donde ya la esperaba Matilde.

—¿Es tal como había dicho? —preguntó la criada.

—Es un engreído —respondió Angelines.

—Pero es alto y guapo —suspiró Matilde.

—Es interesante, pero poca cosa más. ¡Anda! Ayúdame a desembarazarme de este vestido. Es incómodo y no me gusta.

—Deberás bajar cuando se marche. Para despedirlo.

—¡Ni hablar! Él no se ha vuelto cuando he entrado en el comedor. Y, evidentemente, no es sordo.

Matilde disimuló una pícara sonrisa. Era la primera vez que Angelines decía que un vestido no le gustaba. ¿No sería, quizás, que se sentía ofendida porque no había conseguido acaparar toda la atención de aquel joven tan apuesto?

Aquella noche, durante la cena, don Santiago solicitó la opinión de Angelines.

—Parece sincero —respondió ella.

—¿Y ya está?

—¿No es eso lo que queríais saber, si os podéis fiar de él?

—Sí, pero esperaba algo más y sólo has dicho que *parece* sincero —recalcó don Santiago.

80

—Cuando le he preguntado por su familia, ha cortado y ha iniciado otra conversación —explicó Angelines—. Sabemos que ha nacido en Reigate y que su padre ha muerto. De su madre casi no ha soltado ni dos palabras y no sabemos si tiene más familia. No obstante, en cuanto ha empezado a hablar de negocios parecía tener las ideas muy claras. De manera que sólo puedo decir que parece sincero porque hay una parte de su vida que es un misterio.

—Ya me he dado cuenta —murmuró don Santiago, y se quedó pensativo.

6 - LA MUJER DE LAS MANZANAS

El mes de enero de 1793 todo iba manga por hombro. La Navidad había sido rica en noticias. Los ejércitos de Austria y Prusia, tras haber padecido la derrota de Valmy, se habían detenido y ahora llegaba el gran desastre.

—¡No es posible! —bramó sir Blum.

—Todos los informes coinciden —dijo Gordon—. Mallet du Pan ha fracasado en su intento de hablar con Prusia, Austria y Cerdeña, ha sido descubierto, ha tenido que huir a Ginebra y eso ha provocado que el rey de Francia haya sido acusado de traidor y de colaborar con Austria. Lo han destronado y apresado. Le acusan de conspirar contra el país y contra los ciudadanos. Luis de Francia quería que esta guerra no fuese entre potencias para así poder intervenir personalmente y recuperar su puesto. Sin embargo, Mallet du Pan ha hablado más de la cuenta y Marat lo ha descubierto. Todo apunta hacia una posible ejecución del rey.

—¡No es posible! —repitió sir Blum.

—Godoy ha ordenado a su embajador Ocáriz que interceda por el rey Luis —siguió explicando Gordon—. Ofrece retirar a sus hombres de los Pirineos a cambio de la vida del rey. Sin embargo, la respuesta ha sido negativa. La Asamblea Nacional dice que es una injerencia en sus asuntos internos.

—Nuestro primer ministro también ha tomado cartas en el asunto y donde los españoles no consiguen nada, nosotros siempre salimos adelante —replicó sir Blum con orgullo.

—Mucho me temo que Inglaterra tampoco recibirá una respuesta positiva y que Luis de Francia será ajusticiado.

—¿Cómo pueden ajusticiar a un rey?

¡Dios mío, sir Blum formulaba la pregunta más estúpida del mundo! ¿Es que no tenía ojos en la cara? Con todos los nobles que habían visitado la guillotina, los franceses no derramarían una sola lágrima si rodaba una testa coronada.

—Danton y Marat se han pronunciado a favor de la guillotina —dijo Gordon.

—Marat es un exaltado. No hay más que leer ese diario suyo... ¿Cómo se llama...?

—*L'ami du peuple* —recordó Gordon.

—Eso mismo. El amigo del pueblo. El amigo de la barbarie, sería más adecuado. Y Danton, más que ministro de Justicia, parece un verdugo —dijo sir Blum, se puso en pie y se frotó la cara—. ¿Y Robespierre? ¿Qué dice?

—También está a favor.

—¿Y Brisot?

—Ya hace tiempo que los girondinos no pintan nada —respondió Gordon con un toque de desesperación—. Brisot tiene problemas y se encuentra con las manos atadas.

—Ahora sí que Luis de Francia está perdido. Robespierre era el único capaz de salvarlo —pontificó sir Blum y se quedó en silencio un instante—. ¿Si matan al rey, con qué se quedaran?

¿Que con qué se quedarían? ¡Aquel hombre era idiota!

—Quieren instaurar la república —respondió Gordon. ¡Cómo se puede lograr que un país funcione si los dirigentes son tan estúpidos! Había que explicárselo todo con pelos y señales—. Ya no quieren más reyes. María Antonieta, también en prisión, podría acabar en la guillotina —añadió.

—¡No puede ser, hombre! —exclamó sir Blum—. ¿Cómo pueden matar a una reina?

—No han puesto reparos a todas las cabezas de la nobleza que han rodado, aunque fuesen femeninas y agraciadas —meneó Gordon la cabeza.

—Hay que hablar con lord Grenville —exclamó sir Blum, y abandonó el despacho.

Hablar con el ministro. ¡Qué gran idea!, afirmó lentamente Gordon para sí.

Días después llegó la noticia de la muerte de Luis XVI. Su cabeza había rodado hasta caer en el cesto, entre los gritos del pueblo, y Francia ya no tenía rey.

William Pitt ya se lo temía. Él, personalmente, había llevado a cabo alguna gestión ante Lebrun, ministro de Asuntos Exteriores francés, para evitar la tragedia, pero sin demasiado entusiasmo. Que cayese el rey de Francia convenía a sus planes y a los planes de Inglaterra. El hecho de que Godoy, desde Madrid, hubiese hecho diversas ofertas al gobierno revolucionario francés a cambio de la vida de Luis XVI, todas rechazadas, le permitía intuir que España se apartaría de su aliado natural y acercaría posiciones hacia Inglaterra. La alianza de los franceses y de los españoles había costado muy cara a los intereses británicos al otro lado del Atlántico. Pero, ahora, el enemigo secular quedaría aislado y, además, siempre se podía abrir una puerta para el futuro del país. Quedaba claro que los reyes no son inviolables y que la monarquía no es el único camino. La república siempre es una alternativa a tener en cuenta. Sobre todo para un *whig*. En este caso había sacrificado algo más que un simple peón, pero también había que añadir que la pieza sacrificada no era suya y que los beneficios podían superar ampliamente las pérdidas.

La alta política es la alta política, a pesar de que los medios que utiliza sean muy bajos. Eso también lo había aprendido de su padre.

*** ***

Cada vez con mayor frecuencia, Santiago Erquiza invitaba a comer o a cenar a su socio, y su hija siempre estaba presente y siempre hacía los honores de la mesa.

Conforme pasaban los días, Angelines era más consciente de que aquel hombre la turbaba porque poseía unos ojos que la hacían sentirse... No sabía definirlo. Entonces pensaba en Matilde, que se volvía loca ante unos ojos cautivadores. Los de Tom eran... eran... ¡Bueno! Más que mirar, escrutaban y medían su rostro, y eso la ponía nerviosa. A veces se mostraban dulces. Matilde incluso decía que había momentos en que mudaban de color. Ella también había notado que se oscurecían o se aclaraban ligeramente en función del tipo de mirada.

Bien podía ser la luz, pensó para sí. Además, la trataba como a una niña. Y eso a ella le daba mucha rabia.

No obstante, tendría que confesar que Tom era atractivo y, ciertamente, buen conversador, aunque seguía sin mencionar a su familia. Sin embargo, podía hablar horas y horas de sus viajes y de toda la gente extraña que había conocido. Lo adornaba todo con gran riqueza de detalles y coronaba sus explicaciones con alguna anécdota divertida, cosas ambas que lo convertían en el gran animador de una velada.

Cuando se quedaban solos la conversación se convertía en silencio y en miradas que aún la azoraban más, hasta el extremo de que acababa jugando con el mantel o el plato o la copa o algún cubierto, para mantener las manos ocupadas.

Aquella noche Tom se había despedido antes de lo que tenía por costumbre.

—¿De qué habéis hablado cuando he salido? —preguntó don Santiago.

Siempre lo hacía al acabar una cena o una comida. Pero, últimamente, aquella preocupación por la identidad y las intenciones de su socio había dejado paso a un sentimiento de admiración. Don Santiago explicaba que Tom era trabajador, inteligente, eficiente y vete a saber cuántas cualidades más.

—Le he preguntado cómo os las apañaréis ahora, si Francia y España entran en guerra —respondió Angelines.

—¿De dónde sacas que entrarán en guerra?

—Tras la muerte del rey de Francia, es una posibilidad.

—¡Menudas conversaciones tenéis los jóvenes de hoy en día! —exclamó don Santiago—. En mis tiempos, cuando nos quedábamos a solas con una muchacha hermosa, hablábamos de cosas muy diferentes. ¿No ha hecho ningún comentario sobre tu vestido nuevo?

—El señor Headking es un hombre muy callado.

—¿Por qué no lo llamas Tom?

—Porque a mí no me cuesta nada pronunciar su apellido.

—¿Callado? ¡Pero, si no deja de hablar en todo el rato...! —se extrañó don Santiago.

—Cuando vos estáis presente, padre.

—Y tú vas y le preguntas estupideces.

—Le pregunto por lo que me interesa.

—¿Y cómo esperas que él se interese por ti?

Angelines se quedó mirando a su padre. Ahora entendía que se pasara todo el santo día mentando y enalteciendo las cualidades de su socio. Como buen hombre de empresa, don Santiago había hecho sus cálculos y aquella frase lo delataba.

—Quizás es que no deseo que se interese.

—¡Dios mío! ¿Qué puedo hacer con una hija así? —se desesperó don Santiago, y abandonó el comedor.

Mientras caminaba por el pasillo murmuraba: «Dos meses invitándolo a mi casa y sin novedad. Es... es... ¡Oh!». Su hija lo sacaba de quicio. Nadie, excepto cuatro ilustrados, se preocupaba por lo que sucedía más allá de las fronteras. Francia estaba muy lejos de Madrid y España se mantenía neutral. No hay quien entienda a las mujeres y, menos todavía, a Angelines. Tenía todo el carácter de un muchacho: rebelde, independiente y tozuda. ¿Cómo la casaría?

Angelines se levantó de la silla y se dirigió a la ventana. Llovía y las calles de Madrid estaban desiertas. ¡Claro! A su padre le gustaría que ella se interesase por Tom. El negocio volvería al seno de la familia. Y él se libraría de la segunda hija y podría rezar y hablar con el espíritu de su madre para decirle que había cumplido con sus deberes de padre. ¿Interesarse por aquel orgulloso que la miraba como si la dominase, como si estuviese en presencia de una niña, que no tenía ninguna conversación cuando se quedaban solos? ¡Ni soñarlo!

Se apartó de la ventana, enfadada. ¿Por qué tenía que pensar tanto en aquel hombre? No se lo merecía.

No obstante, mientras se dirigía a la puerta, seguía sin poder apartarlo de sus pensamientos. Había algo que no acababa de entender. Tom tenía todo el porte de un hombre seguro de sí mismo, pero había ciertos momentos en que la sombra de la duda aparecía en aquellos ojos profundos. Se trataba de pequeños instantes. Sobre todo durante los ratos en que se quedaban a solas. Entonces, Angelines captaba algo extraño en su mirada. ¿Qué pensaría aquel hombre de ella?

¡Será posible! ¡Pero, qué tontería! ¡Y a ella qué más le daba lo que pudiese pensar o dejar de pensar!

Se dirigió al vestíbulo y, antes de subir las escaleras, se detuvo y se contempló en el espejo. No tenía ningún defecto. Su cabello era oscuro y suave; su nariz era proporcionada y recta; sus ojos, castaños, no eran pequeños; sus labios, sin ser extremadamente carnosos, eran agradables; su cuello era delgado y esbelto; y el resto, lo que hay más abajo, tampoco desmerecía. Su hermana era más alta y sonreía con mayor facilidad, pero sus dientes no eran tan bonitos. Entonces se miró el escote. ¿Quizás los pechos eran demasiado pequeños? Se los cogió por debajo y los levantó. ¿Tal vez el vestido debería llevar algún refuerzo a esa altura? Y se puso de perfil para ver el resultado.

De pronto se dio cuenta de que estaba en el vestíbulo, un lugar abierto a todos, sin la menor intimidad, dónde podían sorprenderla. Se sofocó, se apartó del espejo, y con las mejillas encendidas echó a correr escaleras arriba para huir de allí y encerrarse en su habitación, aquellas cuatro paredes que constituían su territorio personal. Allí podía pensar y sentir libremente, escondida de todas las miradas y de todo sentimiento que no le perteneciera a ella en exclusiva.

Ante el espejo, poco antes de sofocarse, un pensamiento había cruzado por su mente y la había sorprendido. Tom representaba la fuerza, la inteligencia, el coraje y la energía, pero tenía un punto de ternura que lo convertía, sólo durante breves instantes, en un ser vulnerable. Cuando se quedaba callado y con sus pupilas clavadas en las de ella, parecía manifestar un deseo escondido. No, mejor un anhelo. En aquellos momentos ella lo contemplaba y se le despertaba el impulso de abrazarlo. Entonces apartaba los ojos y enseguida Tom recuperaba aquella sonrisa en la mirada que unas veces la hacía sentirse tensa y, otras, le transmitía paz y seguridad.

En presencia de aquel hombre las contradicciones se agolpaban. Tan pronto la alcanzaba el sentimiento de comodidad y la serenidad del hogar como notaba que no se sentía segura, que los muros de su castillo se resquebrajaban y que él podía entrar en su alma y arrancarle cuanto le pidiese. No obstante, en ningún momento tuvo la sensación de que Tom exigiera más de lo que ella estuviera dispuesta a otorgarle, y eso indudablemente hacía que una mujer se sintiese segura y protegida. El problema, se dijo, era que Tom, cuando la miraba, no veía en ella a una mujer sino a una niña.

¡Claro que le gustaría que Tom Headking se interesase por ella! Por lo menos, en su habitación, lo reconocía.

*** ***

Corría el mes de marzo de 1793 cuando Tom llegó a Barcelona. Las calles estaban repletas de gente y los jóvenes hacían cola en las mesas de reclutamiento para alistarse. Se había restablecido la Coronela y reclutaban a veinte mil voluntarios para prepararse frente a un posible ataque francés.

Tom ya había presenciado escenas similares en otras poblaciones de Catalunya por donde había pasado. Por todas partes se hablaba de guerra y comentaban que el conflicto entre España y Francia era inminente. No había más que ver que ya se estaban movilizando a los *miquelets*. A Tom le hizo gracia el nombre de *miquelet* que se daba a aquellos voluntarios, y se enteró de que procedían del año 1640, de la época de la guerra de los *Segadors*, cuando Francesc de Cabañes montó un pequeño ejército a las órdenes de Miquelot de Prats para detener la invasión de las tropas de Felipe IV. De ahí venía el nombre: de Miquelot. Años después, en 1689, esos mismos *miquelets* lucharon contra los franceses del Rosellón. Y ahora tendrían que detenerlos de nuevo.

El viaje había resultado largo pero sin complicaciones. A pesar de que había mucho movimiento los controles todavía no eran excesivos.

La única que se había extrañado por ese viaje era Angelines. ¿Qué se le había perdido en Barcelona?, había preguntado el día en que su padre y él se encontraban en el despacho de la empresa y ella se presentó de improviso. Nunca había visitado a su padre en el trabajo.

—Tom quiere abrir una nueva ruta por el Mediterráneo. Los ingleses dominan el mar y él tiene buenas relaciones —había explicado el padre.

—Por lo que veo, el señor Headking tiene relaciones con casi todo el mundo —había respondido Angelines.

Una muchacha con un carácter fuerte. ¡Y bien fuerte! A don Santiago siempre se le escapaba algún comentario, que corregía de inmediato si Tom estaba cerca. ¿Cómo sería el día en que se convirtiese en una mujer? ¡Su marido tendría que tener un buen par de bemoles!

Headking apartó esos pensamientos de su cabeza cuando la diligencia entraba en Barcelona y se dirigía al puerto. Allí se detuvo y Tom descendió y tomó su equipaje.

Contempló los edificios y sonrió. Era toda una experiencia regresar a Barcelona vestido como un caballero. Le habría gustado hacer una visita al café de la calle Bonaventura y ver la cara de Joan, el amo, pero tenía que ser prudente.

Se limpió el polvo de las mangas y del faldón de la chaqueta y de la capa, se arregló el pañuelo que lucía en el cuello, tomó las alforjas y el bastón y se adentró en la Rambla. El día era claro y sereno, un tanto fresco.

Buscó la casa de huéspedes, subió las escaleras y preguntó por la patrona. Buscaba una habitación que fuese grande, alegre y cómoda. La patrona, al ver la moneda que Tom depositaba sobre la mesa, no se lo pensó dos veces y lo condujo hasta una habitación que daba a la calle principal.

—Es la mejor que tengo. Si necesitáis algo más, hacédmelo saber —dijo, mientras le dedicaba una pequeña reverencia y cerraba la puerta.

El joven deshizo el equipaje, tomó las dos pistolas y las escondió en la cintura, bajo la capa. Abandonó la casa de huéspedes y se dirigió de nuevo al puerto. La Taberna del Griego. Ése era su destino.

Apartada de las vías principales, por donde circulaban los carros llenos de mercancías, aquel lugar le recordaba Londres, un día en que su padre se lo llevó de viaje, cuando apenas contaba quince años. También había tabernas de mala muerte ni siquiera recomendables para marineros. Eso le dijo su progenitor y le advirtió que nunca entrase en ellas si quería seguir conservando la piel. ¿Cómo estaría su madre?, pensó. Soñaba con regresar a casa y abrazarla de nuevo.

—Los asuntos de la justicia son lentos —le había dicho Flint—. Deberéis tener paciencia, pero os puedo asegurar que vuestro caso se encuentra en buenas manos. Alfred Gordon siempre cumple su palabra.

¡Ojalá fuera cierto!

La Taberna del Griego era un pequeño establecimiento enclavado en una fachada tan vieja y estropeada que hacía pensar en una cueva o en un nido de alimañas. Carecía de aberturas a la calle, excepto la puerta, y estaba escasamente iluminada, hasta el extremo de que tuvo que esperar a que sus ojos se acostumbraran a la penumbra.

Nada más entrar se hizo el silencio y todos los ojos se le echaron encima, desnudándolo de pies a cabeza. No era un lugar recomendable para alguien que llegaba tan bien vestido como él. Lo sabía de sobra. La calidad de las ropas debería descender muchos peldaños para estar a la altura. En aquel lugar todo era viejo, oscuro y sucio.

Cuando sus ojos se acostumbraron a la penumbra escogió una mesa cerca de la puerta, dejó el bastón en el banco y se sentó. No se quitó la capa porque le permitía mantener las armas fuera del alcance de las miradas. Retiró con disimulo una pistola de la cintura y la depositó sobre sus rodillas.

El local seguía hacia el interior y casi no podía distinguir el pasillo que desaparecía en la oscuridad. Tras la barra de madera ennegrecida un hombre lo miraba con idéntica extrañeza que el resto de clientes, hasta que abandonó su puesto y se acercó.

—¿Qué queréis tomar? —preguntó.

—Dile a Brunell que Tomás García le invita a un vaso de vino y a charlar un rato.

—No conozco a ningún Brunell.

Tom sonrió.

—Entonces, tráeme una jarra y dos vasos.

—¿Esperáis a alguien?

—De sobra sabes que sí.

Aquel hombre se retiró, cogió una jarra de detrás del mostrador y se adentró en la oscuridad. Poco después regresó, pero sin la jarra.

—Hay alguien que dice que es mejor tomar un vaso de vino ahí dentro —señaló el fondo de la taberna, hacia el lugar más oscuro.

Tom se levantó y el hombre se apartó.

—Te seguiré, si no te importa —dijo el joven—. No conozco el camino y esto está muy oscuro. Podría tropezar con algo.

Enfilaron el pasillo hasta alcanzar una puerta entornada. El hombre le indicó que entrase. Tom pegó la espalda a la pared y aguardó hasta que aquel hombre hubo desparecido camino de la taberna. Entonces empujó la puerta y se quedó quieto.

Se trataba de una habitación que recibía la luz de una pequeña abertura sobre la puerta que daba al callejón de atrás y que se complementaba con la tenue iluminación proporcionada por un candil colgado de la pared. Vio la mesa y a Brunell sentado detrás de ella.

—¡García! —rió Brunell, con aquellos labios gruesos—. Acércate —levantó ambas manos—. Me habían dicho que te habías largado.

—No he venido a robarte nada, sino a proponerte un buen negocio —dijo Tom—. De manera que pregúntale al imbécil que se esconde tras la puerta: ¿qué es más rápido, una navaja o una bala?

Brunell vio la pistola y dejó de reír, bajó las manos e hizo un gesto con la barbilla. Inmediatamente apareció el esbirro que estaba escondido.

—Guarda la herramienta —ordenó Brunell.

Aquel hombre plegó la navaja y se la guardó en la faja.

Tom entró y se quedó mirando al esbirro. Se conocían. ¡Ya lo creo que sí!

—Déjanos solos —ordenó de nuevo Brunell.

El hombre miró a Tom con rabia, salió y cerró la puerta. Entonces Tom escondió el arma y, antes de sentarse, giró ligeramente la silla para no ofrecer la espalda a la puerta.

—Parece que te va bien —dijo Brunell.

—No puedo quejarme.

—¿Y qué quieres de mí?

—Quiero llevarme a María.

La carcajada llenó la habitación e hizo temblar la llama del candil.

—¿La mujer de las manzanas? —Brunell se secó las lágrimas—. ¿Qué ha sido de las aceitunas? ¿Has cambiado de negocio?

—Todo el mundo sabe que mientras vende manzanas por la calle tiene los ojos bien abiertos y después te lo cuenta todo.

—¿Cómo quieres que me lo cuente, si es muda? —rió Brunell.

—Ya lo sé. Y, además, es sorda. Aun así, todos callan cuando ella entra, porque saben que posee una memoria prodigiosa y que sabe leer y escribir. No perfectamente, pero sí lo suficiente como para hacerse entender y enterarse de lo que pone en los documentos. Y, sobre todo, sabe leer muy bien los labios. Pero, ahora que todos están al corriente, ya no te sirve para nada.

—Aún no ha saldado sus deudas conmigo.

—Por eso estoy aquí.

—Es alguien muy valioso —dijo Brunell, ante la posibilidad de obtener algún dinero—. No me gustaría perderla.

—Seguro que tu dolor tiene un precio —replicó Tom.

—¿Y cuánto crees que vale?

—Tú lo sabrás mejor que yo.

Brunell se rascó la barba. ¿Qué podía pedirle? ¿Tal vez doscientos reales?

—Quinientos reales —dijo para empezar las negociaciones.

—Cien.

—Cuatrocientos.

—Doscientos y añadiré un regalo.

—¿Qué regalo?

—Abandonaré Barcelona definitivamente y podrás decir que me has echado.

—Eso no es ningún regalo. Ya hace días que no se te ve el pelo —rió Brunell.

—Pero puedo regresar y esta vez no vendré sólo. Tengo amigos. Muchos y muy poderosos. Podría buscarte las cosquillas.

—Yo también tengo amigos.

—No es del todo cierto. Tienes gente sobornada que puede cambiar de bando por un precio interesante.

Brunell guardó silencio. Tom no era ningún fanfarrón. Además, era cierto que María cada día le era menos útil.

—¿Tanto te interesa María?

Tom no respondió. El trato todavía no se había cerrado.

—No regresarás nunca más —dijo Brunell. El tono era una mezcla de afirmación y de amenaza.

—Nunca engaño a mis amigos —sonrió Tom.

—Ni yo tampoco —le devolvió Brunell la sonrisa.

—Eso tengo entendido —replicó Tom, y tendió la mano—. ¿Amigos?

—Amigos —exclamó Brunell y estrechó la mano de Tom.

—¿Trato hecho?

—¡José! —gritó Brunell.

La puerta se abrió y apareció de nuevo el esbirro de la navaja.

—Busca a María y tráemela —ordenó.

El hombre de la navaja asintió y desapareció.

—¿Para qué necesitas a María? —preguntó Brunell.

—No la necesito.

—¡Anda ya! —rió Brunell. No se lo tragaba.

—Sólo deseo pagar una deuda pendiente.

Una deuda pendiente... Brunell se quedó pensativo. Súbitamente, reaccionó.

—¿Fue ella quien te avisó?

En esta ocasión, Tom tampoco respondió.

—¡Mala puta! —exclamó Brunell con rabia—. Debería cortarle el cuello.

—Durante mucho de tiempo te ha proporcionado valiosa información y ahora que creías que ya no te era de ninguna utilidad aún le vas a sacar tajada —dijo Tom, mientras buscaba la bolsa en el bolsillo interior de la chaqueta.

Brunell tomó la bolsa, la abrió y empezó a contar el dinero.

—No falta ni un real —dijo Tom.

—Perdona —sonrió Brunell—. Ya sé que somos amigos, pero es la costumbre.

Él era un hombre práctico y el color de la plata le hacía olvidar muchas cosas. Incluso las ofensas.

—Te la puedes quedar —dijo con ojos que brillaban. Después de haber contado el dinero, naturalmente.

*** ***

Lo había repetido cuatro veces, mientras medía a grandes zancadas el despacho, arriba y abajo. Las órdenes de Madrid eran tajantes. Tenía que atacar. ¡Absurdo! El rey no veía más allá de sus narices y Godoy estaba tan ciego como el monarca.

Antonio Ramón Ricardos había sido nombrado capitán general de Catalunya y, a pesar de que tenía muy presente que con tres mil hombres era imposible pensar en un ataque contra las fuerzas francesas, su honor de militar y su lealtad a la Corona le obligaban a hacer lo que él nunca habría decidido.

Por fortuna tenía de su lado al pueblo catalán. El hecho de que hubiese convencido a Godoy para que no ordenase un alistamiento obligatorio le había valido la simpatía de aquella gente. En Barcelona se había constituido una junta de defensa de la ciudad y habían acordado ofrecerle ochocientos voluntarios.

—¡Es absurdo! —repitió una vez más—. Aragón, Navarra y el País Vasco se quedarán en actitud defensiva, mientras que a nosotros se nos ordena atacar.

El coronel Puig asintió en silencio. Aquello no tenía ni pies ni cabeza. Por más que la escasez de recursos económicos del gobierno de Madrid era evidente, representaba un grave error abrir un solo frente y no fustigar a los franceses por todas partes.

—Los Pirineos son una barrera difícil de saltar. Tanto en un sentido como en otro. Y los franceses quieren el Rosellón y la Cerdaña hasta Montlluís. Si Godoy fuese inteligente, convencería al rey para que restituyese a Francia esa parte y se quedase con la fortaleza del Montlluís. Desde allí podemos dominar el paso que abre la puerta de España. De esta manera Puigcerdá quedaría protegida, y con ello Catalunya —reflexionó Ricardos en voz alta—. Incluso un niño de pecho lo vería así. Sobre todo si el rey Carlos desea mantenerse neutral y no participar en la coalición europea contra Francia.

—¿Cómo nos las apañaremos para abastecer las tropas del Rosellón? Madrid no suelta más dinero —preguntó el coronel Puig.

—Tendremos que hacer milagros.

*** ***

Gordon permanecía con la cara apoyada en las manos y los codos sobre la mesa. Aranda, el predecesor del primer ministro español, era contrario a un enfrentamiento armado con Francia y por causa de ello Godoy lo había confinado en Andalucía. Si él tuviera que hacer alguna valoración, cosa que no pasaría nunca porque era un simple comisionado, pensaría igual que Aranda. La crisis económica que padecía el reino de Carlos IV no daba pie a alegrías. Pero, la decisión de Godoy convenía a Inglaterra. De manera que se abstendría de todo comentario.

Tenía otros problemas que resolver. Los comunicados procedentes de Italia y de España eran tantos que no le permitía ni ver el color de la madera de la mesa y sus ojos permanecían fijos en el documento que coronaba todo aquella montaña de papel y que, justamente, no procedía de ninguno de los países mencionados.

Se frotó los ojos y echó el cuerpo hacia atrás para acabar con la mirada clavada en el techo. ¡Menudo desastre!

Se levantó pesadamente, tomó el único comunicado que le había llegado de París y se dirigió a la puerta. Marcus Hall había sido descubierto y ajusticiado. Brisot también había visitado la guillotina y los girondinos habían caído en desgracia. Otra baja que sir Blum tendría que sumar a la larga lista. Y él ya le había advertido que tenían que sacar a su hombre de París antes de que fuese demasiado tarde. Francia era un hervidero de intrigas y nadie estaba seguro. A pesar de ello, sir Blum, evidentemente, no cargaría con el muerto. Aquel idiota solo tenía inteligencia para encontrar una cabeza de turco. ¿Quién sería esta vez?

Enfiló el pasillo hacia el despacho del jefe de los servicios de información de la zona sudoeste de Europa y, una vez más, pensó que aquélla era una reunión estúpida que acabaría con un mandato: «Gordon, tenemos que encontrar una solución».

¡Mierda!, exclamó, agarró con rabia el documento, apretó los labios y entró en el agujero del secretario particular de sir Blum.

Sí, Gordon, busca un sustituto. Quien manda, aunque sea un imbécil, sigue mandando. Había momentos en que él sentía verdadera simpatía por la revolución francesa. Muchas cosas han de cambiar en este maldito mundo para que la inteligencia se convierta en un valor a tener en cuenta en el instante de decidir quién ha de obtener una parcela del poder.

7 - EL HOMBRE DEL GLOBO

No era demasiado alta, pero estaba bien formada y su rostro agraciado atraía las miradas de los hombres. La parte superior del su vestido, elegante y con una cintura estrecha, destacaba sus formas, y la falda ancha y acampanada escondía otras que los ojos masculinos presagiaban. Caminaba por la acera con la espalda tiesa y manejaba la sombrilla con gracia. Se dirigía al parque. Procuraba no sonreír, a pesar de que las miradas de admiración que recibía le resultaban agradables. Una mujer que anda sola ha de saber mantenerse en su lugar e ignorar las insinuaciones que los hombres le envían sin palabras.

Llegó a la esquina y, absorta como estaba, puso un pie en la calzada sin mirar a ninguna parte. De pronto, una mano la tomó por el brazo y la obligó a detenerse en seco.

—¿Cómo os atrevéis? —exclamó ante el ultraje.

Aún no había acabado la frase, cuando escuchó un ruido, se volvió y vio pasar un carruaje a toda prisa a poco menos de un metro.

—Os pido disculpas, señora —dijo aquel joven y señaló el carruaje—. Unos ojos bonitos también deben servir para mirar.

La mujer se llevó la mano al pecho. Si no llega a ser por él habría caído bajo los cascos de los caballos.

—Os lo agradezco —dijo con voz trémula.

—Permitidme que os acompañe hasta el otro lado. No me perdonaría que tuvieseis un percance.

Ella sonrió y se colgó del brazo que le ofrecía. El joven miró a uno y otro lado y echó a andar.

—Tom Headking, para serviros, señora. ¿Puedo saber vuestro nombre? —preguntó él.

Iba a responder, pero otra voz femenina se le adelantó.

—¡Virgen santísima! ¿Te has hecho daño, Mariana? —exclamó una mujer de unos cuarenta y cinco años, entrada en carnes, que venía acompañada de otra mujer joven.

—No, gracias a este caballero —respondió Mariana—. Señor Headking, os presento a la señora de Pontefondo y a la señorita Paloma Gracia.

Tom se quitó el sombrero, les dedicó una reverencia, después se volvió hacia Mariana y preguntó:

—¿Y vos sois...?

—La baronesa de Malpica.

Mariana soltó el brazo de Tom y alargó la mano, que el joven tomó entre las suyas y besó suavemente.

—Ahora os dejo en buenas manos —dijo.

La baronesa retiró lentamente la mano, sonrió y se dirigió hacia el parque acompañada de sus amigas. Tom se quedó con el sombrero en la mano para verla andar con mucha gracia. En la puerta del parque, Mariana volvió la cabeza y le dedicó una sonrisa. Él inclinó la cabeza mientras se llevaba el sombrero al pecho. Después, cuando Mariana ya no lo miraba, se lo puso y siguió su camino.

*** ***

El general Prado calló al oír la puerta que se abría. Se volvió y vio a la sirvienta. Le echó unos cuarenta años. Era más bien menuda y rellenita.

Los ojos de aquella mujer se movían nerviosos, como si midiesen la estancia, mientras llevaba una bandeja con una botella de vino y dos copas. Sorteó dos mesitas y un par de butacas y depositó su carga sobre la mesa de nogal que había en un rincón del despacho, justo bajo un gran cuadro que representaba un paisaje ante el que dos jinetes conversaban.

—Podéis seguir hablando como si no hubiese nadie. María es sordomuda —dijo Godoy.

El primer ministro español hizo una seña con la mano para captar la atención de María, que no dejaba de lanzar miradas en derredor como un perro pastor que aguarda órdenes, y que enseguida se dio cuenta y se acercó.

Godoy levantó la mano con dos dedos extendidos y después señaló la mesa en donde estaban reunidos el general y él.

María sirvió dos copas, dejó la botella sobre la mesa del rincón y se acercó con la bandeja y los dos vasos para depositarlos, uno frente a cada hombre. Sus ojos dieron un rápido repaso a todo lo que había encima de la mesa, teniendo sumo cuidado de no manchar nada. Después se quedó mirando a Godoy, que hizo un gesto con la mano para que se retirase, y desapareció sin hacer el menor ruido, cerrando la puerta.

—¿Veis? —sonrió Godoy—. Fue un gran descubrimiento. Trabajaba en la cocina y, un día, la muchacha que me trae el café cada mañana se quemó la mano. Se hacía tarde y Francisco ordenó a la que tenía más cerca e iba mejor vestida que tomase la bandeja y lo siguiera, sin percatarse de que era sordomuda. Andaban todos tan aturdidos que nadie se dio cuenta y no le avisaron. María, un poco nerviosa, lo hizo muy bien. Me sirvió el café con elegancia. Pero, cuando fui a decirle que quería un poco más de leche... descubrimos que no oía nada. Y que tampoco habla. Francisco se disculpó. No salía de su asombro y a mí se me ocurrió que era la criada ideal.

—¿Y cuando necesitáis algo que no sea café, leche o azúcar? No sé, agua o vino o... —preguntó el general Prado.

—Lo entiende enseguida. Apenas un gesto. Es lista como una centella. ¡Bien! No es de María de lo que habéis venido a hablarme. ¿Me decíais...?

—El general Ricardos ha pedido refuerzos.

—Con lo que tiene ha ocupado Sant Llorenç de Cerdans, Arlés y Ceret, ha echado a los franceses de Bellaguarda, ha dejado atrás Vilafranca de Conflent y ya va camino de Perpiñán —sonrió Godoy.

—Tres mil hombres no son ningún ejército. Y los milagros al final se acaban.

—España padece una crisis como nunca habíamos tenido y Su Majestad insiste en que deberíamos entablar conversaciones con el enemigo. Quizás ha escuchado los lamentos de Aranda que le llegan desde Andalucía —dijo Godoy con gesto grave—. Danton ha creado un Comité de Salvación Pública. Si todo va bien, los franceses solicitarán negociar la paz antes de que se acaben los milagros de que habláis. No pueden soportar tantos frentes.

—Robespierre ha sido relegado a un segundo término. Francia vive bajo el régimen del terror. El Comité de Salvación es un comité de ejecución —replicó el general Prado—. Nunca, en toda la historia, la guillotina había funcionado tanto. Danton no acepta negociar con nadie.

—Pues que el general Ricardos reclute más hombres entre la población. Ahora no podemos enviarle refuerzos —dijo Godoy.

—Necesita armas, cañones, fusiles, pólvora...

—¿Y de dónde sacamos el dinero?

—Si no ayudamos a Ricardos lo perderemos todo. Los revolucionarios del Rosellón se han unido a las tropas francesas y hay rumores que apuntan que quieren iniciar una campaña de propaganda para convencer a los catalanes de que ha llegado el momento de recuperar la independencia. Francia piensa crear un estado satélite. Una idea que puede resultar muy peligrosa.

—Hablaré con el rey —aceptó Godoy.

—Es urgente.

—¡Ya lo sé! —casi gritó Godoy—. Como también sé que hay cincuenta mil cosas urgentes.

—Hay tomar otra decisión —cambió de tema el general Prado—. Recordad que hemos de crear el cargo de almirante de la flota.

—¡Ah, sí! Como la figura que tienen los ingleses, que pueda hablar de igual a igual. También lo plantearé mañana y tendréis noticias mías.

El general Prado apuró el vino y se puso en pie. Godoy hizo otro tanto y se despidieron.

Una vez Godoy se hubo quedado solo, respiró hondo y sus ojos cayeron sobre el escrito que reposaba en una esquina de su mesa de trabajo. *Ensayo sobre el gas y máquinas o globos aerostáticos*. Estaba firmado por Polindo Remigio. Lo tomó. No es que entendiese una palabra de globos aerostáticos ni que se sintiera atraído por la ciencia y la técnica, pero ya hacía días que le daba vueltas a una idea.

*** ***

A medida que avanzaba por los jardines, Tom contemplaba la riqueza de colores que llenaba sus pupilas: verde, amarillo, rojo, rosa, lila... Todos perfectamente dispuestos en curiosos dibujos que conformaban un cuadro indescriptible. El día era claro y sereno, tras toda una semana de lluvia, y las plantas se habían llenado de flores de todo tipo y multitud de capullos que estallarían durante los días venideros.

El hombre grueso condujo el vehículo hasta la puerta de atrás del edificio. Tom saltó del pescante y se apartó, mientras el conductor abría la parte trasera del carro.

—Buenos días, Sebas —saludó al criado que había salido acompañado de dos más.

—Buenos días, señor Headking —le devolvió el criado el saludo—. Ayudad a Paco a descargar.

Sebas hizo un gesto con la cabeza y los dos sirvientes que lo acompañaban empezaron a descargar los bultos y a meterlos por la puerta pequeña. Entonces Tom tomó del carro dos quesos y un embutido, entró, esperó a que Sebas estuviese solo y se los entregó.

—Para tu mujer —dijo con una sonrisa.

—Gracias, señor Headking. No debería hacerlo —dijo Sebas.

—Tú te portaste bien con María —respondió Tom.

—Siempre que se puede ayudar a una pobre mujer, viuda y con su desgracia...

—Las buenas acciones merecen un premio —sonrió Tom.

Sebas hizo una rápida reverencia y escondió la mercancía en un rincón discreto, antes de que apareciesen sus compañeros.

—Su Excelencia está encantado con María. ¡Quién iba a imaginar que la tomaría a su servicio personal! —rió Sebas—. El buen Dios es misericordioso.

—De la cocina al despacho de Godoy es un milagro —también rió Tom—. Me gustaría saludarla.

—Ahora mismo le digo que estáis aquí.

Sebas desapareció y regresó poco después acompañado por María. Tom se adelantó y se plantó frente a María para que pudiese verle los labios.

—¿Estás bien, María? —preguntó, y ella asintió varias veces—. Eso es bueno. Muy bueno —Ella volvió a asentir y sonrió —. ¿Necesitas algo? —y ella negó.

Tom se metió la mano en el bolsillo de la chaqueta y sacó una moneda, que entregó a María.

—Es para que te compres algo bonito —dijo, acompañando sus palabras de mímica.

María la tomó con ambas manos y retuvo la de Tom durante unos instantes, mientras intentaba besarla. El joven se lo impidió y ella lo abrazó. Después se marchó.

—Es una mujer extraordinaria —dijo Sebas—. Y muy agradecida. Seguro que, si pudiera hablar, no haría más que ahogar vuestro nombre en alabanzas.

Ya habían terminado de descargar el carro y Paco estaba a punto de marcha. Tom se encaramó al pescante y saludó con la mano a los sirvientes.

Cuando cruzaban la reja del jardín, Tom se metió la mano en el bolsillo y acarició el pequeño papel que María había introducido. Sebas no podía ni imaginar hasta qué punto María era una mujer extraordinaria.

Al llegar a la empresa se dirigió a su despacho, aquel que su socio había ordenado construir sobre la nave. Una empresa con dos jefes ha de tener dos despachos. Eso la hace parecer mayor y más importante.

Sacó el papel que María de su bolsillo y lo leyó. En él se detallaban todos los documentos que había sobre la mesa de Godoy. Mentalmente comparó la lista con las anteriores que María, discretamente, le había ido pasando y descubrió que seguía presente uno que ya había llamado su atención.

—Polindo Remigio —murmuró pensativo.

¿Quién era aquel hombre? ¿Y por qué hacía tiempo que su tratado sobre máquinas y globos aerostáticos se encontraba sobre la mesa de Godoy?

*** ***

Ferguson llegó con retraso a su despacho y con cara de agotado. Lady Mody le había exprimido todo el jugo. Decía que su marido, con sesenta y dos años, no daba la talla y añadía que nunca la había dado. ¿Cómo podía darla?, se preguntaba Ferguson. Aquella mujer era insaciable.

Se sentó y se frotó los ojos antes de sumergirse en la montaña de correo. Primero echó una ojeada a las cartas sin importancia, los asuntos rutinarios, para ver si era capaz de espabilarse un poco. Cuando creyó que podía mantener los ojos bien abiertos, dedicó su atención al montón más pequeño, al que había llegado del extranjero, y no por conducto ordinario.

De todos los comunicados, uno le sorprendió. Procedía de España. Lo había traído un mensajero especial. Era del hombre de Madrid. Lo leyó dos veces para comprender el contenido. Eso de utilizar claves y lenguajes secretos, que decían lo contrario de lo que leía, y que lo obligaban a estrujarse demasiado la mollera, no era de su agrado. Transcribió y clasificó los mensajes y los hizo llegar a la mesa de Alfred Gordon.

Aquella misma mañana, Gordon lo mandó llamar.

—¿Qué es un globo? —le preguntó.

Ferguson puso cara de idiota.

—Buscad información sobre el tema —ordenó Gordon.

Ferguson asintió y abandonó el despacho de su superior.

Dos días más tarde, Gordon se encontraba en el despacho del ministro con Sir Blum y su habitual cara de mala leche.

—¿Cómo se las apaña para saber qué hay sobre la mesa de Godoy? —preguntó lord Grenville.

—Flint dice que Headking no cuenta nada. Cree que cuantos menos sepan quién es su informador, más seguro estará —contestó Gordon.

—¿Cómo sabemos que lo que dice es cierto? —preguntó sir Blum.

—El nombramiento del general Ricardos se ha confirmado; la detención de Aranda, también; los problemas económicos que padece España son más que reales; del papel del Santo Oficio y de los obispos, más vale no hablar... —sonrió Gordon—. Creo que debemos otorgarle un voto de confianza.

—La idea de enviarnos una relación de todos los documentos que hay sobre la mesa de Godoy nos permite sacar nuestras propias conclusiones. Ese Headking es todo un descubrimiento. Os felicito, Gordon —dijo lord Grenville.

—Gracias, señor.

—¿Por qué habéis subrayado ese tratado de máquinas aerostáticas y globos? —preguntó sir Blum.

—Si comparáis la información que tenéis en las manos con las recibidas anteriormente, descubriréis que lo único que no cambia y que siempre aparece, es ese tratado —respondió Gordon.

Habría deseado añadir alguna explicación más, pero la información obtenida por Ferguson no era demasiado extensa, como siempre, y se limitaba a consignar que el globo aerostático era un invento francés. Los hermanos Joseph Michel y Jacques Étienne Montgolfier habían efectuado en 1783, en París, la primera ascensión tripulada de la historia.

—¿Y quién es Polindo Remigio? —siguió preguntando sir Blum—. ¿Un científico?

—La Sociedad de Ciencias británica no ha oído hablar de él —respondió Gordon.

—Entonces, es un aficionado. Archivad el tema.

—No creo que un tratado como éste ocupe un lugar en la mesa de Godoy sin una razón —protestó Gordon.

—¡Bien! —lo cortó sir Blum—. Imaginemos que llega un globo aquí, ahora mismo, para espiarnos. De un solo disparo lo derribamos. ¿Cuál es la utilidad del globo? Ninguna —abrió las palmas hacia el cielo—. Es una estupidez y...

—¡Basta! —exclamó lord Grenville. Cada vez que se reunían y salía a colación el tema Headking, aquel par se las tenían—. Os recuerdo que aquí no hacemos estupideces.

—Perdonad —se disculpó sir Blum, pero añadió—: Sólo veo que hemos montado todo un espectáculo para nada. España y Francia están en guerra. De manera que poco interés puede tener un globo.

—Yo decidiré lo que es importante y lo que no lo es.

Sir Blum guardó silencio.

—No deja de ser interesante que este tratado de globos y máquinas no abandone la mesa de Godoy —insistió Gordon al ver que había un resquicio por el que colarse.

—Quizás signifique algo, pero ahora tenemos problemas más urgentes que dictaminar si Godoy es un soñador. Enviad un mensaje a todos nuestros hombres, incluido Headking, y que quede claro que lo que nos interesa es la guerra entre España y Francia. ¿Entendido?

Gordon abandonó el despacho. Algo bullía en su cabeza. Él era consciente de que todo nuevo invento provoca risas, incluso carcajadas, mientras es un embrión. Después, cuando se convierte en algo real, todo cambia. Inglaterra siempre se había mantenido alerta en cuanto a los avances de la ciencia y, ahora, sir Blum se mofaba de las posibilidades de un globo y lord Grenville sólo se preocupaba de la guerra. En cambio él consideraba que podía ser importante.

Llegó a su despacho y sacó de su bolsillo el documento que no se había atrevido a mostrar al ministro.

Él, siempre con su talante perfeccionista, había ido más lejos que Ferguson y había descubierto que Domingo Mariano de Traggia y Urribarri, militar español, había inventado un globo que había descrito en un opúsculo de 1788. De eso hacía pocos años. Y, ahora, de pronto, aparecía otro inventor, y lo más curioso era que dedicaba su estudio a Godoy. En un país donde la máxima es «que inventen ellos», lo más lógico era que hubiera desaparecido de la mesa del primer ministro y que hubiese ido a parar a la biblioteca como una curiosidad más. Sin embargo, Headking le informaba de que el estudio continuaba sobre la mesa de Godoy. ¿Qué había visto el referido Polindo Remigio en los globos para que fuesen tan interesantes? O mejor dicho: ¿qué había visto Godoy?

Redactó un mensaje para todos sus hombres de España y otro para Headking. La única diferencia residía en que no decía exactamente lo que le había ordenado el ministro ni lo que desearía sir Blum, sino que había añadido una pregunta: ¿quién es Polindo Remigio?

*** ***

Los empleados vieron que Angelines subía las escaleras que conducían a los despachos. Se movía con donaire y más de uno había comentado que era difícil imaginarse que de don Santiago hubiese salido aquella muchacha tan delicada.

Desde que la empresa había cambiado de nombre, los empleados la veían a menudo. Venía a ver a su padre, pero a nadie se le escapaba que sus visitas se espaciaban cuando el otro socio, el joven señor Headking, estaba de viaje.

Angelines saludó a Manolo, que abandonaba el despacho de don Santiago y que, al descubrirla, abrió la puerta de par en par.

—¡Buenas tardes, hija! —saludó don Santiago, radiante y feliz.

Sus plegarías habían sido escuchadas por Dios, porque su hija lo visitaba en la empresa y se arreglaba mejor que nunca. Evidentemente, don Santiago tenía claro que no era para hacerle feliz, sino que, tenía que buscar las razones del cambio al otro lado de la pared.

Justo cuando Angelines entraba, se abrió la puerta del despacho de Tom y apareció una mujer menuda y llenita que la saludó con una ligera inclinación y se dirigió escaleras abajo. La hija de don Santiago la miró de arriba abajo mientras aquella mujer desaparecía por el portón de la nave. Entonces descubrió a Tom sonriendo a la mujer y sintió la tentación de preguntarle quién era, pero se mordió la lengua, aunque no pudo reprimir un comentario.

—Las normas de buena educación no deben ser plato fuerte para ciertas personas. Lo menos que podía haber dicho es buenas tardes.

—Buenas tardes —dijo Tom con su sonrisa—. Difícilmente alguien que es mudo puede saludar.

—¡Ah! —exclamó Angelines, y volvió a mirar en dirección al portón, como si con ese gesto pretendiera pedir disculpas a quien ya no la podía oír.

—Es viuda y sordomuda. Su marido trabajaba para mí, en Barcelona, y sufrió un accidente —explicó Tom—. Cuando me enteré de su desgracia me la traje a Madrid y le he conseguido un trabajo. Es una mujer agradecida y cuando tiene un día libre viene a verme.

—¡Oh! —soltó otra exclamación Angelines y se sintió ridícula—. No teníais que darme ninguna explicación. No os la he pedido —replicó, y entró en el despacho de su padre.

—¡Dios mío! —exclamó don Santiago, con desesperación.

¿Qué podía esperar de su hija que asustaba a cualquier pretendiente? ¡Tom siempre tan educado y ella siempre tan arisca!

—No le caigo bien —meneó Tom la cabeza a uno y otro lado, mientras sonreía divertido.

—¡Al contrario! —exclamó don Santiago, bajando la voz—. Nunca la había visto tratar a ningún hombre como a ti —mintió descaradamente—. Y conozco muy bien a mi hija —rió.

Tom entró en su despacho. Don Santiago se puso serio y suspiró largamente. Tom era un gran muchacho. Enseguida le había pedido que lo tutease. Entonces, él también se lo había rogado, pero aquel joven tenía muy claro que la diferencia de edad imponía un respeto y había continuado tratándolo de vos. ¡Qué buen yerno sería!

En su despacho, Headking volvió a leer la nota de María. Polindo Remigio no existía, sino que detrás de ese nombre se escondía Domingo Francisco Jorge Badía y Leiblich. Ése era el verdadero nombre del autor del ensayo sobre gases y máquinas. La nota explicaba que Domingo Badía ocupaba el cargo de «contador de guerra y tenencia de tesorero del partido de Vera en Granada con ejercicio y distintivo de comisario de guerra». A Tom siempre le había hecho gracia que los españoles sintiesen tan marcada inclinación por los títulos largos y pomposos.

¿Qué pintaba un contador de guerra y toda la parafernalia escribiendo un ensayo sobre globos aerostáticos? Eso no lo explicaba la nota.

Después buscó el mensaje que Gordon le había enviado por conducto de Albert Flint. En él le decía que no volviese a mencionar el tema de los globos hasta no disponer de información más concreta .

¡Bien! María ya disponía de instrucciones precisas y él, quizás, debería realizar un viaje a Andalucía.

8 - LA BARONESA DE MALPICA

Madrid era una ciudad de generosas dimensiones. En su interior albergaba desde la mayor virtud hasta el vicio más aparente, desde la mayor fortuna hasta la miseria más baja que quepa imaginar. Y, en medio, como un cojín que amortigua las abismales diferencias, pululaba un enjambre de elementos que ocupaban todas las capas de la sociedad, sin dejar un sólo hueco. Ser el centro del país y sede de la corte atrae a gente de toda condición que huye de la pausada vida del pueblo en busca de nuevas oportunidades. Pero las grandes ciudades, si bien es cierto que ofrecen un amplio abanico de posibilidades, no regalan nada y la competencia es más acusada y feroz. Sin embargo, para alguien que posee una buena imaginación, las posibilidades se multiplican.

Don José Manuel de Castro era un hombre moreno, alto y delgado. A sus treinta años, vestía con distinción y se movía con elegancia, manteniendo la cabeza muy alta y la espalda tiesa, mientras que su media sonrisa y la mirada de párpados caídos, le otorgaban un cierto aire dominador.

Se le veía frecuentar la academia de esgrima del maestro Palacios. Sobre todo cuando necesitaba practicar ante la inminencia de algún duelo. En su haber figuraba unos cuantos, todos victoriosos. Y con esa aureola se paseaba y recibía con displicencia las miradas de las mujeres, como si el hecho de ofrecerles su presencia constituyese un regalo hacia seres débiles e inferiores. Eso excitaba a ciertas damas, que se acercaban a él con una mezcla de deseo y de temor. Deseo de que las demás mujeres viesen que recibían las atenciones de un hombre coronado por la mala fama, y temor de no ser lo suficiente fuertes como para resistirse al embrujo de la aventura. Él, conocedor de esa circunstancia, cuando quería las seducía con la mirada, las abrazaba con dulces palabras y disfrutaba del éxito de la torre derribada y de la plaza conquistada. Ese talante le había grajeado no pocos enemigos que, curiosamente, lo envidiaban y lo temían, y un ejército femenino que suspiraba por reconquistar la posición que les permitía provocar la envidia de las demás, aunque sabían muy bien que un terreno donde él había plantado la pica pertenecía al pasado, y el pasado ya sólo forma parte del recuerdo.

Don José Manuel había alcanzado el nivel que hace que un hombre ocupe el centro de cualquier salón de Madrid. Nada más llegar, las miradas se dirigían hacia su persona y los comentarios en voz baja llenaban todos los rincones. Él, con una sola ojeada sabía qué plaza estaba disponible para ser conquistada y cuál necesitaba de un trabajo más solícito.

Le gustaba apostar fuerte en el juego. Todos comentaban que su cuñado, el barón de Malpica, le proporcionaba dinero, porque no se le conocían propiedades, fortuna ni ocupación. El barón era un pobre hombre impedido que se había casado con una mujer mucho más joven que él. Poseía tierras en Andalucía y en Extremadura y una casa de dos plantas con jardín en Madrid, aunque decían que tampoco gozaba de una fortuna excesiva.

¿Cómo se las apañaban, pues, para alternar y llevar aquel ritmo de vida?

La sirvienta abrió la puerta, se hizo cargo del abrigo y del sombrero de don José Manuel y le informó de que su hermana, la baronesa de Malpica, lo aguardaba en el salón de atrás, el que daba a la fuente del jardín. Él se arregló los puños de la camisa y se dirigió hacia allí, mientras la criada lo observaba.

El hermano de la señora producía en Isabel, venida de un pueblo perdido de Castilla, un sentimiento de excitación que ningún otro hombre había conseguido y, a pesar de que sabía que la miel no se ha hecho por la boca del asno, soñaba con que un día José Manuel la miraría. Sólo una mirada y ya le bastaría. De manera que suspiró y abrazó el abrigo como si se tratara del mismo don José Manuel.

Cuando José Manuel abrió la puerta de la sala, vio a Mariana sentada en la butaca que había junto a la ventana. La saludó con una sonrisa.

—¿Qué has descubierto? —preguntó Mariana cuando él se acercó y la besó en la mejilla.

—Tiene fortuna. Es hijo del conde Reggozi. Estará unos meses en Madrid para unos asuntos con Godoy. Negocios.

—Interesante.

—No estoy tan seguro de ello. Es italiano, joven y soltero —se quejó José Manuel.

—Los jóvenes son muy manejables y los italianos, muy románticos —sonrió ella.

—Prefiero a los hombres casados. Presentan más puntos débiles.

—¿Te da miedo que sea joven?

—No —negó José Manuel—. Parece uno de esos estúpidos nobles italianos que se pasan el día frente al espejo.

—Entonces, será sencillo —replicó Mariana— Se asustará enseguida y pagará. Además, si es el hijo del conde Reggozi y quiere caerle bien a Godoy, un escándalo puede afectar a sus intereses familiares y comerciales. Sobre todo si se entera de que somos parientes del primer ministro.

—De acuerdo —aceptó José Manuel, y cambió de tema—. Necesito algún dinero. He tenido algunos gastos.

—¿Otra vez el juego? —se enfadó Mariana—. ¿No puedes solucionarlo de alguna otra forma?

—Ya sabes que en este caso provocar un duelo no es buen camino. Las deudas del juego son deudas de honor. Además, se trata de alguien influyente —meneó la cabeza a uno y otro lado—. He de pagar.

—Tu vicio nos cuesta mucho dinero —siguió Mariana en el mismo tono.

—Pues, date prisa y camélate al italiano.

—¡Qué zoquete eres! —negó Mariana con la cabeza—. Una mujer ha de saber hacerse respetar y ha de saber insinuar, pero no mostrarse demasiado pronta.

—¿Cuándo será?

—Cuando esté maduro. Tú, por si acaso, prepárate.

—Siempre estoy a punto.

—Aunque te parezca que se trata de un idiota, ten presente que es joven. No como los otros.

—Seguro que no maneja la espada —sonrió José Manuel con superioridad—. Necesito dinero, pronto —insistió—. Por lo menos, dame un adelanto.

—Tendrás que esperar. Si vivimos bien, es porque yo decido cómo y cuándo hay que cerrar los negocios.

—Si podemos vivir como vivimos es gracias a mí y no a tu marido —la miró José Manuel con displicencia.

—Guarda esa mirada para tus conquistas, que aquí quien pone la cama soy yo.

—Tu cometido, perdona que te lo diga, pueden hacerlo otras mujeres. Mi parte, hay pocos hombres que sean capaces de llevarla adelante y seguir vivos.

—Cuando quieres, eres muy desagradable —hizo ella un gesto de desprecio.

—Me han dicho que has hecho otra conquista. Esta vez un inglés.

—¿Un inglés? —se extrañó ella.

—Thomas Headking, un empresario de aquí.

—No se trata de una conquista. Me salvó de un posible accidente.

—Tiene dinero y sería una buena pieza que cobrar.

—¿Ah, sí?

—No es noble, pero es el dueño de una empresa que sirve al rey y a Godoy. Tiene delegaciones por España y exporta a buena parte de Europa.

—Ya tenemos uno. No necesitamos otro.

—Me urge y si falla el italiano...

—¡No! Déjalo en paz —lo cortó Mariana.

—¡Oh! —exclamó José Manuel—. Un caballero valiente que salva a una dama siempre despierta pasiones. No obstante, recuerda que todos acaban pensando con la verga y que son las vergas las que te dan de comer. El romanticismo es patrimonio de las criadas. Tienes más que sobrada experiencia como para no olvidarlo, ¿no es así?

José Manuel se levantó, fue a darle un beso a su hermana, pero ella apartó la cara. Sin embargo, él la agarró por la nuca y se la acercó.

—Algún día tengo que catarte —dijo él, y le lamió la mejilla.

—¡Cerdo! —lo apartó Mariana con violencia.

José Manuel se dirigió hacia la puerta, pero se detuvo.

—¿Le dedicabas esas delicadezas a nuestro padre?

Hizo una reverencia y salió.

Una vez sola, Mariana se levantó y se dirigió hacia la puerta que daba al pasillo de las habitaciones. Al llegar a la habitación de su marido, uno de los sirvientes salía.

—¿Cómo se encuentra el barón?

—No ha comido, señora baronesa —informó el criado.

Mariana entró en la cámara, que permanecía con las cortinas medio echadas. Su marido abrió sus ojos cansados y viejos, propios de quien ya no espera nada de la vida. Su cuerpo cada día estaba más delgado, pero los médicos no eran capaces de decir cuánto le quedaba de vida.

—José Manuel ha preguntado por ti —dijo ella.

El barón asintió en silencio.

—Le he dicho que reposabas y que no quería molestarte.

—Como siempre.

—Ayer me encontré con Teresa de Galva. Su marido preguntó por ti. Como puedes ver, todos se preocupan por ti —sonrió Mariana.

—Como tú —respondió el barón.

El tono que había utilizado no agradó a su esposa. Sin embargo, ella sonrió.

—Deberías levantarte un rato. Hace un día precioso.

—Que tú aprovecharás como es debido.

Mariana se puso tensa. Abelino estaba insolente. No tenía el día y ella no estaba dispuesta a aguantarlo.

—He de mantener nuestras amistades para el día en que te encuentres restablecido —dijo, seca.

—¿Te ha pedido dinero?

—¿Quién?

—José Manuel.

—No seas desagradable —hizo una mueca de disgusto—. Él te tiene en gran estima. Desea que te restablezcas pronto.

—Sabes muy bien que lo único que todavía funciona en mí son los recuerdos. El resto va cayendo lentamente y jamás se recuperará. Pronto podrás hacer todo cuanto desees.

Mariana apretó los labios y lo miró con dureza.

—He de irme. Si necesitas algo...

—Si, ya lo sé. Los criados me lo traerán.

Como cada mañana, ni siquiera se había acercado hasta la cama para acariciarle la mano o la mejilla. Una conversación banal y vacía. Bastaba para cumplir. De manera que salió y dejó la puerta abierta.

Abelino decía que lo único que le funcionaba eran los recuerdos. Pues Mariana pensaba que, a veces, que funcionen los recuerdos es el peor de todos los infiernos y que hay cosas que más vale no recordar.

El cerdo del su hermano había salido a su padre, que abusaba de ella desde que era niña casi ante las narices de una madre que cerraba los ojos y callaba. Cuando sus padres murieron, se sintió liberada, pero también arruinada y tuvo que buscar una solución. Por eso decidió que se casaría con el barón Abelino de Malpica, un amigo de su padre que los visitaba con frecuencia y que había manifestado inclinaciones por ella. Era un hombre mayor y medio impedido, pero confiaba en que fuera inmensamente rico. Aquel detalle disculpaba otros defectos. ¡Bien! Debería añadir que, en aquella decisión, también había participado su hermano. Cásate con él y viviremos bien, le había dicho.

No lo pensó demasiado. Quería huir de los recuerdos, y su hermano, evidentemente, tenía aspiraciones. De manera que se casó y vinieron a Madrid. Los parientes del barón no se lo tomaron demasiado bien. Decían que se veía a la legua cuáles eran sus intenciones.

La sorpresa llegó después. Durante el noviazgo Abelino la había colmado de regalos, pero... Las tierras que el barón poseía eran de secano, de poco valor y no daban fruto alguno. Y, por lo que se refiere al dinero, pronto comenzó a menguar. Sobre todo cuando la enfermedad de Abelino se agravó y tuvieron que hacer frente a las minutas de los médicos, que no pudieron hacer nada por detener el mal que aquejaba a su marido y que cada día lo impedía más. Ahora se movía con ayuda de un andador, cuando se levantaba, porque había días en los que no abandonaba la cama y los sirvientes, incluso, tenían que ponerle el orinal. Vender las propiedades, excepto la casa de Madrid, no era la solución. En todo caso, con el dinero obtenido quizás habrían podido llevar una vida tranquila y retirada en provincias, pero vivir en la ciudad es caro y, si se quiere alternar con gente importante, aún más. Mientras, los médicos no hacían más que contribuir a la evaporación de la escasa fortuna de un marido que la había engañado como a una niña de cinco años.

Cuando despertó de su sueño, se encontró con que sólo le quedaba un marido sin un real, impedido y viejo, y un hermano que se había propuesto vivir como un señor. Entonces le sugirió a su hermano que hablase con Godoy. De hecho, el barón de Malpica era un pariente lejano del primer ministro español. Algo haría. Pero, Godoy ni lo recibió. Eso es lo que le contó José Manuel, pero ella sabía que su hermano vivía convencido de que eso de trabajar sólo es para los idiotas.

Un día José Manuel le presentó a un amigo. Lo había conocido en una partida de cartas y lo invitó a casa. Era un hombre de unos cincuenta años y calvo. Mariana era joven y atractiva. José Manuel siguió invitándolo, hasta que un día le preguntó qué le había parecido aquel amigo suyo y, con un cinismo absoluto, le explicó que era muy rico y que él tenía un plan. Mariana lo escuchó sin dar crédito a sus oídos.

—No pongas esa cara, que nuestro padre ya te curó de espanto —replicó él.

Era la solución, decía. Las deudas ya eran importantes y el barón, impedido y mayor, no tenía que saber nada. Con un poco de suerte, incluso moriría pronto. Bromeó. ¿Y qué le dejaría? ¡Nada! Ni siquiera el título de baronesa, que los parientes del barón se darían prisa en reclamar. La frialdad y el cinismo de su hermano no conocían límites. Mariana se asustó ante aquel panorama desolador y lleno de miseria que su hermano supo describir con todo lujo de detalles. No habían tenido hijos y, por más que Abelino había puesto sus cinco sentidos durante el poco tiempo que todavía era capaz de hacer algo, no había conseguido dejarla embarazada. Sin hijos, seguramente, llegado el desenlace, los pocos parientes de su marido reclamarían la herencia, argumentando que era una mujer joven que se había casado por interés. Y lo único que merecía la pena era la casa de Madrid.

Total, solo tenía que abrir las piernas y, durante un rato, soportar un peso encima de ella, le había explicado José Manuel. Cierto, pensó ella. Los hombres se conforman con muy poco. Son como sus orgasmos. Prendes la mecha y sale la bala por el cañón. Sensibilidad, ninguna. Por no decir que le daban asco, diría que le daban pena. Incluso, su hermano. ¿Por qué aceptó, pues? Porque una mujer ha de aguantarlos. ¿O quizás fue por miedo a quedarse en la miseria? El hecho era que su trabajo resultaría fácil. Sólo tenía que hacer lo que ya no hacía con su marido o lo que había hecho con su padre. Del resto, ya se encargaría José Manuel, que lo tenía todo muy bien meditado.

Poco después, Mariana abría las puertas de su habitación al amigo de José Manuel, que disfrutó de sus favores convencido de que acababa de hacer la mayor de las conquistas. Mariana supo embrujarlo con una aureola de romanticismo que le hizo perder los sentidos. Aquel hombre se quedó sin sangre en las venas cuando José Manuel fue a visitarlo a su casa. El hermano de Mariana se presentó con un gesto grave y muy digno. El barón de Malpica, su cuñado, le había explicado que los había descubierto en la cama, pero que no se había atrevido a entrar porque estaba impedido y ya era bastante vergüenza no poder exigirle satisfacciones. Sin embargo, él, don José Manuel de Castro, era un caballero y aquello no podía quedar así. Había seducido a la esposa de un pobre hombre, había traicionado la confianza de un amigo, había abusado de la buena fe de una mujer virtuosa y había hecho añicos un matrimonio.

El pobre desgraciado no sabía cómo reaccionar. Y menos todavía cuando José Manuel le dijo que entre caballeros aquel asunto se arreglaba con un duelo. Le había visto ejercitarse en la academia del maestro Palacios y sabía que no tenía ninguna posibilidad. Enfrentarse a un hombre joven que podía medirse con su maestro... Ya se veía cadáver.

José Manuel empezó a levantar la voz y el pobre hombre se hundió. Le rogó que no diese un escándalo. Él era un hombre casado y con tres hijos. Podían llegar a un acuerdo.

Y se entendieron. ¡Claro que sí!

Todo fue a pedir de boca durante un tiempo, pero el barón se agarraba a la vida como una lapa, los médicos seguían chupándole la sangre y el dinero volvió a escasear. Además, José Manuel jugaba fuerte a las cartas y no tenía suerte. Entonces, volvió a convencer a Mariana y buscó otra víctima, que también pagó. Un hombre casado con cinco hijos y de noble cuna.

Con el tercero la cosa se torció porque aceptó el reto de José Manuel. El idiota acabó en el hospital. Finalmente pagó, pero los rumores empezaban a circular.

Fue entonces cuando Mariana descubrió que habían cometido dos errores. El primero era precipitarse. No se puede cantar más rápido de lo que marca la música y todo requiere su tiempo. Los hombres van perdiendo la fuerza a medida que caen en los brazos de la seducción, de la misma manera que la fruta se desprende de la rama con facilidad cuando está madura, pero cuesta arrancarla cuando todavía está verde. Si hubiesen esperado un poco más, aquel estúpido no habría aceptado el reto y habría pagado, pensando en ella y en el mal que podía hacerle un escándalo, pero su hermano tenía prisa. Tenía que saldar una deuda y se precipitó.

El segundo error era que, si vivían en Madrid, no podían muñir las vacas de los vecinos. Tenían que ser cautos. Las embajadas y las delegaciones ofrecían un buen caldo de cultivo y, como era gente que no vivía en la capital, sino que se encontraba de paso, no levantarían rumores.

De manera que habló con su hermano y acordaron que ella escogería el momento oportuno para que José Manuel entrase en escena. El negocio se hizo más discreto. Abelino, a pesar de su parentesco lejano con Godoy, no formaba parte del círculo de invitados habituales a las grandes recepciones. De manera que Mariana tenía que conformarse con asistir de vez en cuando a algunas fiestas. Cuando conocía a un extranjero, le explicaba que no alternaba demasiado por causa de la enfermedad de su marido. Entonces aparecía la historia de la mujer sola y triste, casi una esclava, y aquí se iniciaba el camino hacia su cama. Finalmente, José Manuel tomaba el relevo y atacaba. Algunos pagaron sin abrir la boca y otros probaron el acero de su hermano. Una herida y asunto concluido. Desgraciadamente, a José Manuel se le fue la mano con el capitán John Lear.

Aquel episodio representó una nueva experiencia. Fue el propio capitán el que, tras dos semanas de relaciones y viendo el empuje de aquella mujer, le propuso un juego. Quizás porque él no era todo lo hombre que debía ser y tanto le daban unos buenos pechos como otra verga. Mariana, al principio, se negó. Pero, sin demasiados aspavientos. John Lear insistió y, finalmente, la baronesa aceptó. Nunca había estado en la cama con dos hombres a la vez.

Cuando José Manuel le preguntó si podía entrar en acción, ella le dio largas. Puso como excusa que el capitán no tenía suficiente dinero, pero que contaba con un amigo de considerable fortuna. Además, se le había ocurrido que dos hombres encima de una mujer bien podía tomarse por una violación. Y con un marido impedido y en la habitación contigua... ¡Menudo escándalo para un oficial inglés que trabaja en la embajada!

¿Por qué lo hizo? No sería capaz de dar una respuesta precisa. Quizás la idea la había excitado sobremanera y, cuando la probó, quiso repetir. Allí no había diferencias y ambos hombres jugaban con ella y entre ellos, y ella se metía en medio de sus juegos. Ocupar ambas manos y poder comparar, sentir el cálido aliento sobre su cuerpo mientras la besaban, notar que le succionaban los pezones al tiempo que otra lengua se paseaba por su espalda había sido... muy interesante.

El capitán inglés no actuaba como los demás hombres. Se mostraba más delicado. Entonces se dio cuenta de que quien realmente le interesaba era su compañero. Ante semejante situación se sintió utilizada y menospreciada, pero luego llegó el gran descubrimiento. Podía contemplarlos y estudiarlos con detalle. Aquellos dos hombres sólo eran un cuerpo pegado a un miembro que tenía vida propia. Cuando aquel pedazo de carne se levantaba altivo, el cerebro dejaba de funcionar. Ella podía dominarlos y, secretamente, vengarse del asqueroso macho. Acababa de derribar todas las fronteras y fue consciente de que, entre aquellos dos cuerpos sudorosos y excitados, podía disfrutar como nunca, cerrar los ojos e imaginar cuanto quisiera. ¡La fuerza de la imaginación! Fue precisamente en aquel momento cuando también descubrió que el verdadero placer se hallaba en el poder que ejercía sobre los machos, pobres idiotas que manejaba a su antojo.

Mira por dónde, un no-hombre le había mostrado hasta qué punto podía llegar a dominar a cualquier hombre.

Pero, Tom Headking abría una perspectiva diferente. Se dio cuenta cuando su hermano la puso al corriente de quién era su salvador y de la fortuna que podía esconderse tras él. Aquel joven podía tener otro destino y no permitiría que su hermano le pusiera las manos encima.

Algún día también dominaría a su hermano. Mucho más de lo que ahora lo dominaba. ¿Por qué no? ¡Ya veremos quién cata a quién! Y, olvidando el asco que le había dado el lametón en la mejilla, sonrió enigmática.

9 - DEMASIADOS CAMBIOS

Gordon salió de su despacho como alma que se lleva el diablo para dirigirse al de sir Blum. Harry, el secretario particular del jefe de los servicios de información, se sorprendió al verlo entrar resoplando. Tan grande había resultado el esfuerzo que todo el tiempo que Gordon había ganado en su carrera por el pasillo ahora lo perdía en recuperar el aliento.

—Anunciadme a sir Blum —dijo con la mano en el pecho, mientras maldecía a Ferguson por haber tardado tanto en comunicarle las noticias.

—Ahora no puedo molestarle —replicó Harry.

Sólo cuando estaba sentado, Harry mantenía la cabeza alta. Tan pronto se levantaba de la silla, su testa caía hacia delante obligada por un cuello que parecía carecer de la suficiente fuerza para sostenerlo. Y, aunque estuviese sentado, su frente casi se pegaba a la mesa cuando sir Blum abría la puerta de su despacho. Con la voz sucedía otro tanto. Era audible cuando entraba Gordon, pero se apagaba nada más notar la presencia de su superior directo. Gordon conocía a fondo todas estas facetas del secretario.

—Es urgente —casi bramó Gordon.

Ante el tono de aquellas palabras, Harry se puso tenso y empezó a dudar de su aparente autoridad. Bastó con la mirada de Gordon para que hiciera sus cálculos y se imaginase lo que podía suceder si se equivocaba en la valoración de la urgencia del asunto. De manera que pegó un salto de la silla y llamó con delicadeza a la puerta. No recibió respuesta alguna y repitió la llamada. Tampoco hubo respuesta. Entonces, golpeó con mayor energía y una voz enfadada le concedió permiso para entrar. Abrió ligeramente la puerta y metió la nariz para anunciar la imprevista visita de Gordon.

—¡Un momento! —oyó Gordon la voz de sir Blum, y Harry cerró con timidez.

Los hombres mediocres escogen hombres mediocres para su servicio. Un rato después escucharon la campanilla que sir Blum tenía sobre la mesa. Gordon había estado todo el tiempo dando largas zancadas arriba y abajo de aquel pequeño despacho y se comía las uñas, presa de gran desesperación.

Cuando por fin entró, descubrió que el jefe de los servicios de información tenía cara de sueño. Acababa de levantarse de una buena siesta y la noche anterior, seguramente, había sido larga y movida por causa de sus compromisos sociales.

—Marat ha muerto —escupió Gordon.

—¿Marat? —preguntó sir Blum con cara de idiota.

—Jean Paul Marat, diputado de París, responsable de las matanzas de agosto y septiembre del pasado año, instigador de la caída de los girondinos hace un mes —informó Gordon.

—¿Cómo ha sido?

Gordon se cabalgó las gafas en la nariz y leyó literalmente un párrafo de la nota que traía en la mano.

—Marat ha sido asesinado en su bañera por una mujer que responde al nombre de Charlotte Corday. Se trata de una ferviente seguidora de los girondinos.

—¡Ah! —exclamó sir Blum, abriendo los ojos de golpe—. ¿Y ahora, qué?

¡Ya había aparecido la pregunta inteligente!

—Han creado el Segundo Comité; Robespierre, Conthon y Saint-Just han formado un triunvirato y son los amos de Francia.

—¿Y Danton?

—Destituido.

—¡Bien! Eso significa que no habrá guerra —dijo sir Blum con satisfacción.

—Eso significa justamente lo contrario —replicó Gordon, que no podía creer que su jefe fuera tan obtuso.

—Con Marat muerto y Danton lejos del poder...

—Con Robespierre en el poder... —cortó Gordon.

—¿Qué?

—Han suprimido la libertad de culto y de prensa —explicó Gordon, casi a voz en grito—. Hay que hablar con lord Grenville.

—¡Oh! —exclamó sir Blum. Se quedó en silencio, en una de sus profundas meditaciones llenas de vacuidad, y dijo—: Tenemos que hablar con lord Grenville.

Gordon lo miró incrédulo. Aquel hombre cada día lo maravillaba con una nueva muestra de su incompetencia.

Cuando llegaron al despacho del ministro lo encontraron abarrotado de altos oficiales: Jack Smith, responsable del centro de Europa, Peter Fox, responsable de ultramar, Ralph Freeland, responsable del este de Europa, y James Boodrik, responsable de la zona árabe.

—Vuestros servicios de información no son tan rápidos como sería de desear —dijo lord Grenville, una vez escuchadas las noticias que le traía sir Blum— Ya hace más de media hora que estamos al corriente y reunidos.

—Gordon, podíais haber dicho que era urgente y habría abandonado inmediatamente la reunión —se volvió sir Blum a su subordinado, que enrojeció de rabia pero no replicó.

—La declaración de los derechos del hombre y de los ciudadanos no es más que papel mojado —decía uno de los militares presentes.

—La guerra es inminente —intervino un general.

—Francia se ha vuelto loca. ¿Pretende luchar con España, con Prusia y con nosotros a un mismo tiempo? —preguntó lord Grenville.

—Es que todo ha cambiado —respondió sir Blum, y los presentes lo miraron—. Quiero decir que Francia ha perdido el juicio.

—¡Oh! —exclamó lord Grenville—. ¿Alguien puede aportar una explicación más inteligente?

Gordon entornó los párpados y sopló con fuerza, vaciando todo el aire de sus pulmones.

Dos horas más tarde se levantó la reunión. Lord Grenville tenía que entrevistarse con el primer ministro Pitt. Acababa de constituirse un gabinete de crisis para tratar el asunto.

Gordon era el último en salir y el ministro lo detuvo.

—¿Cuándo os habéis enterado de la muerte de Marat?

—Una hora antes de venir.

—A partir de ahora, todo cuanto llegue a la mesa de sir Blum, también llegará al mismo tiempo a la mía. ¿Está claro?

*** ***

Godoy llegó al palacio real acompañado de su secretario y subió con paso firme la escalera, mientras su secretario, con la cartera bien agarrada contra el pecho, intentaba no quedarse atrás.

Su visita había sido anunciada poco antes y las puertas se abrieron a su paso hasta alcanzar la sala que Carlos IV destinaba a las ocasiones que requerían un tratamiento de urgencia.

Godoy vio al rey sentado tras la mesa grande que ocupaba el centro de la estancia, ricamente decorada con tapices y cuadros con escenas de caza. No en vano el pueblo apodaba al rey Carlos IV con el sobrenombre de Cazador. Avanzó e hizo una estudiada reverencia, a la que el rey respondió con una ligera inclinación de cabeza. Godoy se sentó y su secretario se quedó unos pasos atrás.

—Excusad mi intempestiva visita, pero hemos recibido noticias alarmantes de los Pirineos —dijo Godoy, mientras alargaba la mano hacia su secretario, que abrió la cartera y sacó el comunicado que acababan de recibir—. El general Ricardos se ha enfrentado al revolucionario Jaume Josep de Casañes y ha perdido Vernet, en el Conflent.

—¿Significa eso que los franceses invadirán España? —preguntó el rey con gesto grave.

—Los generales Aoust y Coguet reciben ayuda de los revolucionarios Farbe y Casañes. Ricardos no puede avanzar —explicó Godoy—. Tenemos que enviar refuerzos a Catalunya. Tendríamos que haberlos enviado hace tiempo.

La conversación duró apenas unos minutos más y Godoy se levantó, hizo una reverencia y salió con el mismo paso firme con que había entrado. Ya había informado al rey de todo cuanto precisaba y el rey, como siempre, andaba perdido.

Cuando llegó a la escalera, se abrió una puerta y apareció la reina María Luisa.

El secretario, al ver a la soberana, dobló la espalda en una reverencia y Godoy inclinó la cabeza e hizo un gesto con la mano para indicarle que siguiese su camino y los dejase solos.

—Cada día sois más caro de ver —dijo la reina a Godoy en tono de reproche.

—Majestad —contestó Godoy, inclinando la cabeza.

—Venís a ver al rey y ni siquiera me lo comunicáis —siguió María Luisa en idéntico tono.

—De sobra sabéis que, si no vengo más a menudo, es porque asuntos muy delicados ocupan mi tiempo. Y aún sabéis mejor que todo mi tiempo está dedicado a vuestra seguridad y a la del rey —se defendió Godoy.

—¿Ah, sí? Pues, según dicen, tienes muy ocupadas tus noches —cambió la reina el tono y el tratamiento. Ya no podía oírles nadie.

—Todas las horas del día y de la noche estás presente en mis pensamientos —dijo Godoy con otro tono y otro tratamiento.

—¿Incluso en la cama? —bajó la voz María Luisa.

—Incluso allí.

—¿Incluso entre otros brazos?

—No hay más brazos que los tuyos —contestó Godoy, y tomó la mano de la reina para basarla.

—¡Mentiroso! —exclamó la reina, y retiró su mano.

—La situación es muy delicada. Los franceses atacan. Todo son retos y no duermo todo lo que desearía pensando en ti.

—Ya sé que respondes ante cualquier reto, sea del tipo que sea y venga de donde venga.

—Mi mayor reto es vuestra seguridad, la del rey y la tuya.

—Una mujer se siente segura cuando es feliz, y tú no haces nada por mi felicidad.

—Tienes sobradas pruebas de que todo cuanto hago es por tu felicidad.

—Mañana por la tarde el rey sale a cazar y yo me quedaré aquí. Tráeme tus pruebas, las examinaré con atención y entonces, decidiré si es cierto lo que dices o si eres un embustero.

Godoy tomó de nuevo la mano de la reina y la besó, cerrando los ojos en un gesto de pasión. La reina dejó caer los párpados, suspiró y retiró lentamente la mano, se agarró la falda, dio media vuelta y desapareció por donde había venido.

El primer ministro aguardó hasta que la puerta se cerró. Mañana le esperaba un largo día en que tendría que hacer horas extraordinarias. La reina era mucha reina. No era por casualidad que había tenido doce partos y decían que podía volver a estar embarazada, y él despertaba sus pasiones. Sin embargo, acudiría. No ocuparía el lugar que ocupaba si no fuese por ella.

Al llegar al vestíbulo se encontró con el infante Fernando, que era el producto del noveno parto de la reina y que pronto cumpliría diez años.

—¿Otra vez aquí? —preguntó el infante con impertinencia.

—La situación es delicada y tenía que informar a Su Majestad el Rey.

—Como siempre —sonrió el infante, con desprecio.

—Excusadme. Asuntos concernientes a la seguridad de España requieren mi atención —inclinó la cabeza Godoy, y siguió andando hacia la salida.

Fernando lo contempló mientras el criado abría la puerta y el primer ministro se dirigía al carruaje que lo aguardaba. Aquel hombre no le caía bien.

*** ***

Su asunto estaba en buenas manos. Ésta era la respuesta de Gordon, que Tom recibió por conducto de Flint el mes de diciembre de 1793. Sin embargo, la situación había dado un giro y con la guerra... Gordon le había prometido que podría regresar a Reigate y visitar a su madre, pero era preciso tener un poco más de paciencia. Todo iba manga por hombro y muchos asuntos quedaban en segundo término, pero seguían su curso.

Tom ordenó las ideas y repasó las notas que había tomado durante su viaje a Granada. Domingo Badía, nacido en Barcelona, era hijo de Pedro Badía, secretario del conde de Ofalia, que había sido gobernador de Barcelona y gobernador de Pamplona, y ahora ocupaba el cargo de capitán general de Castilla la Vieja, Costa y Granada. Su madre se llamaba Catalina Leiblich y era de Bruselas, aunque su familia vivía en Barcelona desde hacía más de un siglo.

El joven Domingo había hecho carrera a la sombra de su progenitor. A los catorce años fue nombrado Administrador de

Utensilios de la Costa de Granada y a los diecinueve sustituyó a su padre en el cargo de Contador de Guerra y Tenencia de Tesorero del partido de Vera con ejercicio y distintivo de Comisario de Guerra. Hacía poco que se había casado con María Luisa Burruezo y Campoy, una muchacha de Granada. Tom no tuvo ocasión de conocerle porque estaba ausente de Granada. Sin embargo se enteró de que la gente comentaba que Badía era inquieto y le gustaba leer e investigar. Poseía conocimientos de física, botánica, astronomía, matemáticas y geografía. Un personaje muy curioso. Había quien lo catalogaba de soñador, mientras que otros apuntaban que era un científico y que llevaba dentro de sí el alma de los grandes aventureros.

¿Qué podía hacer con aquella información?, meditaba Tom. Gordon había sido muy explícito y le había dicho, siempre por conducto de Flint, que quería datos concretos, hechos, y no teorías. Todo cuanto había encontrado hacía pensar que el autor del ensayo sabía de qué hablaba, al menos en lo tocante al gas y máquinas o globos aerostáticos. Sus conocimientos de física, matemáticas, geografía y astronomía así lo avalaban. ¿Cómo podía relacionar todos aquellos datos con el hecho de que aquel escrito permaneciese sobre la mesa de Godoy?

Le dio vueltas sin llegar a una conclusión. Los globos no dejaban de ser un mero experimento.

—Si los franceses invaden Catalunya y llegan a Barcelona, perderemos las rutas del Mediterráneo —oyó la voz de don Santiago.

Levantó la mirada y vio a su socio de pie, bajo el dintel de la puerta del despacho.

—Los franceses tienen más problemas de los que querrían. Y sólo les faltaba guillotinar a la reina María Antonieta. Cortarle la cabeza al rey francés podía comprenderse, pero ajusticiar a la reina diez meses más tarde, sin motivo aparente, ha sido un grave error que ha puesto en pie a toda Europa. Tolón continua ocupada por las fuerzas españolas e inglesas. Desde allí dominan Córcega y nuestras rutas son seguras. Si Inglaterra y España van de la mano, el resto de países nos mirará con simpatía. Ya veis que es tanta la mercancía que movemos que esta nave se nos está quedando pequeña. La crisis nos afecta tan poco que casi diría que es producto de la imaginación.

—No me quejo. ¡En absoluto! —exclamó don Santiago—. He saldado mis deudas y pronto pagaremos las instalaciones de Cádiz. Pero eso de comprar barcos no acabo de verlo claro. Soy hombre de tierra firme y...

—Y salisteis escaldado de vuestra primera experiencia —rió Tom—. No son las mismas circunstancias ni yo soy el mismo socio. Dispondremos de nuestra flota particular, no pagaremos los precios cada vez más desorbitados de los armadores y cobraremos por transportar otros productos cuando no llenemos el barco con los nuestros.

—No sé —dudó don Santiago—. Quizás es que todo cambia tan de prisa que no puedo seguir el ritmo. Cada día me noto más mayor y no tengo un hijo que pueda sucederme.

Sí, todo cambiaba muy rápido. Poco tiempo atrás ni se preocupaba por lo que sucedía fuera de su territorio comercial, pero éste se había ensanchado y empezaba a preocuparse por cuanto acontecía en Prusia o en Austria, lugares que había tenido que localizar en un mapa para hacerse una ligera idea de dónde se hallaban. A veces, se sorprendía cuando se descubría hablando de aquella manera. ¿Se estaría convirtiendo en un ilustrado de los que antes despreciaba? ¡Dios no lo permita! Sin embargo, el negocio es el negocio y hay que vigilarlo.

—Tenéis dos hijas y un yerno —dijo el joven.

—¡Ya conoces a Mariano. ¿Lo querrías por socio?

Tom no contestó. Había conocido a Petra y a Mariano durante una comida en casa de don Santiago. De conversación más social, más femenina y más convencional, Petra era muy distinta a Angelines. La otra cara de la moneda. En cuanto a Mariano, si tuviera que escoger, preferiría tener a Angelines por socia, pese a ser una muchacha. Pero eso no podía decírselo a don

Santiago que no se entendía con su hija y dudaba de que hubiese alguien capaz de conseguirlo.

—Petra está embarazada y quizás os dará un nieto que será vuestro sucesor —respondió Tom, y añadió—: Espero que dentro de muchos años.

—O me dará otra Angelines —replicó don Santiago, se dio cuenta del desliz e intentó poner remedio—: Quiero decir que... ¡En fin! Que...

—Angelines es todo un carácter —le echó un capote Tom, procurando disimular la sonrisa.

—Pero es muy buena muchacha. Lo que pasa es que a veces dice las cosas de una manera un poco brusca. Sin embargo, sería una esposa extraordinaria y una madre como no hay otra...

—Don Santiago —oyeron la voz de Manolo—. Han llegado los carros de Andalucía.

—Ya seguiremos hablando... Del tema de los barcos —dijo don Santiago, y abandonó el despacho.

Tom sonrió. Del tema de los barcos. Quizás sí.

De pronto, don Santiago apareció de nuevo.

—Por Navidad nos reuniremos todos. Nos gustaría que nos acompañases.

—Será un honor.

—¡Bien! —exclamó don Santiago, y antes de salir de nuevo, repitió—: ¡Bien!

*** ***

Lord Grenville y Gordon estaban solos, en el despacho del ministro.

—Bonaparte, Napoleón —dijo Gordon—. Ha ocupado el puesto de lugarteniente coronel de la Guardia Nacional en Córcega, donde ha nacido; según dicen, es jacobino. No sabemos nada más.

—Excepto que nos ha echado, a nosotros y a los españoles, del fuerte de Eguillette, que ha sido nombrado general de brigada y que lo han destinado a Italia. Ahora Tolón es francés y nuestras rutas del Mediterráneo están en peligro.

—Sir Blum dice que ha sido un golpe de fortuna.

—Sir Blum tendría que saber que a veces los osados tienen suerte, pero que los buenos oficiales obtienen victorias. Y si sumamos las cualidades de un buen oficial al hecho de ser osado el resultado es evidente. No perdáis de vista a ese *joven oficial* que ya es *general* —replicó lord Grenville, recalcando las palabras clave.

Lord Grenville había adoptado una táctica que le daba buenos resultados. Y todo gracias a sir Blum, a quien todavía tendría que agradecerle que ocupase el lugar que ocupaba. Cada vez que el jefe de los servicios de información hacía un comentario, el ministro de Exteriores pensaba en la idea contraria. Sir Blum poseía la extraña habilidad de equivocarse en todas sus valoraciones. De manera que, si había dicho que Bonaparte no tenía que preocuparles, significaba que aquel oficial francés podía convertirse en un dolor de cabeza.

—¿Qué hay de la compra de barcos por parte de Tom Headking? —preguntó lord Grenville—. ¿Ha entendido el tipo de barco que debe buscar?

—Un par de naves rápidas que puedan transformarse sin demasiados cambios en barcos de guerra, pero que no llamen la atención.

—¡Exacto! ¿Y cómo va todo?

—Ha iniciado gestiones en Italia.

—No. Hemos de sacarle partido al Forrester.

—Os recuerdo que es el barco que le robamos a Erquiza.

—Precisamente por eso. Los italianos no podrán competir con nuestros precios —replicó lord Grenville.

—Pero, si lo ve, Erquiza se dará cuenta.

—¿De qué? —sonrió lord Grenville—. Es un hombre de secano. No entiende de barcos. Lo pintamos de nuevo, le hacemos un par de retoques, le cambiamos el nombre y se lo endosamos.

Habrá pagado dos veces por el mismo barco y estará contento porque se lo venderemos a un precio interesante.

—¿Y Headking?

—Headking no lo ha visto nunca.

—Bien, señor ministro —aceptó Gordon.

—¿Y el Argos?

—¿El que robamos en el mar del Norte?

—No lo robamos. Nos lo quedamos como botín de guerra —corrigió lord Grenville—. Tanto el uno como el otro pueden transformarse fácilmente. Se los venderemos a Headking. Que los haga navegar por el Mediterráneo, que todos se acostumbren a verlos y que lo tengan todo dispuesto en Gibraltar para cuando llegue el momento.

—Sí, señor ministro.

La política tiene caminos muy interesantes, pensó Gordon. Con un poco de astucia se pueden multiplicar los recursos. Y todo ello sin demasiado gasto.

—Que sir Blum se encargue de la venta —dijo lord Grenville.

—¿Sir Blum? —se extrañó Gordon.

—Algo hemos de darle para tenerlo contento.

Quedaba claro que el ministerio cerraría los ojos ante las posibles comisiones que se derivasen. Gordon se dirigió hacia la puerta y dudó.

—Por cierto, señor ministro... —dijo.

—Sí, Gordon —alzó la mirada lord Grenville.

—¿Recordáis el ensayo sobre máquinas aerostáticas y globos? —preguntó, y el ministro asintió—. Polindo Remigio no existe. El verdadero nombre del autor es Domingo Badía y Leiblich.

—¿Y qué?

—Ha nacido en Barcelona, es hijo del secretario del conde de Ofalia y ahora ocupa el cargo de contador de guerra y tesorero del partido de Vera en Granada con distintivo de Comisario de Guerra.

—Comisario de Guerra... Interesante —murmuró lord Grenville, invitándolo a seguir.

—Es un hombre inquieto que ha estudiado diversas materias, entre ellas geografía y física.

—Un español culto.

—Un catalán.

—¿No habéis dicho que ha nacido en Barcelona?

—Por eso mismo, señor. Es catalán y, según explica Headking, los catalanes son especiales. Él ha vivido un tiempo con ellos y los conoce bien. Son gente práctica, que no se andan por las ramas. Tienen fama de ir al grano.

—¿Habéis hablado con sir Blum?

—Sí, pero me ha repetido que eso de los globos es una estupidez.

—Interesante. Guardad este asunto en cartera —dijo lord Grenville.

—Sí, señor.

Gordon hizo una ligera reverencia y abrió la puerta.

—Catalán, habéis dicho. ¿No es así? —lo detuvo la voz de lord Grenville.

—Sí, señor ministro —se volvió Gordon.

—Gente práctica, que no se anda por las ramas.

—Sí, señor ministro.

—Interesante... —murmuró lord Grenville.

*** ***

Llegó la Navidad. Hacía frío y el cielo estaba encapotado. Aún nevaría, pensó Tom, mientras andaba de prisa. En los últimos días Angelines no se había presentado por la empresa. Las Navidades son unas fechas que mantienen muy atareadas a las mujeres. A las mujeres y a los hombres, porque habían tenido que servir un buen número de pedidos.

Y, pensando en los pedidos, había uno que le resultaba especial. El barón de Malpica había ordenado que le sirviesen las mismas delicadezas que al rey. La idea de escribir en las cajas que eran los proveedores de la Casa Real daba buenos resultados. Aquel día él no estaba y don Santiago se hizo cargo del cliente. Cuando Tom regresó y vio el nombre su corazón dio un brinco. Recordaba a la baronesa, sus ojos, su cara, su sonrisa y la gracia con que movía la sombrilla. La próxima vez iría personalmente.

Antes de llamar, pensó en Angelines. Todo un carácter, le había dicho a su socio. Cuando se la conoce, es dulce, le había respondido don Santiago. Quizás sí, pero con él se comportaba de una forma harto extraña. Tan pronto parecía que le sonreía, como casi lo miraba con desprecio. Las mujeres son muy distintas de los hombres y no hay quien las entienda.

Matilde se hizo cargo de su abrigo, don Santiago salió a recibirle y lo condujo hasta al comedor, donde ya esperaban todos. Saludó a Petra y a Mariano, conoció a los padres del yerno de su socio, saludó a un par de primos y a una prima de la familia y finalmente se encontró con Angelines, que había escogido un vestido azul y blanco con adornos dorados y un generoso escote que realzaba su pecho. Tom pensó que o el escote era mayor de lo habitual o los pechos habían crecido, porque cuando Angelines respiraba amenazaban con desbordar el palco.

La joven se dio cuenta de que Tom tenía que hacer algún esfuerzo por no mirar hacia donde sus ojos querían ir. Y sintió placer. Sin embargo, enseguida volvió a captar la sonrisa que le indicaba que Tom seguía mirándola como a una muchacha y no como a una mujer. Entonces, se enfureció y sintió el impulso de hacer o de decir alguna inconveniencia. No obstante, respiró hondo y se mantuvo digna. Una muchacha tal vez lo haría, pero una mujer, nunca. Y ella pensaba que el refuerzo que le había ordenado a Matilde que pusiese bajo el vestido representaba un salto importante en su condición que, forzosamente, tenía que traducirse en un cambio de actitudes y de comportamiento.

La celebración resultó amena. Don Pedro, el padre del yerno de don Santiago sabía cómo animar una conversación y Tom no les andaba a la zaga.

—La Iglesia tendría que quedarse al margen —decía don Pedro—. El mundo evoluciona y el progreso no puede detenerse.

—¿Estás de acuerdo con los revolucionarios franceses? —preguntó don Santiago.

—Las finanzas van mal, la crisis aumenta y Godoy no aporta soluciones —respondió don Pedro, que asistía a reuniones de gente que reclamaba reformas.

—A nosotros no nos va tan mal —sonrió don Santiago.

—Godoy presta demasiados oídos a los inquisidores. Prohibir que entren documentos, censurar todas las noticias provenientes del exterior y hablar de una cruzada contra Francia son cosas que están calentando los ánimos. En Barcelona han echado a muchos franceses que residían desde hace años. Y lo mismo sucede en Andalucía. ¿Habéis leído lo que escribe ese fraile...? ¿Cómo se llama? Diego José de Cádiz. Habla de Francia como del mal absoluto y hace un llamamiento a la defensa de los valores tradicionales. Sólo hay que ver el título de su obra: *El soldado católico en guerra de religión* —rió—. ¿No os recuerda la época de las cruzadas?

—No acabo de entenderlo —intervino Angelines—. Nos hemos aliado con Inglaterra, con Austria y con Prusia, con protestantes y con luteranos.

—Hija mía, cuando el diablo anda suelto, cualquier aliado es bueno. Los franceses queman iglesias, disparan contra las imágenes sagradas y profanan... —y aquí se calló.

—¿Profanan el sexo? —dijo Angelines, y todos la miraron—. Eso es lo que dicen —se disculpó ella, enrojeciendo.

—Cuando estuve en Barcelona descubrí que los residentes franceses son notables caldereros, buenos sombrereros y expertos comerciantes —desvió la conversación Tom—. No me extrañaría que alguien aprovechase la circunstancia para apartar a la competencia y hacer crecer su negocio.

—Es lo que yo digo —afirmó don Pedro—. Detrás siempre se esconde una cuestión económica y la religión no es más que una excusa. El gobierno tiene miedo de los revolucionarios franceses y se alían con el diablo, argumentando que el diablo es otro. Tenemos que cambiar las estructuras para conseguir un crecimiento económico. ¿No pensáis lo mismo, señor Headking?

—No creo en la existencia del diablo —sonrió Tom.

—¿Y en Dios? ¿Creéis en Él? —preguntó don Pedro.

—En un dios tan débil que necesita de un ejército de hombres para defenderlo, evidentemente no.

—¿Vais a la iglesia? —siguió don Pedro.

—Cuando siento la necesidad, sí.

—Vos sois inglés. ¿Qué religión profesáis? ¿Tenéis Santo Oficio en Inglaterra?

En aquel preciso instante apareció Matilde con la bandeja del capón.

—¡Ah! —exclamó don Santiago, con un suspiro de alivio—. ¡Por fin llega el capón! —alzó los brazos y todos lo miraron—. Lo he mandado traer especialmente de una granja que hay en las afueras de Madrid.

El tema quedó olvidado y los comentarios se centraron en los manjares.

Descontando aquel pequeño incidente en la conversación, el dueño de la casa se sentía radiante y feliz porque aquel día Angelines se comportó como Dios manda. No hubo salidas de tono ni discusiones con su hermana Petra, que siempre abundaban cuando se reunía la familia. Sin embargo, en esta ocasión se había mostrado conversadora y ocurrente y les había dedicado sonrisas a todos los presentes. Al acabar don Santiago se fijó en que Angelines se hacía la remolona para quedarse con Tom, mientras al anfitrión se llevaba a los hombres a la sala grande para tomar una copa y las mujeres se retiraban para hablar de sus cosas.

—¿No es arriesgado comprar barcos ahora que estamos en guerra? —preguntó Angelines a Tom, cuando todavía estaban en el comedor y los demás habían salido.

—La vida es un riesgo constante —sonrió el joven—. Sin embargo, no por ello dejamos de vivirla.

Durante toda la comida, Tom había observado que Angelines le dedicaba miradas.

—No acabo de entenderos. Hay momentos en que os mostráis osado y otros, sin embargo, en que os quedáis parado —dijo Angelines.

—Depende de la importancia del objetivo. A veces hay que andarse con tiento para no perderlo todo y la valentía no tiene por qué andar reñida con la prudencia.

—¿Qué objetivo podría ser tan importante que requiera de tanta prudencia? —preguntó ella, mirándolo a los ojos.

Tom le devolvió la mirada. Pronto cumpliría los dieciocho y quería parecer mayor. De manera que decidió seguirle la corriente.

—Una mujer, por ejemplo.

Angelines se ruborizó, apartó la mirada, se sintió desamparada e intentó buscar refugio en los demás invitados, pero éstos habían salido. Aquel hombre podía subirle los colores con una sola palabra. Por un instante notó que la rabia se apoderaba de ella, pero hizo de tripas corazón y volvió a mirarlo a los ojos.

—El exceso de prudencia puede desembocar en un grave error y, a menudo, es mejor saber qué piensa la otra persona. Aunque tengamos que enfrentarnos con una negativa —dijo con valentía.

—¿Sería una negativa? —preguntó él, al tiempo que entornaba los párpados y le dedicaba una sonrisa.

—¡No! —exclamó ella, y se dio cuenta de que se había precipitado. De nuevo sintió que las mejillas le ardían—. Quiero decir que no necesariamente. He hablado de una negativa como lo peor que puede suceder, pero eso casi nunca se da. El hombre sabe cuándo puede albergar esperanzas y cuándo no.

—¿Y yo puedo albergarlas?

Angelines se sofocó. Respiró hondo, ignoró la pregunta, se abanicó con la mano y descubrió que temblaba.

—Mi padre siempre se excede con el fuego —dijo, mientras dirigía los ojos hacia los leños que ardían en la chimenea.

De pronto sintió un escalofrío. La piel de los brazos se le había puesto de gallina. No supo qué más decir y cruzó la puerta con el corazón desbocado. Entonces, se volvió y vio que Tom sonreía divertido. «¡Maldito seas!», exclamó para sí. «Has estado jugando conmigo». Apretó los labios con energía y le dio la espalda.

Don Santiago la vio cruzar hacia la sala de las mujeres y después vio entrar a Tom. ¿Qué había sucedido?

—¿Brandy? —preguntó.

—Mejor jerez —dijo Tom casi riéndose—. Es más dulce y no tan fuerte.

¡Ay, Angelines! ¡No la casaría nunca!

10 - CENICIENTA

Las dos columnas que soportaban el voladizo de la entrada otorgaban a la casa un aire señorial. La puerta, de madera oscura y trabajada, presentaba un aspecto cuidado, los dorados estaban limpios y relucientes y dos macetas con una palmera cada una le conferían apariencia colonial.

Isabel, vestida uniforme y cofia, abrió la puerta y dedicó una reverencia a Tom, mientras se hacía cargo del sombrero y del bastón. El joven había escogido para la ocasión chaqueta larga de color azul oscuro, camisa blanca de cuello alto y un pañuelo, calzas negras, medias oscuras y zapatos también negros. Habida cuenta de la categoría que se le suponía al señor de la casa, había preferido la calza corta y las medias al pantalón largo con raya al estilo de los *sans-culotte*. Entre los nobles aún levantaba reticencias.

Tom siguió a la criada hasta una sala que daba a la parte de atrás de la casa, donde Mariana permanecía sentada en el sofá que había frente a la ventana a través de la cual se apreciaba la gran profusión de flores y plantas del jardín, que el sol de media mañana realzaba hasta convertirlo en un pequeño paraíso. Lucía un vestido rojo, no excesivamente llamativo, ancho y alto de cintura, que subía en forma de copa hasta alcanzar el pecho para mantenerlo bien alto. El escote era generoso, a pesar de que estaba cubierto por una gasa, muy tenue y transparente, que le llegaba hasta el cuello, sin pretender, de ninguna manera, esconder la piel blanca ni disimular el grácil movimiento de los pechos que subían y bajaban con cada respiración y que ella acentuaba en función de la ocasión y del momento.

La baronesa levantó el brazo, alargó la mano y se la ofreció a Tom, que cruzó la sala, la tomó delicadamente y depositó en ella un ligero beso con elegancia.

—Estoy encantada de volver a veros, señor Headking —dijo Mariana, y le indicó una silla.

—Es un placer exquisito, señora baronesa —inclinó Tom respetuosamente la cabeza.

Apartó el faldón de la chaqueta y tomó posesión de la silla que le había indicado la señora.

—Esta mañana he enviado un criado, pero veo que no ha llegado a tiempo. Siento que hayáis hecho este desplazamiento en vano. Mi marido se encuentra indispuesto y no podrá atenderos.

Hacía un par de días que se había recibido en la empresa una nota con el sello del barón de Malpica, en la que decía que viniesen ese día a cobrar la factura pendiente. Tom había visto la nota y se la había guardado.

—Sólo por el inmenso honor de gozar de vuestra belleza, el desplazamiento no ha sido en vano —replicó Tom.

Mariana exhibió una ancha sonrisa. Tom se expresaba en un castellano preciso y escogía las palabras que ella quería escuchar. Los ingleses saben hablar, pensó.

144

—De todas formas, ya que habéis venido quiero pediros consejo.

—Estoy enteramente a vuestra disposición.

—¡Ay! —suspiró Mariana, con la mano en el pecho, como si le faltase el aliento—. Aquí dentro hace demasiado calor. ¿Puedo ofreceros un vaso de agua o de vino?

Tom se extrañó. Él no notaba el calor.

—Agua. Os lo ruego, señora —respondió.

Mariana tomó la campanilla, pero cambió de parecer y se puso en pie. Tom la imitó. Ella se dirigió a la mesa que había en el centro de la sala, donde reposaba una bandeja con vasos y copas, y otra con botellas de licores y vino y una jarra de agua.

—Si os habéis desplazado hasta aquí, lo menos que puedo hacer por vos es serviros yo misma —dijo Mariana—. Además, quiero agradeceros de nuevo que me salvarais la vida.

—Cualquiera habría hecho otro tanto.

—No restéis mérito a vuestros actos de caballero, porque entonces me lo restáis a mí —sonrió ella.

—Vos tenéis todos los méritos, señora baronesa.

Mariana rodeó la mesa y se situó frente a Tom. Entonces escogió una copa, tomó la jarra con parsimonia, se acercó la copa al escote, inspiró lentamente para que sus pechos se hinchasen y desbordasen el vestido y escanció el agua en un pequeño chorro para alargar la ceremonia y asegurarse de que toda la atención de Tom se dirigía hacia el lugar donde ella deseaba, mientras expulsaba el aire de sus pulmones y aflojaba la tirantez de la tela del vestido. Depositó la jarra en la bandeja, levantó los ojos y dirigió una amable, casi tierna, mirada al joven. Luego se desplazó en un amplio movimiento con la copa dirigida hacia Tom, alargando ligeramente el brazo, pero manteniéndolo frente al escote, en un acto lleno de insinuaciones soterradas.

Cuando ya estaba a un paso y Tom empezaba a levantar la mano, la copa tembló y Mariana casi desfalleció. El joven cogió la copa con rapidez y apenas tuvo tiempo para tomarla por la cintura con el otro brazo e impedir que cayese. Ella se llevó el dorso de la mano a la frente, respiró y cobijó su cara en el pecho del hombre.

—Estar siempre pendiente de mi pobre marido, me agota —dijo con voz apagada.

Tom se sintió desconcertado. No obstante, reaccionó, depositó la copa sobre la mesita y la acompañó hasta el sofá, donde Mariana se dejó caer, al tiempo que lo asía por la chaqueta y lo arrastraba junto a ella.

—Avisaré al servicio —dijo el hombre, azorado.

Ella se lo impidió, agarró con ambas manos su chaqueta y fingió un desmayo. Respiró repetidas veces, se rehizo lentamente y levantó la cara hasta que sus labios entreabiertos se encontraron a escasa distancia de los de Tom, que podía respirar su aliento y se sentía turbado por aquella boca que lo atraía con una fuerza salvaje.

De pronto, los ojos de Mariana se abrieron de par en par y lo miró asustada. Tom se sintió aún más turbado porque sabía que ella adivinaba la pasión en su mirada. Mariana tembló ligeramente, contempló sus manos agarradas a las solapas de la chaqueta y se echó para atrás, sofocada.

—¡Oh! —exclamó, y bajó la mirada en un acto lleno de vergüenza. Respiró agitadamente, cerró los párpados, y exclamó —: ¡Dios mío!

Tom se puso en pie de un salto.

—He caído en vuestros brazos. Si alguien llega a entrar... —dijo Mariana, con la mano en el pecho.

—Baronesa, yo...

—Marchaos, por favor.

—No puedo dejaros así.

—Os lo ruego, señor Headking. No acrecentéis mi vergüenza —escondió la cara.

El desconcierto de Tom no tenía límites. No sabía si quedarse, avisar al servicio o marcharse. Mariana tomó la campanilla y la hizo sonar. La puerta se abrió y apareció Isabel.

—El señor se va. Acompáñale —ordenó Mariana, todavía con el rostro vuelto hacia la ventana.

—Baronesa —dijo Tom, acompañando la palabra de una respetuosa reverencia.

Mariana volvió el rostro pero no lo miró, sino que conservó los ojos bajos y asintió con la cabeza. Tom hizo ademán de añadir algo, pero no se atrevió, abandonó la estancia, atravesó el vestíbulo e Isabel le entregó el sombrero y el bastón.

—La señora baronesa se ha sentido indispuesta —dijo él, titubeando.

La muchacha lo miró y sonrió, dándole a entender que quizás la indisposición de su señora la había provocado él y Tom abandonó la casa azorado.

*** ***

La noticia había caído como un jarro de agua fría. El general Ricardos había muerto y en el palacio de Godoy todo era desorden y confusión. El Estado Mayor debatía sobre el problema originado por tan infeliz e inesperado desenlace. Los franceses atacaban, habían penetrado en la Cerdaña, habían atravesado los Pirineos por los Valles de Andorra hasta alcanzar la Seu de Urgell y también habían hecho un agujero en el Valle de Arán. Por el momento, Aragón y el País Vasco se mantenían firmes.

—El Comité ha nombrado al general Dugommier nuevo jefe de las fuerzas invasoras —informó Prado.

—Aún no nos han invadido —le respondió Godoy con una mirada que dejaba claro que no toleraría una actitud victimista —. ¿Con quién contamos en Catalunya?

El secretario le entregó la lista de oficiales.

—¿Antúnez? —dijo Godoy.

—No —negó el marqués de Labranza—. Demasiado joven.

—¿Ramiro? —escogió Godoy otro nombre.

—No —dijo el general Prado—. Estuvo a mis órdenes y no lo creo capacitado.

—¿Carvajal Vargas? —apuntó Godoy.

—Sería una buena elección. Es el gobernador del castillo de Figueres y no lo ha hecho mal del todo —dijo otro general.

—Sí, el conde de La Unión puede ser el sustituto de Ricardos —afirmó Prado, y añadió—: Siempre que le enviemos los refuerzos que ya solicitó el malogrado general.

—No sé si os dais cuenta de que las arcas del gobierno se encuentran exhaustas y que estamos padeciendo una crisis económica como hacía años que no veíamos —dijo Godoy—. ¿No hay en Catalunya una institución que se llama somatén?

—El somatén ya no existe, excelencia —lo corrigió el marqués de Labranza.

—¿Ah, no?

—Fue abolido por el rey Felipe V.

—Pues, ahora resurgirá —dijo Godoy—. Pediré al rey que sancione la orden y así dispondremos de un ejército.

—Mientras el pueblo catalán participe voluntariamente en esta guerra, no tendremos problemas, pero si se le obliga... —intervino Prado.

—Deben defender lo que es suyo, ¿no?

—Más que hombres, necesitamos armas. Dugommier les tienta con la posibilidad de crear un estado independiente y libre pero asociado a Francia. Es peligroso. Podría levantar viejas aspiraciones de una parte de la población. Y, por el momento, los catalanes se han prestado voluntarios para luchar junto al general Ricardos. Os ruego que no tentéis la suerte.

—¿Suerte? —exclamó Godoy—. No basta con tener suerte y contar con cuatro voluntarios.

—Señor, ya os advertí que necesitamos algo más que hombres. Necesitamos armas —insistió Prado.

—Y las armas necesitan hombres que las empuñen —replicó Godoy—. Mañana tendré en mi poder el nombramiento del conde de La Unión y el decreto para restablecer el somatén. Y no quiero oír nada más —acabó la discusión.

*** ***

¡Lástima que no pudiera explicarle todo el contenido de las conversaciones! Sin embargo, María era insustituible, pensó Tom, mientras examinaba con mucha atención la lista de todas las visitas que había recibido Godoy en las últimas semanas. En algún caso no había nombres, sino una detallada descripción del personaje. Más que suficiente para entrevistarse con Albert Flint, que conocía a todo el mundo.

En otra nota, María comentaba todos los documentos que había visto en la mesa de Godoy. Y, curiosamente, a pesar de la guerra, el opúsculo sobre globos seguía presente.

Tom se situó frente a María, la tomó por los hombros y pronunció:

—Gracias.

María sonrió. Tom no era como Brunell y la trataba con respeto y consideración. Cada vez que lo visitaba salía con unas monedas en su bolsa. Era mucho más generoso que el desgraciado que vino a buscarla cuando sus padres murieron y que se había cobrado con creces el favor.

Mientras Tom acababa de ordenar su mesa y guardaba los documentos en el cajón, María recordó muchas cosas que habían sucedido.

Años atrás, cuando conoció a Brunell, aquel mal nacido no era nadie, pero era astuto como un zorro. Cuando se enteró de que ella, no demasiado agraciada, era hija de un maestro de escuela y que, aún siendo sordomuda, sabía leer y escribir, la acogió en su casa. Cada noche le hablaba lentamente, con paciencia, para que ella aprendiese a interpretar los labios. María, en aquellos días, le estaba muy agradecida, hasta que descubrió que lo hacía con un objetivo claro y concreto y que toda aquella aparente devoción tenía su precio. Cuando Brunell decidió que ya estaba preparada, que era capaz de leer los labios con facilidad, las tornas cambiaron. A partir de entonces tendría que ganarse el sustento como cualquier otro. ¡Incluso más! Tenía que pagar todo lo que había comido durante aquel tiempo, la ropa, la habitación y el hecho de que la hubiese acogido. ¡Cómo a una hija!, aún se atrevió a gritar aquel desgraciado.

Durante años anduvo por las calles, sucia y con un cesto de manzanas colgado del brazo, y visitó los tugurios más infectos, donde nadie se atrevería a poner un pie. Nadie la miraba y se reían de ella y de su defecto. Se mofaban y la trataban como a una idiota, sin ser conscientes de que ella se enteraba de todo lo que decían. Acabada la jornada regresaba a casa de Brunell, como si también lo visitase para venderle manzanas, y escribía en un papel todo cuanto había visto y había podido captar de labios de sus competidores.

Un día, uno de aquellos animales, borracho perdido, abusó de ella. Con un ojo amoratado y el vestido roto, acudió a Brunell, que le contestó que si él la defendía la gente descubriría el engaño y lo echaría todo a rodar. De manera que tenía que espabilarse y le entregó una navaja que llevó siempre bajo la ropa. Por fortuna, nadie volvió a molestarla.

Brunell se apoderó de todo el negocio ilegal del puerto de Barcelona. Nadie podía competir con él y parecía estar presente en todas partes, verlo todo y saberlo todo. Nadie se atrevía a discutir su primacía.

Un día la envió a casa de Tom García, un belga que pretendía hacerse un hueco en aquella ciudad y que se había negado a pagar protección.

Tom le cayó bien nada más conocerlo. Era educado, joven y apuesto. Le abrió la puerta y le dijo que no quería comprar nada. Ella insistió con una manzana en la mano y él descubrió que era sordomuda. Entonces sonrió, la invitó a pasar y le pidió tres manzanas. Lo recordaba como si fuese ahora mismo. Tres manzanas, le había indicado con los dedos.

—Una para cada hermana —dijo él.

María leyó en sus labios. ¿Qué quería decir una para cada hermana? Y buscó con la mirada. Tom se dio cuenta de que le había entendido.

—Ce-ni-cien-ta —pronunció muy despacio.

Ella hizo un gesto para darle a entender que lo había comprendido y que quería que le explicase aquello de las hermanas, convencida como estaba de que Tom escondía dentro de aquella casa tres hermanas que le echaban una mano, porque Brunell había dicho que era imposible que aquel joven fuese capaz de trabajar tanto sin ayuda alguna.

Tom entró en su habitación y al poco regresó con un libro en las manos. Lo abrió y le mostró unos dibujos. María se lo quitó de las manos.

—Trátalo con cariño, es el único recuerdo que me queda de mi casa, de cuando era niño. No exactamente, porque ésta es una versión castellana que he comprado esta mañana —dijo él, pero María no podía oír su voz.

Entonces Tom se fijó en que los ojos de María se movían sobre las líneas escritas. La tomó por la barbilla y la encaró hacia él.

—¡Dios mío! —exclamó—. ¡Sabes leer!

María negó con energía y le devolvió el libro. De pronto se había asustado y quiso huir de allí, pero Tom la retuvo.

—Te lo presto. Ya me lo devolverás —dijo despacio.

María volvió a negar con la cabeza y forcejeó para escapar.

—De acuerdo —dijo Tom, y la soltó—. No te tocaré más. Si quieres irte, puedes hacerlo.

La mujer hizo ademán de irse, pero cambió de parecer. Se volvió y miró al joven, y después el libro que él sostenía en las manos. Deseaba conocer aquella historia porque lo poco que había podido leer la había cautivado.

Tom dejó el libro sobre el mueble del comedor. Lo hizo lentamente. Después lo señaló con el dedo.

—Si deseas leerlo, puedes venir cada día. ¿Has comprendido?

Ella asintió, sonrió y se fue.

Brunell se sorprendió cuando María le comunicó que Tom trabajaba solo.

Al día siguiente María se encontró con Tom por la calle, como por casualidad. Le ofreció una manzana, pero el joven la rechazó. Ella insistió y Tom se negó a aceptarla. Entonces, María se la puso en la mano, la apretó con las suyas para impedir que la rechazase, lo miró a los ojos, afirmó con la cabeza varias veces y se marchó.

Tom abrió la mano y descubrió que bajo la manzana había una nota. Era corta y muy explícita. Brunell iba a por él.

Allí nació una gran amistad. Quizás el único amigo con que María había contado.

Él había ido a buscarla a Barcelona, la había sacado de aquel nido de ratas asquerosas y, una vez en Madrid, le había enseñado muchas cosas: cómo tenía que preparar una mesa, cómo hay que servir, cómo tenía que vestirse y cómo comportarse. Ella puso sus cinco sentidos y su inteligencia hizo el resto. Después, un día, le propuso que entrara a trabajar en un palacio grande y precioso, de los que ella había podido contemplar de lejos. Primero se asustó. ¿Sería Tom un segundo Brunell?

Todo el dinero que ganase sería para ella. Tom no le cobraba la estancia, la comida ni la ropa que le había comprado. Sólo le pedía que hiciese lo que había hecho siempre: abrir los ojos y leer en los labios. Además, le pagaría por sus servicios.

No le había exigido nada. No la obligaba a nada. La puerta estaba abierta. Podía marcharse cuando quisiera y regresar a Barcelona. Ni siquiera le había dicho que había pagado por su libertad. Sin embargo, ella lo sabía muy bien. Brunell no la habría dejado escapar sin cobrar a cambio un buen precio. De manera que aceptó y entró a trabajar en aquel palacio.

Sebas era un buen hombre. Se preocupó de que nadie se burlase de ella y, por primera vez en toda su vida, desde que sus padres murieron, se sintió tratada como una persona. El día en que el mayordomo, Francisco, la escogió para llevar la bandeja y servir a Godoy, tembló de pies a cabeza. Habría querido protestar, pero no podía hablar y todos tenían tanta prisa que ni repararon en ello. Después pensó en Tom y en el gran favor que le haría echando una ojeada a la mesa del primer ministro español.

Godoy se quedó extrañado de que María no siguiese sus instrucciones. «Es sordomuda», recordaba que había exclamado aquel hombre. Ella lo había leído en sus labios. Entonces Francisco había arrancado a hablar y había dedicado muchas reverencias a Godoy. Estaba azorado. El primer ministro se había puesto en pie, la había mirado y había dicho con los labios: leche. Ella añadió leche al café, hasta que captó que la mano de Godoy hacía un gesto. Suficiente. Eso es lo que él le había indicado con la mano.

Después Godoy y el mayordomo estuvieron hablando y finalmente el primer ministro volvió a plantarse frente a ella y la observó. María descubrió inteligencia en aquellos ojos.

Ésa era su historia. La historia de alguien que nunca podría gozar de la vida como los demás porque le había sido negado el don de escuchar los sonidos y las palabras y había sido confinada al mundo del silencio, a la soledad de las miradas. Sólo Tom la había tratado como a una persona, le hablaba con bonitas palabras, le sonreía y le tomaba la mano con ternura.

Tom buscó su chaqueta y sacó del bolsillo un par de monedas.

—Procura no gastártelo todo. Ten en cuenta que un día dejarás de trabajar y, si has guardado algún dinero, te permitirá vivir.

María asintió. Hacía días que ahorraba. Cuando regresara a Barcelona no viviría en la ciudad. Había buena tierra junto al río Llobregat y quería comprar un pedazo y plantar verduras. Los payeses la ayudarían. La gente que mete sus manos en la tierra es de otra pasta. Después se guardaría una parte de los productos para ella y vendería el resto en el mercado.

Tomó las dos monedas y aprovechó para besar la mano de Tom. Él sonrió, la abrazó y la acompañó hasta la puerta.

Una vez solo, Tom pensó en la baronesa de Malpica. No había podido apartar su imagen desde que la había visitado en su casa. A todas horas se imaginaba aquellos labios carnosos y entreabiertos que se le ofrecían, mientras que la respiración agitada de la baronesa obligaba a sus pechos a aplastarse contra él con calidez.

Sabía que el barón de Malpica era un hombre mayor y enfermo y pensó en ella con ternura. ¡Pobre mujer!, exclamó, convencido de que dedicaba toda su vida a un hombre que no podía satisfacerla. La dibujó como una heroína de cuento de hadas que quema su juventud y su vitalidad en pos de una causa perdida. Allí, sentado en el sofá, la habría abrazado con pasión, la habría besado y habría acariciado sus cabellos castaños. La veía delicada y femenina, amable y sincera, dueña de un corazón inmenso y de unos ojos donde podía extasiarse y perderse.

Suspiró largamente, tomó la chaqueta y salió de casa para dirigirse a la empresa. Hacía dos días que tenía que esforzarse para concentrarse en su trabajo.

*** ***

Don Santiago se levantó de la silla cuando le anunciaron que abajo había una dama que preguntaba por Tom.

La mujer, que venía acompañada de una sirvienta, se cubría el rostro con un velo bajo el que se adivinaba la perfección de sus rasgos. La condujo hasta su despacho y le ofreció una silla. Ella se sentó con elegancia y la sirvienta permaneció de pie, junto a ella.

—Hace dos días el señor Headking vino a nuestra casa para cobrar, pero no pudo ser —dijo ella, mientras se retocaba la falda—. De manera que ahora he venido yo.

—No teníais que molestaros, señora baronesa —inclinó don Santiago la cabeza—. Nosotros habríamos vuelto a pasar por vuestra casa.

—Mi marido sufrió una recaída y no pudo recibirle —siguió explicando la baronesa.

—¿Es grave? —se interesó don Santiago.

—Se encuentra impedido. Por desgracia, la gravedad de su enfermedad ha dejado de ser lo más preocupante.

—Lo siento, baronesa. Si puedo hacer algo por vos...

—Querría disculparme ante el señor Headking.

—El señor Headking no está en estos momentos —dijo don Santiago, y al ver la decepción de la baronesa consultó su reloj y añadió—: No obstante, está al caer. De hecho, ya debería haber llegado.

En aquel preciso instante llamaron a la puerta. Don Santiago dio su permiso para entrar y apareció Tom.

La baronesa, sentada de espaldas a la puerta, no se movió ni se dio la vuelta.

—La señora baronesa de Malpica preguntaba por ti —dijo don Santiago.

Tom entró con el corazón desbocado, anduvo los tres pasos que lo separaban de ella y se situó frente a la baronesa. Mariana alzó la mirada a través del velo y alargó la mano enguantada. El joven la tomó entre las suyas y la besó con ternura. Ella hizo un ligero movimiento con los dedos y, después, lentamente, la retiró. Siguió durante unos instantes con los ojos clavados en los del joven y, finalmente, desvió la mirada.

—He venido a pagar la factura pendiente —dijo, en un tono indiferente.

—Le he dicho a la señora baronesa que no tenía que haberse molestado, que ya habríamos pasado nosotros —dijo don Santiago.

—Una sola palabra y habríamos acudido de inmediato, señora —dijo Tom, sin dejar de mirarla.

—Isabel, dame la bolsa pequeña —ordenó.

—¡Ay, señora! —exclamó la sirvienta—. Se ha quedado en la mesa del recibidor.

—¿No te he dicho que la cogieses?

—Sí, señora baronesa, pero como después...

—¿Qué pensará el señor Headking de mí?

—Señora, yo...

—¡Ay, Isabel, Isabel, Isabel! —meneó Mariana la cabeza. Sin embargo, el tono de su voz era mesurado y el reproche, amable. Se volvió hacia Tom—. ¿Podéis enviar alguien esta misma tarde?

—Iré personalmente —se apresuró Tom.

—No quisiera estorbaros en vuestro trabajo.

—Será un placer, baronesa. Os acompaño hasta la puerta.

Mariana se levantó, alargó la mano a don Santiago, que la besó respetuosamente, y abandonó el despacho acompañada por Tom. Justo en el instante en que llegaban a la puerta de la calle, apareció Angelines.

—Angelines, te presento a la baronesa de Malpica —dijo el joven—. Señora baronesa, Angelines es la hija de don Santiago.

Mariana miró a Tom, después a la joven, sonrió, alargó la mano, acarició la mejilla de Angelines, se volvió de nuevo hacia el joven y dijo:

—Una muchacha muy bonita.

Angelines apretó los labios con rabia contenida.

—Encantada, señora baronesa —respondió, y se dirigió hacia la escalera que conducía a los despachos.

Durante toda la comida, Angelines estuvo tensa. Aquella baronesa, con el gesto de acariciarle la mejilla, la había tratado como a una niña. ¡Delante de Tom! Y así siguió, hasta que notó que su padre se mostraba extraño. De vez en cuando se quedaba quieto, con la cuchara a medio camino entre el plato y la boca.

—¿Sucede algo, padre?

—Cosas del negocio.

—¿Algo anda mal?

—No, no. Al contrario. Todo va a las mil maravillas.

—¿Os preocupa algo?

—No, no. Nada, nada. No, nada.

Demasiado «no» para ser «nada», pensó Angelines. Pero, guardó silencio y no insistió.

Desde Navidad, Angelines había cambiado. Ya no exhibía aquel carácter juvenil e impulsivo. Había cumplido dieciocho años, su voz se había vuelto más dulce y su padre podía hablar con ella y comunicarle noticias y decisiones sin obtener a cambio ninguna inconveniencia. Hasta Matilde se había dado cuenta de que Angelines había mejorado en el vestir, pasaba más tiempo frente al espejo, sus gestos eran mesurados y sonreía con facilidad.

Ahora don Santiago estaba preocupado por la mirada que había visto en los ojos de Tom cuando hablaba con la baronesa. Si fuera hijo suyo le habría dicho que, a sus años, tenía suficiente experiencia para descubrir cuándo una mujer persigue a un hombre. El hecho, absolutamente insólito, de que toda una baronesa se desplazase hasta el despacho de un proveedor para pagar una factura era una señal demasiado evidente. Pero, estas reflexiones no podía compartirlas con Angelines.

La campanilla de la puerta de la calle sonó. ¿Quién podía ser a aquellas horas? Poco después Matilde entró corriendo en el comedor.

—Don Santiago. Petra acaba de tener una niña.

Padre e hija se levantaron al unísono de la mesa.

—¡Oh! —exclamó Angelines—. Hemos de ir ahora mismo.

—Llama a un coche —ordenó don Santiago—. ¡Va, mujer! No te quedes ahí como un pasmarote —empujó a Matilde.

Ya no se acordaba de Tom ni de la señora baronesa.

*** ***

Recordaba su nombre y lo pronunció cuando le dio las gracias por hacerse cargo del sombrero y del bastón.

—Gracias, Isabel —dijo Tom con una sonrisa.

—La señora baronesa os aguarda.

Isabel condujo al joven hasta la sala de atrás, donde Mariana estaba de pie junto a la ventana.

Tom permaneció quieto hasta que ella despidió a la criada y le indicó el sofá.

—Sentaos, os lo ruego —dijo.

Tom se dirigió al sofá y esperó hasta que ella vino hacia él.

Mariana sonrió y, en lugar de escoger una de las butacas, decidió sentarse en el sofá. Tom procuró apartarse para dejarla pasar, pero ella lo tomó de la mano y, sin dejar de mirarlo a los ojos, lo arrastró lentamente, lo obligó a sentarse junto a ella y no soltó aquella mano.

Sus labios estaban tan cerca que el corazón del joven se aceleró. No pudo contenerse, la abrazó con fuerza y la besó con pasión. Ella apretó su mano, pero respondió a medias al beso. Luego se apartó ligeramente y fingió que la respiración se le alteraba. Tom acercó de nuevo sus labios a los de la mujer y ella hizo ademán de resistirse. Sólo un ademán, evidentemente, y esta vez sí que respondió al beso.

Por hoy, bastará con un par de besos, pensó. El fuego que mejor calienta y que más dura es el de las brasas. Las llamas no hacen más que devorarlo todo. A ella le gustaba marcar su ritmo y gozar de todo su poder.

11 - LA FRUTA MADURA

Desde la ventana, Helen observó al señor Gordon que subía las escaleras del porche. Andaba a saltos, esgrimiendo el bastón como si quisiera cortar todas las flores. ¡Mal asunto!, pensó. Acto seguido oyó que entraba en casa y, luego, el portazo. ¡Muy mal asunto! Meneó la cabeza, mientras apretaba los labios.

Cuando anunció la cena, Gordon se sentó a la mesa con cara de pocos amigos y estuvo jugando con el puré de patatas de la misma forma que haría un obrero con el cemento. Patty, la cocinera, se llevaría un disgusto cuando viese regresar el plato tan lleno como había salido de la cocina

—¿Qué tal va todo por Europa? —preguntó Helen cuando la sirvienta retiró los platos y trajo el postre.

—No entiendo nada —respondió su marido, como si no deseara hablar del tema.

Sin embargo, la señora Gordon sabía muy bien que aquello significaba precisamente todo lo contrario. El señor Gordon necesitaba hablar, desfogarse y, posiblemente, gritar. Ella ya estaba acostumbrada y le dejaba hacer. Así que Helen guardó silencio y esperó tranquilamente. De hecho había adoptado la filosofía de la cocinera que siempre explicaba que ella dejaba que su marido, un buen hombre, desembuchase todo lo que llevaba dentro y que, cuando acababa y todo el vapor de la olla había escapado porque ya no quedaba más agua que hervir, se calmaba y podía dormir en paz. Patty era una mujer que hablaba sin parar y Helen tenía que hacerla callar, aunque, de vez en cuando, soltaba algo que tenía verdadero sentido.

—¿Cómo pueden seguir luchando con todo el embrollo que tienen? —dijo Gordon, de pronto—. Robespierre ha muerto en la guillotina. Han metido en la cárcel a un montón de gente. Aquel general joven, Napoleón... ¿Te acuerdas de que ya te hablé de él? —miró a su esposa, que asintió en silencio—. Está preso en Antibes.

—Eso es bueno. Si los franceses meten en la cárcel a sus propios generales, no podrán luchar.

—Eso es lo que no entiendo —alzó la voz Gordon. Había llegado el momento culminante.

A partir de aquí, Helen escuchó razonamientos mezclados con improperios y gritos y se enteró de que la armada inglesa tenía serios problemas con la armada francesa, que toda Europa andaba de coronilla y que España era incapaz de detener el avance de las tropas de Dugommier.

Finalmente, el tono bajó y Gordon se calmó. Seguramente, había tenido que aguantar otra vez las estupideces de sir Blum y, como decía Patty, que, sin ser persona culta, de filosofía casera sabía mucho, cuando la olla comienza a hervir hay que destaparla. En caso contrario, el arroz hierve y se escapa. Aquella mujer lo reducía todo al universo de ollas, pero Helen había descubierto que sus consejos eran acertados. De manera que el señor Gordon llegó a la cama muy tranquilo.

*** ***

Si en cuanto a noticias el verano no había sido positivo, el otoño todavía se presentaba peor. A comienzos de septiembre las tropas francesas atacaron y el gobierno de Madrid comprobó las consecuencias de la falta de recursos. El ejército enemigo ocupó el valle de Baztán, penetró por el este de los Pirineos y se hizo con Fuenterrabía, San Sebastián y Tolosa. Durante dos meses no hubo más que derrotas y, llegado noviembre de 1794, Godoy recibió la visita del general Prado.

—El conde de La Unión ha muerto —dijo, nada más entrar—. Hemos perdido Mont-roig, en el Alto Ampurdán.

—¡No puede ser! —Godoy se puso en pie de un salto.

—Dugommier también ha muerto en la batalla.

—¡Pobre Carvajal! Parece una partida de ajedrez —meditó Godoy—. Hemos cambiado reina por reina.

—Sí, pero el adversario conserva intactas las torres y los alfiles. Nosotros, por nuestra parte, tenemos que apoyarnos en los peones.

—¿Quién sustituirá a Carvajal como capitán general de Catalunya? —preguntó Godoy.

Ignoró el comentario de las torres y los peones. Lo contrario sería admitir que no había enviado suficientes refuerzos ni armas, a pesar de la insistencia de sus generales.

—Sólo tenemos al marqués de Las Amarillas —informó Prado—. Ya ha tomado el mando, pero ha tenido que retirarse y refugiarse en Girona.

Godoy se acercó al mapa que tenía sobre una de las mesas y contempló el territorio catalán.

—¿Por qué no se ha quedado en Figueres?

—Figueres ha abierto las puertas al invasor —respondió Prado con gesto grave.

—¿Qué quiere decir que ha abierto sus puertas?

—Os lo advertí, señor. No es bueno obligar a la gente a hacer lo que no desea. Nos están invadiendo.

—Hemos de detenerlos como sea —dijo Godoy.

Y, en esta ocasión, el primer ministro no había corregido al general Prado. Invasión era la palabra más adecuada para definir lo que estaba sucediendo en Catalunya. La situación era más que delicada y no valía la pena discutir sobre cuestiones semánticas.

—En Barcelona se ha producido un motín —añadió Prado más leña al fuego—. Hemos perdido más de cien hombres.

—¿Dónde está Urrutia?

—En Valencia.

—Lo quiero en Girona. Él será el nuevo capitán general.

—¿Y Barcelona?

—Poned paz, como sea —se quedó un instante en silencio—. Que la ponga él, que para eso será capitán general —concluyó.

—Sí, señor. También deberíamos preparar la defensa de tierras valencianas. Y, en esta ocasión, vuelvo a recomendaros que escojáis voluntarios.

Godoy iba a replicar, pero lo sucedido en Catalunya, sobre todo en Figueres, pesaba demasiado en los platillos de la balanza.

—De acuerdo —cedió Godoy—. Encargaos de todo.

El general Prado saludó y salió. Habían perdido un tiempo precioso por culpa de un estúpido error y por no enviar material bélico cuando lo pidió el difunto general Ricardos. Si con pocos hombres y mal armados fue capaz de hacer todo lo que hizo, ¿qué no habría hecho con una tropa como es debido? Y otro error fue atacar sólo desde Catalunya. Las fuerzas de Aragón, de Navarra y del País Vasco deberían haberse sumado al ataque catalán, pero Godoy era quien tomaba las decisiones. Evidentemente, si el gobierno de Madrid no se hubiese mostrado ciego, ahora no se encontrarían en semejante situación.

*** ***

—¿Cuándo acabarás con el italiano?

—Cuando esté maduro —respondió Mariana—. Todavía nos queda dinero y estos asuntos hay que tratarlos con cautela.

José Manuel sonrió cínicamente.

—Te está costando mucho hacerlo madurar —se quejó.

—Todo va según lo previsto. Recuerda que la última vez tuvimos problemas porque el idiota que habías escogido, cuando monté el número de la puerta, se levantó de la cama y fue a ver si había alguien. Menos mal que te hice rectificar a tiempo. Si hubieras seguido en tus trece, de que era Abelino quien nos había descubierto y no un criado, nos habríamos quedado sin pastel. De manera que no vuelvas a precipitarte y sigue mis indicaciones.

—Date prisa. Estás malgastando tus encantos con el inglés y estás alargando demasiado el asunto con el italiano. Tanto, que se nos puede escapar —replicó José Manuel.

—No tiene nada que ver lo uno con lo otro —dijo Mariana.

—Pues, si falla el italiano, tendremos que echar mano de lo que nos quede.

Mariana se acercó a su hermano y lo miró directamente a los ojos, amenazadora.

—Ni te acerques a él —dijo con los labios muy finos.

—¿De dónde sacaremos entonces el dinero si el italiano se nos escapa?

—Ya buscaremos otro.

—No hay tiempo. He de saldar...

—¡Tú y tus deudas de juego! —gritó Mariana—. Ya te dije que dejaras de jugar.

—Tenemos un problema y la solución es o bien el italiano o tu inglés.

—¡No!

—¿Tan bueno es en la cama?

—Tom Headking es mucho más hombre que todos esos idiotas que me traes, y desde luego mucho más que tú.

—¿Cómo puedes afirmarlo, si aún no me has probado? —sonrió José Manuel, cínicamente—. Empiezo a estar preocupado por esa relación. ¿No estarás pensando alguna jugada sin mí?

Mariana lo miró con temor. Quizás había ido demasiado lejos. Conocía muy bien a su hermano y, sobre todo, aquella mirada que aparecía en sus ojos cuando acariciaba la idea de venganza.

—Busca otro entre tus amigos que pueda sustituir al italiano, por si acaso se nos escapa.

—¿Para qué perder el tiempo, si ya disponemos de un candidato?

—Cuidado con lo que haces —amenazó Mariana con el dedo acusador—. Ándate con tiento —insistió, y movió el dedo como si quisiera atacar a su hermano con un punzón.

José Manuel le dedicó una reverencia y se marchó. Isabel lo aguardaba en el vestíbulo para abrirle la puerta de la calle.

—Veo que la señora baronesa sale más a menudo que antes —dijo José Manuel.

—Cada tarde da un pequeño paseo —contestó la sirvienta.

—Eso es agradable —sonrió José Manuel.

La muchacha desvió la mirada, tembló ligeramente y enrojeció. José Manuel sonrió abiertamente y la miró de arriba abajo, con interés. Hay torres que no precisan ser derribadas porque ya tienen las puertas abiertas de par en par. ¿O quizás debería decir las piernas?

—Muy agradable —repitió, y se fue.

12 - UN POCO MÁS DE PACIENCIA

Frente al espejo del recibidor de la casa de Tom, Mariana retocó su peinado. Con el sombrero nadie notaría nada. Después observó su escote, dio unos ligeros tirones de la tela del vestido a un lado y a otro y se levantó los pechos.

Tom, a sus espaldas, la rodeó con sus brazos, le puso las manos sobre el estómago y la abrazó con fuerza, mientras depositaba un beso en su cuello. Ella se apartó.

—Quédate un poco más. Vivir lejos de ti es vivir un calvario —replicó Tom, y la abrazó de nuevo.

—Soy una mujer con obligaciones —le recordó, y de nuevo se apartó para echar otro vistazo a su imagen y asegurarse de que nadie notaría nada.

—No me tortures, por favor. Sabes muy bien que, si fueras una mujer libre, no abandonarías esta casa sin que hubieses aceptado que fuera tuya. Cuento las horas para verte de nuevo;

anhelo pasar una noche entera junto a ti sin tener que escondernos; sueño que paseo a tu lado y que todos me envidian al ver a una mujer como tú cogida de mi brazo. Cuando no estás, me imagino tus ojos y tus labios, siento el calor de tu cuerpo, dibujo cada curva, desde del cuello hasta los pies. Cada noche me despierto y te busco, pero sólo hallo el vacío de una casa que se queda fría cuando tú te vas.

Mariana sonrió complacida. Aquel joven estaba muy enamorado. Y ella se sentía halagada y feliz. Cuando quedase libre, se casaría con él. Tom poseía fortuna, era joven y vital, la llevaría a fiestas, le compraría cuanto quisiera y, llegada la noche, la acariciaría como había hecho aquella tarde, un rato antes. ¿Qué más podía desear?

—Los médicos no le conceden más allá de unos meses de vida. Entonces, todo mi tiempo te pertenecerá —dijo, besando ligeramente los labios de él.

—Si pudiese, huiría contigo. Te secuestraría y te llevaría lejos de aquí, donde nadie nos conociese, donde pudiéramos vivir juntos —dijo él, y la tomó por la cintura.

—Ten paciencia —respondió Mariana.

Tom la soltó. Ella abrió la puerta, le mandó un beso con la mano y salió.

Una vez fuera pensó en José Manuel. Con el italiano, el desgraciado de su hermano la había engañado haciéndole creer que aquel idiota había regateado el precio. Naturalmente, habían discutido. Mariana no le creía. Imaginaba que José Manuel se había quedado con parte del dinero para saldar deudas o para volver a jugar. El hecho era que lo poco que le habían sacado al italiano apenas daba para unos meses. No mucho más. Abelino cada vez estaba más débil. Más valía que los médicos acertasen por una vez en su vida y muriese pronto. Entonces, habría llegado el momento de echar de su casa a su hermano e iniciar una nueva vida. En caso contrario, aquel cabrón acabaría con toda la fortuna de Tom y estarían de nuevo como al comienzo.

La tarde era agradable y paseó distraída, sin apercibirse de la presencia de José Manuel que la observaba desde la otra acera, escondido tras un árbol. Ahora ya sabía a dónde se dirigía su hermana cuando salía cada tarde. Y también sabía que ella tenía un plan.

*** ***

El primer ministro Pitt recibió a lord Grenville a las diez de la mañana. Un asunto urgente, había dicho, que puede influir en nuestros planes, había añadido.

—¿A qué viene tanta prisa? —se extrañó William Pitt cuando ya había escuchado de qué iba el asunto.

—Headking insiste demasiado. Flint intuye que hay una mujer de por medio y que cree que podría haber boda.

—¡Mejor! Que se case. Así tendrá más responsabilidades.

—Albert Flint dice que podría tratarse de una española. Incluso nos ha apuntado un nombre: la hija de Erquiza.

—¡Mejor que mejor! —sonrió Pitt—. Se integrará más y será aceptado por todos.

—Sí, pero querrá regresar a Inglaterra para presentar la futura esposa a su madre —hizo lord Grenville un gesto con la cabeza, ladeándola.

—Eso es otro cantar —Ahora era consciente del problema.

—Gordon dice que Headking ha hecho un buen trabajo.

—No lo niego. Pero, todavía puede sernos de utilidad, siempre que mantengamos su situación. La policía española podría interesarse por su persona y Flint también tiene que hacer su trabajo. Por el momento deben tener muy claro que Headking es un proscrito y no nos conviene que se altere esa circunstancia.

—El rey podría firmar el decreto de gracia sin demasiada pompa y él puede realizar una visita rápida y discreta y regresar a Madrid. Es un joven inteligente y un buen inglés. Si hablamos con él, enseguida lo entenderá. Además, ahora España es aliada.

—Europa cambia muy rápidamente y el amigo de hoy puede convertirse en el enemigo de mañana —replicó Pitt—. Nos ha costado mucho esfuerzo y dinero situar a nuestro hombre.

—Yo diría que la mayor parte del trabajo lo ha hecho él y, en cuanto al dinero, Gordon se las ha apañado para que la inversión fuera mínima y, además, estamos obteniendo buenos ingresos de la empresa de Madrid. Hemos vendido dos veces el Forrester y aún nos pertenece la mitad. Erquiza es nuestro banquero sin saberlo, y a un bajo interés —replicó lord Grenville, y añadió—: Os recuerdo que se lo prometimos.

Pitt apretó los labios y se rascó la barbilla. Había una promesa por medio. Y, por lo que refería al comportamiento de Headking, no tenían la menor queja. Al contrario, todo eran alabanzas. Si tuviera que emitir su parecer, se mostraba inclinado a creer su versión de los hechos sobre el asunto del hijo del señor de Brooksheeld. Pero Inglaterra estaba por encima de los hombres.

—Las negociaciones de Basilea siguen adelante —insistió lord Grenville—. El último mensaje de lord Henry Spencer ha sido muy claro. El rey Federico Guillermo de Prusia firmará la paz con Francia.

—Bien que lo sé —exclamó Pitt con un regusto de rabia—. Soy consciente de que este asunto nos ha costado una fortuna. La idea de sobornar a *madame* de Lichtenau para que le concertase una entrevista con el monarca no ha servido de nada y hemos perdido las cien mil guineas que le pagamos a esa *madame*. Escoger a la amante del rey no fue una decisión acertada.

—En este caso hemos fallado, pero no olvidéis que muchos conflictos se han solucionado bajo las sábanas de una cama y no sobre el campo de batalla —respondió lord Grenville con una sonrisa.

—Sí —afirmó Pitt—. Y, si algún día el pueblo se entera, se preguntará porqué han de morir sus hijos en la guerra.

—Prusia firmará. Ya han tenido suficiente y concederá a Francia la ribera izquierda del Rin. Por lo que respecta a Carlos

IV, todo apunta a que se conformará con recuperar el Ampurdán y las ciudades perdidas, y restablecer las fronteras del Tratado de los Pirineos. España también ha recibido lo suyo porque Godoy no supo reaccionar a tiempo y no escuchó al general Ricardos. De manera que España se unirá a Prusia y hará lo que sea para firmar la paz. Entonces, nos quedaremos solos y no tendremos más remedio que firmar. Puestas así las cosas, no veo el menor impedimento para que habléis con el rey y obtengáis el perdón para Tom Headking.

—De acuerdo, hablaré con Su Majestad —aceptó Pitt.

Unos días después, Pitt fue a despachar con el rey. Había escogido un día en el que tenía la cartera bien llena y, entre los documentos, añadió la carta de gracia de Thomas Headking. La presentaría como un asunto intrascendente.

Durante largo rato hablaron de la situación en Europa, de la guerra y de todo un poco. El rey Jorge escuchó sin prestar demasiada atención, como si todo aquello tuviese poco que ver con él. Pitt ya estaba acostumbrado. Los reyes siempre se colocan por encima del bien y del mal. Siempre que no peligre su cabeza, naturalmente. Cuando puso sobre la mesa la carta de gracia de Headking, haciendo referencia a un asunto menor, Jorge III recuperó de repente todo su interés.

—Thomas Headking, de Reigate —dijo, y sonrió—. ¿Cómo lo lleva, eso de ser espía después de haber sido criminal?

El primer ministro mostró su sorpresa.

—Muy bien, Majestad.

—Supongo que sí, porque si hasta quiere casarse... —dijo el rey, y sonrió con mayor satisfacción al contemplar la expresión de Pitt.

—Eso son suposiciones. Él no ha dicho nada al respecto.

—De todas formas, sería bueno para la Corona que lo hiciese. Si se casa en Madrid, con una mujer de allí, aún se integrará más. Es una excelente solución —meditó el rey.

—Cierto —dijo Pitt. No podía replicar. Eran sus propias palabras.

—Pero no creo que sea bueno para Inglaterra que vayamos más allá —siguió el rey. Pitt hizo ademán de no entender a dónde quería ir a parar el rey. Entonces, Jorge III aclaró—: Si desea casarse, tanto mejor. Eso le dará mayor credibilidad. ¿No es, precisamente, lo que buscáis?

—España no es enemiga.

—El idiota de Carlos cambia de parecer en función de los calores de la cama de María Luisa. No podemos fiarnos de un rey que carece de criterio propio. Así que es mejor que ese asesino... Headking... siga perseguido por nuestra justicia. La Corona, a pesar de que delegue asuntos en su primer ministro, en ciertos temas se guarda la última palabra y la gracia nos pertenece. De manera que, por el bien de Inglaterra, no firmaré este documento —sentenció, y empujó la carta hacia Pitt.

El primer ministro se quedó en silencio. El rey lo miraba con una superioridad que le transmitía el mensaje de que estaba más que al corriente del caso. Sabía que utilizaban a Tom Headking y para qué lo utilizaban, quién era, qué había hecho y qué crimen se le imputaba.

—Es una gran idea, Majestad —dijo Pitt, mientras le dedicaba una reverencia con la cabeza—. Si es un perseguido de nuestra justicia, nadie sospechará que trabaja para nosotros —fingió que meditaba—. Y como vos habéis apuntado, tendremos que guardar celosamente el secreto y no comunicárselo a nadie.

—¡Exacto! Eso es lo que pienso. Debería de estar contento por conservar el cuello. E incluso se casará —rió divertido—. Por el momento, no esperéis que perdone a un asesino.

—No volveré a hablaros de este asunto hasta que las circunstancias hayan cambiado y os doy mi palabra de que mi boca quedará sellada —invirtió las tornas el primer ministro.

Conocía a fondo al rey Jorge y sabía que era capaz de cambiar de parecer en cualquier momento. Decían de él que estaba loco y sus relaciones con el primer ministro no eran precisamente buenas, sobre todo desde que Pitt había accedido al gobierno de la nación gracias al soporte popular, mientras que antes el rey nombraba ministros y los destituía casi en función del humor con que se levantaba.

Pitt abandonó la sala de audiencias, bajó las escaleras que conducían al jardín y subió al carruaje que lo conduciría de nuevo a Londres.

¡Bien!, pensó cuando el cochero fustigó a los caballos. Los idiotas también son útiles en política. Sir Blum acababa de prestar un gran servicio al gobierno y Pitt recordaba que Cromwell había cometido un grave error con Enrique VIII que motivó la famosa frase de Thomas Moro: «No le habéis dicho al rey lo que ha de hacer, sino lo que puede llegar a hacer, y ahora que ha tomado conciencia de su poder estamos perdidos». ¿Cuántas cabezas rodaron durante su reinado, en el siglo XVI? Y todo por el error de alguien que perseguía el poder por encima de todo. La historia ha de servir para algo.

Podía sentirse satisfecho. Sir Blum había hablado con lord Bristol, quien fue a ver al rey. A partir de ahí todo había salido a pedir de boca. Y todavía iría mejor. Lord Grenville no podría decir que Pitt no había presentado el caso al rey, Gordon tendría que cerrar la boca, sir Blum se sentiría feliz por lo que creía que era una victoria personal y Headking seguiría igual. Que se casara. Lo único que no podría hacer era presentarle su esposa a su madre. Eso no era tan grave.

*** ***

El mes de julio de 1795 significó la paz. Las negociaciones de Basilea concluyeron, Francia exigió, a cambio de retirarse del Valle de Arán, la isla de Santo Domingo y España aceptó. Nadie se explicaba el éxito francés, si tenía en cuenta como andaban las cosas en París. Se hablaba de una nueva constitución, de cambios importantes en el gobierno, de la falta de un mando supremo del ejército interior y de muchos problemas que no daban pie a demasiadas alegrías.

Albert Flint paseaba por el parque mientras meditaba sobre todo ello. Llegó junto a un banco y se sentó. La temperatura era agradable, la gente llenaba el parque, el mundo estaba en paz, la guerra ya no existía y Madrid era la ciudad acogedora de siempre. Entonces vio aparecer la figura de Tom, que se acercó y se sentó en el mismo banco.

—Un día muy agradable —dijo el joven.

—Sí, el tiempo nos acompaña —respondió Flint.

No sabía cómo comunicarle las noticias que había recibido de Londres y había preferido citarlo en el parque. Aquel hombre le caía bien.

—Gordon me ha encargado que os felicite. Londres tiene en alta estima vuestro trabajo —empezó.

—¿Cuándo podré regresar a Inglaterra?

—El ministro Grenville y el primer ministro Pitt os felicitan —dijo en el mismo tono, y añadió—: Extraoficialmente.

—¿Qué significa extraoficialmente?

No le había gustado aquella palabra.

—Londres estima vuestro cometido, pero ha surgido una circunstancia que nos obliga, por el momento, a mantener las cosas como están.

—¿Qué circunstancia?

—Sir Blum se muestra reticente. Londres os pide un poco más de paciencia.

—He hecho todo lo que se me ha pedido. ¿Hasta cuándo he de esperar para visitar a mi madre?

—Ya os he dicho que Pitt, lord Grenville y Gordon están muy contentos con vos —sonrió Flint.

—¿Cuánto tendré que esperar? —insistió Tom.

—Han decidido aumentaros la asignación —miró a Headking—. E incluso, si queréis enviar dinero a vuestra madre, yo me ocuparé personalmente de que lo reciba.

—No habéis respondido a mi pregunta —insistió Tom.

—No puedo ofreceros una fecha concreta. Os lo digo con toda sinceridad. Como también os digo que deseo que no tengáis que esperar demasiado tiempo. Si queréis escribir una carta a vuestra madre, podéis hacerlo. No obstante, tened en cuenta que no podéis explicarle lo que hacéis ni lo que está sucediendo. He recibido instrucciones para que llegue a su destino. No por conducto reglamentario, evidentemente. Supongo que para ella será importante saber que estáis bien y que pensáis en ella. Por el momento es cuanto puedo hacer por vos —respondió Flint. Bastante le había costado soltar aquel discurso.

—Decidme, señor Flint, si yo decidiese tomar esposa...

—¿Ya tenéis candidata?

—He hablado en condicional —puntualizó Tom.

—También contaríais con el permiso del primer ministro —respondió Flint, y añadió—: Londres lo tiene todo previsto. Extraoficialmente, por supuesto.

—Extraoficialmente —dijo Tom.

—Extraoficialmente —repitió Flint.

—Y, suponiendo que tome esa decisión, ¿cómo os sentiríais si la mujer que amáis estuviese sin saberlo a punto de convertirse en la esposa de un fugitivo? ¿La engañaríais hasta este punto?

—Por el momento, según decís, es una hipótesis. Tened confianza. Todo se arreglará —intentó sonreír Flint.

—Si no puedo saber cuándo, no sé si se solucionará —replicó Tom—. Y menos aún podré tener confianza.

—El asunto se encuentra en buenas manos. Gordon es un hombre muy meticuloso.

—Sí. En unas manos que parece que están más atadas que las mías. Escribiré a mi madre y la traeré aquí.

Flint esperaba aquella respuesta y, por desgracia, había recibido instrucciones.

—Mientras no esté solucionado vuestro asunto, vuestra madre puede tener dificultades para abandonar el país.

—¡Eso no es legal! —se quejó Tom—. Ella tiene derecho y puede solicitar un pasaporte.

—Ya sabéis que a veces hay pequeños contratiempos con los asuntos burocráticos —dijo Flint, y apretó los labios.

Tom se quedó en silencio. ¡Claro que lo sabía!

—¿Qué excusa podría dar para disculpar la ausencia de mi madre en mi boda?

—Recibiríais una carta. Disponemos de redactores muy convincentes.

Todo estaba meditado y más que estudiado. Tom se puso en pie, saludó a Flint y se dirigió a la salida del parque.

Se lo habían prometido. ¡Gordon se lo había prometido!

Cuando se dirigía a la empresa, meditó sobre su situación. Pronto, había dicho Gordon, y ya habían pasado más de dos años.

Mariana le había comunicado que su marido estaba cada día más enfermo y más débil y que los médicos ya no le daban esperanzas. Por contra, ella sí que le había dado esperanzas a él. No quería traicionar a su marido y huir con él, a pesar de que suspiraba por estar a su lado. Éstas habían sido sus palabras cuando la abrazaba. Había acariciado sus pechos, había poseído su cuerpo, le había dado cuanto una mujer casada puede darle a otro hombre, pero él quería todavía más. Quería todas sus horas.

Londres le pedía paciencia. Mariana, también. Todos le pedían un poco más de paciencia. Pero ¿hasta cuándo?

13 - COLGADOS DEL CIELO

A principios de junio y durante todo el verano, hasta bien entrado septiembre, desde el mediodía, el calor alcanza tal magnitud que las calles aparecen desiertas y nadie sale de casa hasta que caen las sombras. Entonces, Córdoba recobra la vida.

Pepe Gutiérrez era carpintero. Imaginativo, práctico y eficiente, había hecho buena parte de los muebles de muchas de las casas de los nobles y de los ricos de Córdoba, de Sevilla y de Granada. Su taller, situado en una callejuela, disponía de un gran patio, donde se amontonaban maderas de todo tipo. En un rincón, fuera del alcance de las miradas de sus siete empleados, tenía un pequeño despacho que le permitía aislarse del mundo exterior .

Aquella mañana del mes de mayo había llegado temprano, con unos papeles bajo el brazo. Cuando el primero de sus empleados abrió la puerta de la carpintería, observó luz en el pequeño despacho, pero no se acercó. Conocía el carácter del amo y sabía muy bien que seguramente el día anterior había recibido un nuevo encargo. El resto de operarios llegaron y se distribuyeron por el taller.

Hacia media mañana, la puerta del pequeño despacho se abrió y apareció la figura menuda de Pepe. Sus empleados contemplaron a aquel hombre calvo que andaba con las piernas arqueadas y exhibía una eterna sonrisa que mostraba sus dientes irregulares y amarillentos a causa del tabaco que masticaba.

En mitad del patio había una mesa en la que desplegaba los dibujos y les explicaba lo que pretendía hacer.

Llamó a dos de los empleados, Paco y Tonio, los dos más antiguos y con más experiencia, y desplegó sobre la mesa un curioso dibujo.

—¿Qué es esto? —preguntó Tonio.

—Una cesta —respondió Pepe.

—¿Son correctas estas medidas? —preguntó Paco.

—Sí —contestó Pepe.

—¡Menuda cesta! —exclamó Paco—. ¿Qué van a guardar?

—Hombres.

—¿Hombres? —se extrañó Tonio.

—Sí —respondió Pepe, riéndose—. Ha de ser muy ligera y muy resistente. Tan ligera que dos hombres puedan levantarla sin demasiado esfuerzo y tan resistente que puedan subirse hasta tres personas y, además, añadirle otras cosas que pueden pesar tanto como otro hombre.

—¡Cojones! —exclamó Tonio, y dejó escapar un largo silbido.

—¿Y eso redondo, qué es?

—Un anillo de suspensión —explicó Pepe—. De ahí salen unas cuerdas que sujetarán la cesta.

—¿Van a colgarla del techo? —rió Paco.

—Del cielo —contestó Pepe, muy divertido y levantó la vista hacia el firmamento.

Paco y Tonio lo imitaron y miraron al cielo. ¿Cómo podían colgar nada del cielo, si allí arriba sólo había aire?

176

*** ***

Jesús Huerta, con la puerta entornada, contempló al hombre que se alejaba por la calle. Era joven, delgado y lucía un buen bigote. Vestía bien y acababa de adelantarle parte del dinero por un pedido que parecía cosa de locos. Tendría que buscar mucha tela y no menos hilo. Una tela muy resistente y un hilo grueso. Tendría que diseñar los patrones y necesitaría disponer de una sala grande. ¡Enorme! Pensó en su cuñado, que tenía un patio y un pequeño cobertizo con gallinas y los conejos. Limpiarían el espacio y durante el día podrían trabajar en el exterior y, llegada la noche, guardarían el material a cubierto.

Una tela resistente...

Cerró la puerta y se dirigió al almacén. De pie frente a las estanterías llenas de rollos de tela, se rascó la barba. Tenía que ser ancha, ligera y resistente... ¿Y el color? Es indiferente, le había dicho el señor Badía. ¿Y cómo la trasladaría desde Sevilla hasta Córdoba una vez estuviese acabada? Doblada y en un carro.

«¿Quieres decir que no está loco, ese Domingo Badía?», pensaba. Quizás sí, pero había pagado y él, evidentemente, no rechazaba el dinero.

Durante toda la mañana estuvo trajinando telas hasta que escogió una. No tenía ni para empezar. Tendría que acercarse hasta el mayorista y encargar el resto. Sonrió. Seguro que pensaría que él también se había vuelto loco. ¿Cuántas mujeres podían vestirse con todo aquello?

Si quería cumplir con los plazos no podía perder el tiempo. De manera que cogió la gorra y salió a la calle. Hacía calor. Aquél sería un buen verano. ¡En todos los sentidos!

*** ***

—¿Habéis perdido el juicio? —bramó sir Blum.

—Si alguien lo ha perdido, no soy precisamente yo —replicó Gordon.

—Tenemos que hablar con lord Grenville.

Gordon sonrió. Lord Grenville ya estaba al corriente del asunto. Naturalmente, sir Blum no lo sabía.

Media hora más tarde entraban en el despacho de lord Grenville.

—Hemos recibido noticias alarmantes de Madrid. A Domingo Badía le han concedido permiso para construir un globo —dijo sir Blum.

Lord Grenville les indicó dos sillas que tenía frente a su mesa y se dispuso a escuchar por boca de sir Blum aquello que ya conocía por conducto de Gordon. Sin embargo, fingió que para él representaba una novedad.

—¿No decíais que eso de los globos era una tontería? —preguntó el ministro, y se quedó mirando a sir Blum.

—Quizás le han encontrado alguna utilidad.

—¡Ah! —exclamó lord Grenville—. ¿Qué utilidad?

Sir Blum se atusó el bigote y miró a Gordon, que no despegó los labios. Por una vez tenía que hacerlo él solito.

—No sé... Nosotros dominamos el mar, pero si alguien dominase el aire... —y se quedó en silencio.

Su esfuerzo mental resultaba digno de todo elogio. Y más teniendo en cuenta que partía de un hombre como él.

—Tenéis razón, sir Blum —dijo lord Grenville—. Yo pensé lo mismo hace algún tiempo. Por eso he hablado con dos ingenieros. Ambos creen que los globos tienen un grave problema. Pueden elevarse, pero no dominan el desplazamiento. Pueden volar, tal como demostraron los hermanos Montgolfier pero, una vez en el aire, el viento es quien toma las decisiones.

—¿Y si ese hombre hubiese inventado la forma de dominarlos? —apuntó sir Blum.

—Yo insistía sobre el tratado de globos y máquinas aerostáticas y vos no le concedisteis importancia —intervino Gordon—. Ahora a ese Domingo Badía le han concedido permiso para construir el globo y hacerlo volar, mientras vos decíais que se trataba de un aficionado. ¿No es eso lo que dijisteis?

—¿Qué se podía esperar de un... de un...? —buscó la palabra justa, pero no la encontraba y, finalmente, soltó—: De un español —como si aquella sentencia lo dijese todo.

—Me parece recordar que fueron los españoles que descubrieron América y que han colonizado la mayor parte del continente —sonrió Gordon—. Además, Domingo Badía es catalán —corrigió—. Headking dijo que son gente práctica.

Sir Blum se puso rojo como un tomate y lord Grenville miró fijamente a Gordon. «¡Basta de poner en ridículo al pobre jefe de los servicios de información!», era el mensaje y la orden.

—¿Ya hemos entregado los barcos? —preguntó el ministro.

—Headking los ha recibido y navegan por el Mediterráneo —respondió sir Blum.

—Si su base es Cádiz, nadie se extrañará de que realice algún viaje a Andalucía. Enviadle un mensaje. Quiero saber todo lo que se cuece en Córdoba —ordenó lord Grenville—. Godoy es imprevisible y no me gustaría encontrarme con alguna sorpresa.

—Sí, señor —afirmó Gordon.

La reunión había concluido. Cuando salían por la puerta, Gordon oyó que sir Blum murmuraba entre dientes:

—¡Maldito catalán!

Y sonrió divertido.

Aquella noche, Gordon explicó a su esposa lo sucedido. Desde que se había firmado la paz con Francia, llegaba temprano y gozaba de mejor humor. Por esa razón, Helen se atrevió a sacar a colación un tema que era una espina clavada en el corazón de su marido.

—¿Qué sucederá ahora con aquel joven de Madrid?

—¿Te refieres a Tom Headking?

—Sí.

—El rey le ha negado su gracia.

—¿No decías que quería casarse?

—Sí.

—¡Pobre muchacho!

—Sí —afirmó de nuevo Gordon.

—¿Crees de veras que él no mintió? —preguntó Helen— ¿Que fue un duelo limpio? —aclaró.

—Un asesino no se comporta como él lo está haciendo.

—¿Y no puedes hacer nada para cambiar una sentencia?

¡Ay, Dios!, pensó Gordon. Cuando Helen preguntaba tanto, significaba que alguna idea bullía en su cerebro.

—¿Qué insinúas? —se interesó.

—Si alguien declarase lo que de veras sucedió, se aclararía el asunto y tal vez el tribunal reconsideraría su decisión. Entonces no necesitaría la gracia del rey y tú habrías cumplido tu palabra.

Al día siguiente, a primera hora, Gordon redactó una nota y se la entregó a Brenton. Urgente. Después abrió el cajón de la mesa y sacó la carpeta que guardaba.

Helen tenía razón. Le habían explicado muchas cosas, pero él no se tragaba que el rey hubiera rehusado firmar el documento de gracia para Headking. ¿En base a qué lo había hecho? Y cada vez que le daba vueltas al asunto, aparecía la imagen de sir Blum. Lo que había empezado como un enfrentamiento entre un comisionado y un jefe del servicio de información, se estaba convirtiendo en una cuestión personal. Gordon había empeñado su palabra y no iba a ser un idiota como sir Blum el que le impidiera cumplirla.

La carpeta contenía todos los documentos relativos al caso de Tom Headking. Circunstancias y nombres...

*** ***

Don Santiago entró por el portón de la empresa con una sonrisa en los labios. Había mucho trabajo y ver a los hombres darle al callo le producía una gran alegría.

Tom era una joya. Le había comunicado que haría un viaje a Cádiz para controlar los barcos, que ahora existían de veras. Don Santiago no los había visto. Que se encargase Tom, que él era de secano y tanta agua le infundía temor. Nunca había acabado de entender que unos hombres pudiesen pasarse días y días sin ver ni pisar tierra. Él andaba con los pies bien firmes y los barcos se movían demasiado.

Subió las escaleras y se encontró con Manolo.

—¿Cómo va todo? —preguntó don Santiago.

—No podemos quejarnos, don Santiago.

Con aquel comentario bastaba. Si Manolo no se quejaba, quería decir que todo marchaba bien.

Abrió la puerta de su despacho, sopló con fuerza y la cerró. Entonces oyó que la puerta del despacho de Tom también se abría, se sorprendió y fue a ver quién era.

—¿No te ibas esta mañana? —preguntó.

—He venido a recoger algunas cosas. La diligencia sale dentro de un rato.

—¿Cuánto tiempo estarás fuera?

—No lo sé —acabó Tom de ordenar los documentos y los metió en la alforja—. Depende. Quiero aprovechar para darme una vuelta por Córdoba, donde tengo algunos amigos.

—¿No te meterán en algún lío?

—¡Por favor!

—¡Oh, por favor! —meneó don Santiago la cabeza—. Yo también he sido joven...

—Son amigos de verdad. Alguno podría proporcionarnos mercancías interesantes.

—Eso ya es otra historia. Los negocios son los negocios.

Tom lo miró divertido.

—¿Sabéis que creo? Que lleváis sangre catalana en las venas. No dejáis de pensar ni un instante en los negocios. ¿De vez en cuando no...? —Tom dejó la frase en el aire. Con el gesto y la sonrisa no necesitaba acabarla.

—Un caballero jamás habla de sus conquistas —dijo don Santiago, muy digno.

—Aún menos de las que no son damas —sonrió Tom.

—¡Bien! Procura... procura... ¡Bien! Ya sabes qué quiero decir —enrojeció ligeramente don Santiago.

Tom ató las correas de la alforja, echó un vistazo a la mesa y se dirigió hacia su socio.

—Nos veremos a mi regreso —dijo, mientras le tendía la mano.

Don Santiago lo abrazó. ¡Pobre Gertrudis, que era una santa y que Dios tenga en su gloria! Tom bien podría ser aquel hijo que nunca tuvo.

14 - ENTRE EL CIELO Y LA TIERRA

Las aguas del Guadalquivir bajaban mansas y en ellas se reflejaba el largo y poderoso puente romano, celoso guardián de las puertas de Córdoba, emporio que había sido residencia de califas y que conservaba una de las joyas de la arquitectura musulmana. La mezquita situada al otro lado del río, detrás del arco del triunfo y delante del palacio episcopal, había traspasado la frontera del tiempo y del espacio y se erigía en muda espectadora de cuanto sucedía en aquella ciudad, a pesar de las sucesivas ampliaciones y del esfuerzo de los obispos por convertirla en lo más parecido a una catedral católica. Sin embargo, nada más cruzar el umbral, los colores de los arcos y la disposición del centro de la nave mostraba enseguida que el resto que rodeaba aquel rincón de paz era una usurpación de la historia.

La diligencia cruzó lentamente el puente romano y se dirigió a la plaza que había delante del arco de triunfo. Allí se detuvo y los caballos relincharon. Habían llegado a su destino y reclamaban agua, alimento y descanso.

Tom abrió la portezuela, descendió, tomó su equipaje, enfiló la calle Buen Pastor y buscó la casa de huéspedes de dos plantas, encalada y blanca, de cuyos balcones colgaban cascadas de flores. En el dintel de entrada había un rótulo pintado en azul con letras blancas. Casa Jacinto, leyó. Aquélla era la pensión que le había indicado Flint.

Jacinto, un hombre de unos cuarenta años, con el cabello negro como el azabache, lo recibió con una sonrisa y le preguntó cuantos días se quedaría y él contestó que no lo sabía con seguridad. Había venido por negocios y todo dependía de cómo fuesen las cosas. A partir de aquí tuvo que responder a no pocas preguntas, porque aquella gente, tal como ya sabía, tenía un carácter abierto y simpático y se interesaba por los viajeros y por los visitantes. Explicó que comerciaba con quesos, embutidos, aceitunas... Y enseguida Jacinto le proporcionó dos o tres contactos. Amigos suyos que lo tratarían bien. Buena gente.

Una vez hubo tomado posesión de una habitación alegre, con un balcón que daba a la calle y por donde entraba la luz a raudales, bajó y preguntó por la taberna de Juan Diego. Jacinto le indicó el camino. No estaba muy lejos, cerca de la sinagoga, en un callejón. Servían unos finos extraordinarios y la comida era superior.

—Si pregunta por Juan Diego y le dice que va de mi parte, lo tratará muy bien. Es un gran amigo. Fue cocinero en Francia, sirvió en casa de un marqués importante y se vino cuando se quedó sin trabajo —explicó Jacinto—. Se ve que allí, muchos cocineros, después de que les cortasen la cabeza a sus amos, han abierto lo que llaman *restaurants* —bajó la voz—. Un invento francés.

Comió en la pensión y aguardó hasta que el sol empezó a ponerse. Salió a la calle y se dirigió hacia la sinagoga. Donde antes no había nadie, de pronto, los patios abrían sus rejas, la gente tomaba al asalto las calles y las mujeres sacaban las sillas al fresco y conversaban. La temperatura era muy agradable.

La taberna de Juan Diego ocupaba un rincón en una callejuela estrecha, justo en un punto donde se ensanchaba lo suficiente para que cupiesen unas mesas. Dentro, un patio cubierto con cañas aparecía lleno de mesas. Tom consiguió una mesa pequeña, en un rincón, después de que, siguiendo el consejo de Jacinto, preguntase por el dueño. Juan Diego era un hombre grueso y simpático que hablaba a gritos, lo que obligaba a los clientes a levantar la voz y convertía el patio en un jolgorio.

Aún no se había sentado cuando un camarero le trajo una botella de vino blanco y un vaso sin haberlos solicitado.

—¿Qué pondremos? —preguntó el muchacho.

—¿Qué tenemos? —dijo Tom.

—¡Ah! ¡Usted es extranjero! —exclamó el muchacho con desparpajo—. ¿De dónde viene?

—De Madrid .

—Pero, usted no es de aquí —se interesó el muchacho. Era evidente que *aquí* quería decir España.

—Soy inglés.

—Pues, si me deja hacer a mí, se irá más que contento —dijo el muchacho.

—Tú mismo.

El camarero desapareció y poco después regresó con dos platos pequeños y un pedazo de pan.

—Antes de que se lo acabe, le traeré más cosas —informó.

Tom intentó preguntar qué era aquello, pero el muchacho desapareció sin responder.

Las verduras estaban deliciosas y el embutido no tenía precio. Cuando llegó el tercer plato, ni siquiera preguntó qué era. Y con el cuarto se llevó una buena sorpresa. Picaba como un demonio, pero el sabor era exquisito.

Hacia las nueve apareció en el patio un hombre bajo y moreno, aseado, aunque se adivinaba a la legua que no vestía ropa de calidad. Aquel hombre echó un vistazo a las mesas. Juan Diego, nada más verlo, se le acercó y le hizo gestos para indicarle que todas las mesas estaban ocupadas. Entonces, el hombre señaló hacia la de Tom y le explicó algo, que hizo que el dueño del local se dirigiese a la mesa del inglés.

—Aquel hombre dice que se conocen.

El corpachón de Juan Diego le impedía ver y obligó Tom a echar la espalda hacia atrás para observar al recién llegado, que le dedicó una pequeña reverencia con la cabeza.

—¡Claro! Decidle que se acerque —sonrió Tom.

El dueño del local habló con aquel hombre y se abrió paso entre las mesas para conducirlo hasta Tom.

—Buenas noches, señor Headking —sonrió el invitado con la gorra en la mano—. José Antúnez, para servirlo.

—Siéntate, amigo José.

—Ahora mismo le traen una botella y un vaso —anunció Juan Diego, mientras chasqueaba los dedos y señalaba la mesa—. ¿Qué cenará?

El hombre dudó. Entonces, Tom se adelantó:

—Lo mismo que yo. Es mi invitado.

—Sí, señor.

El muchacho que le había servido apareció con otra botella de vino y un vaso.

—El señor Flint me dijo que llegaríais ayer —dijo José.

—Y así tenía que ser, pero la diligencia tuvo problemas con una rueda y se detuvo en Ciudad Real. ¿Qué sabemos de los movimientos de Domingo Badía?

—Cada mañana el Campo de la Merced se llena de gente que se acercan para ver el espectáculo. Están construyendo una cosa extraña, una especie de... de... cruces —e hizo un gesto con las manos para indicar que eran muy grandes y cuadradas.

—¿Unos masteleros?

—Así las llaman. La gente se pregunta para qué servirán. No estamos en Semana Santa.

—Para sostener un globo mientras lo hinchan —explicó Tom.

—¿Un qué?

—Un globo enorme que llenarán de aire caliente y que harán volar.

—¿Y subirá alguien?

—Sí. Para eso lo están construyendo.

—¡Ah! —exclamó José, y se quedó pensativo. Entonces, murmuró—: Ahora entiendo qué hace ese enorme cesto y todas las cuerdas. Esta mañana ha llegado un carro con mucha tela. La han descargado junto a los... —chasqueó los dedos.

—Masteleros —le recordó Tom.

—Sí, los masteleros.

—Eso significa que, posiblemente, lo hincharán mañana.

—No sé si podrán. Mi cuñado, que es hombre del campo, dice que el tiempo anda revuelto.

—¡Bien! Mañana lo sabremos.

Al día siguiente, a primera hora, Tom abandonó la pensión. Había quedado con José que se encontrarían bajo el Cristo de los Faroles. Desde allí, se dirigieron al Campo de la Merced, donde tendría lugar el espectáculo.

Al llegar, Tom distinguió de inmediato los masteleros que habían levantado y que parecían estar dispuestos a recibir las velas de un barco. Había mucha gente y un cordón impedía que se acercasen. Formaban un inmenso círculo en cuyo interior unos hombres se afanaban en desplegar una gran tela. Bajo los masteleros, sobre una tabla de madera elevada del suelo, había una cesta de generosas proporciones, sobre la que parecía flotar en el aire una circunferencia también de madera, sujeta a los masteleros mediante cuerdas. Gracias al dibujo que Flint le había proporcionado, Tom podía identificar aquella circunferencia como el anillo de suspensión, también llamado relinga. Otros hombres añadían más cuerdas que colgaban de la relinga y las ataban a la cesta.

En medio de tanto jaleo, un hombre bien vestido, delgado y con bigote daba órdenes y se movía inquieto, arriba y abajo, mientras, de vez en cuando, echaba un vistazo al cielo. Unas nubes se acercaban por el oeste. Tom lo observó con detalle. Era moreno y nervioso. Gesticulaba sin parar y tan pronto dirigía su atención al globo que ya habían desplegado, como se acercaba a la cesta y comprobaba que las cuerdas y los nudos fuesen los adecuados. Era Domingo Badía, no cabía duda, y Tom, por fin, podía ver el rostro del hombre que hasta entonces había creído que era sólo un fantasma.

Durante dos horas, poco a poco, el globo fue colocado sobre la cesta y sujetado a los masteleros. Entonces encendieron fuego y el aire caliente empezó a hinchar la tela. El parque se llenó de murmullos, comentarios y expresiones de admiración, mientras aquella enorme esfera adquiría forma y los hombres tiraban de las cuerdas y procuraban situarlo entre los masteleros.

Cuando ya se acercaba el gran momento, las nubes que habían aparecido por el oeste tomaron cuerpo y el viento sopló con fuerza.

—Mi cuñado tenía razón —dijo José.

De pronto, el globo medio hinchado se plegó por la fuerza del viento y se inclinó hacia un costado, con tan mala fortuna que un pedazo de la tela se enganchó en el brazo de un mastelero y se rasgó.

Un murmullo general dio la justa medida de la decepción del público, y los gritos de Badía obligaron a los hombres a moverse a toda prisa para apagar el fuego que habían encendido y a recoger la tela.

El numeroso público soportó las primeras gotas de lluvia. Podía más la curiosidad. Pero cuando los cielos se abrieron y descargó el aguacero huyeron despavoridos.

—¿Qué dice tu cuñado? —preguntó Tom—. ¿Durará mucho la lluvia?

—Unos días —respondió José, feliz y orgulloso de que su cuñado hubiese acertado de pleno.

—Tendrán que reparar el globo y esperar a que el tiempo cambie. Necesitaré un lugar discreto donde vivir.

—Os ofrecería mi casa, pero es muy humilde y...

—Me las apañaré. Por más sencilla que sea, puedo asegurarte que he conocido lugares más humildes aún —sonrió Tom.

*** ***

Isabel corrió las cortinas para dejar la habitación en penumbra. El barón de Malpica respiraba pesadamente y el médico acababa de salir. Se acercó a la cama y arregló la sábana, después recogió el orinal y se dirigió a la puerta. Fuera, la baronesa hablaba con el médico.

—Tenemos que prepararnos para lo peor. La medicina ya ha hecho cuanto está en su mano.

—¿Cuánto tiempo le queda? —preguntó Mariana.

—Unas semanas, todo lo más —dijo el médico, meneando la cabeza—. Su cuerpo ya no responde a ningún tratamiento.

—Isabel, acompaña el doctor hasta la puerta —ordenó Mariana, se despidió del médico y entró en la habitación de su marido.

*** ***

Tom abandonó la pensión, se instaló en casa de José, que vivía solo, se acercó hasta los masteleros cuando nadie podía verlo y recorrió todo el parque. Nunca se sabe lo que se puede encontrar.

Entre unos macizos de flores descubrió un papel con un dibujo, bastante detallado, de lo que había de ser el globo. En la cara posterior del papel había un curioso croquis de una pequeña caldera con un tubo en forma de codo cuya boca apuntaba a una hélice.

Metió el papel en un sobre, juntamente con unas notas que había tomado, y lo envió a Madrid, a Albert Flint, por conducto especial.

Llegado el día 20 de junio de aquel año de 1795, la gente volvió a congregarse en el parque. La noticia había corrido como un reguero de pólvora. El globo ya estaba a punto y no había amenaza de lluvia.

Tom y José contemplaban el espectáculo. El aire caliente llenaba lentamente el globo y los hombres tiraban de las cuerdas con energía.

Una vez estuvo todo a punto y, cuando los comentarios de los presentes ya apuntaban que el despegue sería inminente, mientras intentaban estirar el cuello para no perderse el menor detalle, se levantó viento del norte y en el instante en que la cesta, con Domingo Badía en su interior, parecía no tocar el tablero, la inmensa esfera se inclinó peligrosamente arrastrando consigo a los hombres que pretendían mantenerla en posición vertical. La cesta despegó del tablero, pero no para elevarse, sino que se inclinó, cayó y expulsó a su tripulante.

Segundo intento y segundo fracaso.

Badía se levantó del suelo y con las manos en alto maldijo al viento. Entonces, ordenó deshinchar y plegar el globo y se marchó furioso.

Los días siguientes transcurrieron sin novedad. Los rumores, que corrían por todas las calles de Córdoba, decían que Badía había decidido esperar hasta el mes de julio, en el que tradicionalmente los vientos amainaban y el calor aportaba una calma absoluta. No quería fracasar por tercera vez.

Tom aguardaría instrucciones de Flint. Mientras, había escrito a su socio para explicarle que estaba en tratos con sus amigos de Córdoba, pero que eran gente muy especial, difíciles de convencer.

*** ***

—¿Un ataque aéreo? —exclamó sir Blum.

—Es una posibilidad —respondió lord Grenville—. He ordenado examinar el dibujo que hay en la cara posterior del papel que nos ha hecho llegar Flint. No es muy detallado, pero sugiere que Badía podría pensar en hacer desplegar un globo y después dirigirlo a voluntad por medio de una hélice. Nuestros expertos dicen que se necesitaría una caldera muy grande para generar suficiente vapor que pudiese impulsar la hélice.

—Pero, el peso... —dijo sir Blum, y meneó la cabeza por dar a entender que todo aquello era absurdo.

—De las ideas más tontas han surgido grandes inventos —dijo Gordon.

—Cierto —afirmó lord Grenville—. ¿Qué noticias tenemos de Madrid?

—Yo diría que no todo son parabienes para Badía —informó Gordon—. Ya ha sufrido dos percances a causa del viento que lo han obligado a efectuar reparaciones en el globo. Flint informa de que el ministerio español de la Guerra ha recibido una petición del conde de Ofalia en el sentido de que se ponga fin a ese experimento. Por lo que parece, Pedro Badía, el padre de nuestro aventurero, está en contra del proyecto. Domingo Badía ha emprendido la aventura en solitario, con su propio dinero, y ha invertido hasta al último real, confiando en que si sale bien recibirá una generosa subvención del Estado español. Eso nos induce a pensar que, si el experimento fracasara se acabaría todo este asunto, porque su fortuna no podría soportar tanto dispendio y el padre dispondría de sobrados argumentos.

—Entonces, debe fracasar —ordenó lord Grenville.

—Sí, señor ministro.

—Pero, nosotros no debemos vernos involucrados bajo ningún concepto. ¿Entendido?

—Por supuesto, lord Grenville.

*** ***

Isabel abrió la puerta.

—Buenos días, don José Manuel —saludó, y se apartó.

—¿Qué tal está hoy el señor barón?

—Muy débil. La señora baronesa no se mueve de su lado.

—Nos hace padecer a todos —dijo José Manuel.

—Os anunciaré.

—No es necesario —la detuvo José Manuel, tomándola del brazo—. No quiero estorbarles. Sólo quería saber cómo estaba mi cuñado. ¡Pobre Mariana! —exclamó— ¿Ha regresado el señor Headking? —preguntó de pronto, e Isabel se puso tensa—. De su viaje por Andalucía —añadió José Manuel con naturalidad, como si estuviese al corriente de todo—. Por lo menos, ella dispondría de alguien en quien apoyarse.

—La señora baronesa me ordenó que me enterase de cuándo regresaba, pero sus empleados no saben nada —explicó Isabel. Al fin y al cabo, se trataba del hermano de su señora.

—No le digas que he venido —dijo José Manuel, y acarició la mejilla de la sirvienta—. Tú también debes de estar viviendo un calvario. Todo el día encerrada y... sola.

—Es mi trabajo, señor —respondió Isabel, azorada ante aquella muestra de afecto.

—¿Sabes que tu piel es muy suave? —sonrió José Manuel.

—¡Ay, señor! —exclamó Isabel, y enrojeció.

—A veces, lo que tenemos más cerca es muy superior a todo lo que buscamos fuera —le tomó la mano y la acarició—. ¡Y qué manos! Volveré otro día, con más calma. O, mejor todavía: si la señora te envía para ver si el señor Headking ha regresado, date una vuelta por mi casa.

—¡Ay, señor! —repitió Isabel, desviando la mirada.

José Manuel acercó su boca a la mejilla de la sirvienta.

—Te espero. Y quien espera a una mujer como tú, sufre una gran tortura —le dijo al oído con voz insinuante, y dejó escapar todo su aliento sobre el cuello de la sirvienta.

La respiración de la muchacha se alteró y se le puso la piel de gallina. José Manuel la miró a los ojos y, sin dejar de hacerlo, le besó la mano. Después volvió a acariciarle la mejilla, pero esta vez con la mano bien abierta, que descendió hasta al cuello y subió de nuevo. Ella cerró los ojos y ladeó la cara para que sus labios rozasen la palma de aquella mano.

José Manuel le dedicó la mejor de sus sonrisas y ella se quedó con la puerta abierta, observando cómo se alejaba. Una vez hubo desaparecido de su vista, cerró, se apoyó y suspiró. Don José Manuel se había fijado en ella.

*** ***

Llegó el mes de julio y durante los primeros días siguió soplando el viento. Hacía más de un mes que Tom estaba en Córdoba cuando recibió una visita inesperada. Se encontraba en casa de José cuando llamaron a la puerta y apareció Albert Flint, que traía una pequeña maleta. Se saludaron y Tom lo puso al corriente de la situación.

—¡Bien! —exclamó Flint—. El experimento debe fracasar.

—Badía es un hombre con una voluntad de hierro, capaz de seguir adelante aunque el mundo se venga abajo —respondió Tom—. La única manera de detenerlo sería destruir el globo.

—Hacedlo.

—Tendremos que incendiar el cobertizo.

—No —negó Flint repetidas veces, con la cabeza—. Lord Grenville ordena que parezca un accidente. En caso contrario, investigarían, y no nos conviene. Os he traído un pequeño regalo de parte de Gordon —sonrió Flint, y sacó una bolsa de su equipaje—. Aquí tenéis un kilo de clorato de potasio. Es un producto que posee unas propiedades muy especiales. Si lo calentáis a la llama o lo rascáis contra una superficie rugosa y dura, se enciende. Los franceses han hecho experimentos para crear lo que llaman *allumettes*. Quieren poner un poco de clorato de potasio en la punta de un pequeño palo y que se encienda rascándolo.

—Clorato de potasio —Tom tomó el saco y lo sopesó.

—¡Eh! —lo detuvo Flint— Cuidado, que es peligroso. No lo acerquéis al fuego ni lo dejéis caer. Tenéis que introducirlo en el globo, esparcirlo por las costuras y, cuando se calienten, el aire se incendiará.

—No será fácil acercarse al globo sin despertar sospechas. Lo guardan dentro de un cobertizo y durante toda la noche hay un hombre de guardia.

—Ese es vuestro problema. Yo debo regresar a Madrid. Mi presencia en Córdoba levantaría sospechas.

Tom se volvió hacia José, que había permanecido mudo durante todo el tiempo porque no entendía una palabra de inglés.

—¿Qué dice tu cuñado sobre el tiempo? —preguntó.

—Dentro de un par de días es posible que comience la bonanza del verano —respondió José.

—Pues, no disponemos de mucho tiempo.

*** ***

El día 15, bien entrada la noche, los dos hombres se dirigieron al parque. Todo estaba oscuro, excepto la linterna que colgaba de la puerta y que iluminaba al hombre que hacía guardia frente al cobertizo donde reposaba el globo.

Llegados a un punto del parque desde donde el vigilante no podía verlos, se separaron y José sacó la botella y se dirigió al cobertizo en zigzag y cantando. De vez en cuando se detenía y echaba un trago de la botella. El hombre se levantó de la silla.

—Aquí no puedes estar —dijo, blandiendo el palo.

—Dios me ama —respondió José con voz de borracho—. Vosotros no, pero Él, sí —y echó otro trago de la botella.

—Vete a dormir la mona —dijo el hombre.

José cayó sentado en el suelo y el hombre se acercó.

—No quiero dormir —dijo José.

—Sal de ahí o te parto la cabeza —lo amenazó el hombre.

—No eres buen cristiano.

—¿A qué viene eso, eh?

—La mujer me ha dejado y tú no quieres hablar conmigo.

—¡Levántate, hombre!

—Alguien tiene que escucharme.

—¡Virgen Santa! ¡A mí tenía que tocarme! —exclamó aquel hombre, resignado.

Ayudó a José a ponerse en pie y éste fingió que volvía a caerse y lo fue alejando de la puerta del cobertizo.

Tom abandonó su escondite y abrió la puerta del recinto. La cerró a sus espaldas sin hacer el menor ruido y con la ayuda del haz de luz que se colaba por las rendijas buscó el globo.

Desplegó la tela hasta que dio con la boca y se metió dentro. Con mucho tiento tomó el saco de clorato de potasio y distribuyó el contenido, procurando que quedase bien adherido a las costuras. Volvió a plegar el globo tal como estaba, echó un vistazo al exterior, donde José le seguía contando sus desgracias al pobre vigilante, y se perdió entre los árboles.

*** ***

Isabel estaba en pie, en casa de José Manuel, que la había conducido junto al sofá y se había quedado detrás de ella, casi rozándola.

Las manos del hombre se posaron en su cintura y subieron lentamente por toda la espalda hasta alcanzar los hombros. El aliento caía sobre su nuca, cerró los ojos y notó que los dedos se desplazaban resbalando sobre la piel y buscaban su barbilla y su cuello, para inmediatamente abrirse, descender y situarse sobre sus pechos. Aquel cuerpo se le pegaba y las manos de José Manuel la abrazaban cada vez con más fuerza.

—No debería haber venido, señor —se quejó, con el corazón desbocado y la respiración alterada.

—No te lo habría perdonado nunca —dijo José Manuel, paseando sus labios por el cabello de la muchacha.

—Si la señora baronesa se entera...

—¿Se lo contarás tú?

—¡No! —exclamó ella sin abrir los ojos.

La mano del hombre se coló en su escote y alcanzó el pezón, que ya estaba duro. Ella sintió la oleada de calor que le subía por el vientre y empezó a temblar. Era muy consciente de lo que iba suceder y lo deseaba con todas sus fuerzas.

*** ***

Dos días después, la mañana del 17 de julio, el cielo apareció sereno, sin una nube ni una brizna de viento. Los hombres abrieron la puerta del cobertizo y Badía ordenó sacar el globo.

Tom aguardó hasta que la tela fue depositada junto al tablero. Ahora la desplegarían y seguramente ardería, pensó.

Sin embargo, los hombres desplegaron la inmensa tela y nada sucedió. Encendieron el fuego y el globo empezó a hincharse. Tom se mostró preocupado. ¿Y si Londres se había equivocado y el clorato de potasio no funcionaba?

Poco a poco la gran esfera se elevó y adoptó la posición vertical, mientras las cuerdas se tensaban.

Una vez coronada la primera fase del experimento, Badía se encaramó a la cesta. Daba órdenes a diestro y siniestro. Que mantuviesen las cuerdas bien tensadas y que las aflojasen lentamente. La cesta despegó del suelo y empezó a balancearse, mientras los aplausos y los gritos llenaban todo el parque. Badía, desde lo alto de la cesta, sonreía feliz.

De pronto, uno de los hombres que tenía a su cargo una cuerda, perdió el equilibrio y cayó. La cuerda se destensó y el globo se inclinó y rozó un mastelero.

—¡Fuego! —se oyó una voz.

Todos miraron hacia el lugar de dónde salía el humo, a media altura, y el espanto llenó el parque. Badía saltó de la cesta, que se elevó un metro. De improviso las llamas adquirieron notables dimensiones, y el globo se deshinchó y cayó.

Los hombres abandonaron las cuerdas y cogieron los cubos de agua, la gente se echó para atrás y el fuego se extendió con rapidez y prendió en la cesta.

Badía estaba desolado. Era el tercer fracaso. Tras aquella desgracia difícilmente volvería a repetir el experimento, pensó Tom.

*** ***

El conde de Ofalia, tras tan sonado fracaso por parte de Domingo Badía, había vuelto a insistir y había conseguido que el ministerio retirase su permiso para construir un nuevo globo y repetir el experimento. Lord Grenville había felicitado a Gordon, mientras sir Blum casi se había muerto de rabia. El jefe del servicio de información sólo había pronunciado dos palabras: ¡maldito catalán!

Gordon sonrió satisfecho.

*** ***

Mariana había escogido un vestido oscuro muy discreto. Todavía no se había decidido por el negro porque el barón, aunque se apagaba, seguía vivo. Durante aquellos días había corrido la noticia de que el barón se hallaba a las puertas de la muerte. No hablaba ni reconocía a nadie y ya había dejado de tomar alimentos.

Mariana recibía la visita de los que se acercaban para adelantar un pésame que se adivinaba inminente. Entre ellas, naturalmente, sus amigas íntimas, que la acompañaron todo el tiempo y que le dedicaron palabras de consuelo.

Bajo la luz tenue, que las cortinas filtraban y que otorgaba a la estancia una aureola de tristeza, Mariana pudo fingir, sin demasiado esfuerzo, una pena inexistente. Ante ella se abría un futuro nuevo y esperanzador. Tom ya no podía tardar demasiado en regresar. Quizás, cuando le viese le explicaría algunas cosas. ¿De veras debería hacerlo? Si quería actuar con inteligencia, sí. No era conveniente que se enterase de ciertos episodios por otros conductos. Una mujer dispone de sobradas armas para hacer ver a un hombre todo cuanto desee que vea y para lograr que olvide muchas cosas. Sobre todo si se trata de un hombre enamorado.

Junto a ella, José Manuel también esperaba el desenlace final, y también reflexionaba. Lo que le había sacado a Isabel no tenía precio. Mariana suspiraba por ver morir a su marido porque entonces, tal como le había comunicado aquella estúpida criada, su hermana engañaría al inglés, se casarían y él le daría con la puerta en las narices. Así que lo más acertado era adelantarse a los acontecimientos y sacar tajada. Por eso él rezaba para que su cuñado siguiese con vida hasta que regresara el idiota de Tom Headking.

15 - EL GRAN DESASTRE

Sir Gray iba a acostarse cuando el mayordomo llamó a la puerta.

—El señor Flint está aquí, excelencia —anunció cuando Gray respondió—. Dice que es muy urgente.

Su esposa lo miró extrañada, pero Gray se puso la bata de seda y salió.

Albert Flint esperaba en el despacho. Le había costado tomar aquella decisión. Las órdenes de Londres eran claras. El embajador sólo sería informado de ciertos detalles, pero el peso de la operación y los contactos con Headking los llevaría Flint personalmente y... discretamente. Sin embargo, no había tiempo para solicitar instrucciones de Londres y el tema era delicado.

—José Manuel de Castro ha desafiado a Tom Headking —dijo, sin ni siquiera saludar al embajador.

—¿Por qué?

—Su hermana, la baronesa de Malpica.

—¡Otra vez! —exclamó el embajador—. ¿Acaso no di instrucciones precisas respecto a esa... dama? —le había costado dar con la palabra adecuada, aunque no fuese la más acertada.

—Headking oficialmente no trabaja en la embajada y no estaba al corriente. ¿Quién se lo podía imaginar? No frecuentan los mismos círculos.

—¿Y Headking ha aceptado?

—Me temo que sí, excelencia. El señor De Castro vuelve a frecuentar la escuela de esgrima. Alguien que se encontraba presente ha oído que le explicaba al maestro Palacios que necesitaba calentar un poco los músculos. No demasiado, ha dicho. El rival no tiene mucha talla.

—¿Disponemos de margen de tiempo?

—Hasta el jueves a primera hora. Un día.

—Hablad con Headking y que pague.

—Un caballero que ha aceptado un reto no puede echarse atrás.

—Headking no es un caballero —sonrió Gray—. Es un pequeño burgués que, por el momento, ha salvado el cuello de la horca y no se rige por las mismas normas. Que se trague su orgullo y pague. ¿Me he explicado con claridad?

—Sí, señor embajador —contestó Flint.

En un par de segundos Gray acababa de proporcionarle la solución. Había hecho bien en visitarle.

—Gracias, excelencia, y perdonad mi intromisión —dijo más tranquilo.

Gray acompañó a Flint hasta la puerta y regresó al dormitorio. Su esposa lo esperaba despierta. Se quitó la bata, la dejó a los pies de la cama, abrió la sábana y dijo:

—La baronesa.

—¡Tus hombres son idiotas! —casi gritó ella—. ¿Quién ha sido esta vez?

—No pertenece a la embajada. Se trata de un empresario. Un burgués.

—¡Ah! —exclamó ella—. ¿Y a qué venía tanta prisa, si no es de los nuestros?

—Ya conoces a Flint. Se ahoga en un vaso de agua —respondió el embajador y apagó la vela de la mesilla.

*** ***

Tom estaba a punto de salir cuando llamaron a la puerta. Abrió y se encontró con Flint. Se sorprendió. Habitualmente se citaban en un lugar discreto.

Flint estrechó la mano que le ofrecía Tom. El joven lo condujo hasta la sala de visitas.

—No dispongo de servicio. Únicamente una mujer que viene a limpiar cada mañana —dijo Tom—. De todas formas, puedo ofreceros...

—No podéis batiros con el señor De Castro —le cortó Flint.

Tom se quedó perplejo.

—Las noticias vuelan —dijo Flint—. Sería un desastre que sufrieseis un percance y, peor todavía, que acabase en tragedia. Sois insustituible y el gobierno de Su Majestad no lo aprueba.

—¿La noticia ha llegado hasta Londres?

—Sí —replicó Flint. Se puso en pie y levantó la voz—. Ese duelo es absurdo. No deberíais haberlo aceptado.

—El señor de Castro me dijo que había ultrajado a su hermana y había ofendido gravemente a su cuñado, que se encuentra moribundo y casi arruinado a causa de su enfermedad. Me dijo que él lo representaba y que había venido con el ánimo de pedirme una satisfacción. Intenté razonar con él, pero no quiso escucharme. Le dije que tenía intención de casarme con su hermana cuando enviudase.

—¿Casaros con ella? —se sorprendió Flint—. ¿Pero... no era con la hija de Erquiza con quien queríais casaros?

—¿De dónde habéis sacado semejante idea?

—¡Dios mío! —se asustó Flint—. ¿Y cómo ha reaccionado De Castro?

—Nunca consentirá que su hermana se case con un idiota como yo. Le he respondido que era ella quien tenía que decidirlo, y me ha prohibido que vuelva a visitarla, que si lo intentaba sería por encima de su cadáver y que ahora la ofensa es tal que tenía que lavarla en el campo del honor.

—¿No os ha pedido dinero?

—Me lo ha insinuado.

—Entonces, pagad —concluyó Flint.

—Pagar sería tanto como admitir que la baronesa de Malpica es una puta —se enfadó Tom.

—¿Eso le habéis contestado? —se le pusieron los pelos de punta a Flint.

—¿Qué podía hacer?

—Cuando todo se complica... —meditó Flint—. Creo que os conviene conocer algunos detalles interesantes. Antes que vos, otros han caído en las redes de esa mujer —añadió, y Tom casi se echó sobre él, pero el secretario de la embajada lo detuvo—. Más vale que me escuchéis.

Tom se echó para atrás, pero lo miró con dureza.

—La historia se repite —continuó Flint—. Primero el cielo y las mieles de su cuerpo y luego, de pronto, un buen día se presenta su hermano y dice que habéis ofendido al barón de Malpica, un pobre hombre impedido. Entonces, él se ofrece para satisfacer el honor de su cuñado —explicó—. Lo creáis o no, la baronesa vive del dinero que saca a hombres confiados como vos.

De nuevo, Tom estuvo a punto de saltar sobre Flint.

—No toleraré...

—Sí que toleraréis y, además, callaréis —se cuadró Flint —. No podéis poner en peligro vuestra vida.

—Es el honor lo que está en juego.

—¿El honor de quién? —lo cortó Flint—. ¿El de un marido que no se entera de nada, el de una mujer que ha engañado a muchos hombres o el vuestro? ¿Y, si es el vuestro, a cambio de qué?

—Un caballero...

—Un caballero se enfrenta a otro caballero y no se rebaja a medirse con un estafador. José Manuel de Castro es harto conocido por sus aventuras. Honor por honor. Nunca honor por nada —continuó Flint en el mismo tono.

—Veo que dais por descontado el resultado del duelo y os recuerdo que en un duelo hay dos, y que cualquiera de los dos puede herir al adversario —replicó Tom con arrogancia.

—El capitán Lear, miembro de la embajada, os precedió y murió, aunque era un buen tirador de esgrima. Vuestro adversario es un primera espada de Madrid. Su vida se reduce a entrenarse con vistas a los duelos y a jugarse el dinero que saca de tan suculento negocio con su hermana —explicó Flint pero, al ver que Tom aún dudaba, prosiguió—: ¿Necesitáis más ejemplos? Andrew McFar, otro empleado de la embajada, tuvo que huir de Madrid por idéntico motivo. El hijo del conde Reggozi, que había venido a Madrid por negocios, ha sido la última víctima. Todos acaban igual.

Tom se quedó en silencio. No podía creer lo que estaba oyendo, pero la voz y la actitud del secretario de la embajada eran firmes. Ni siquiera se había preocupado por saber quién era su rival. Sólo había pensado en Mariana.

—Ya es demasiado tarde —dijo Tom, abatido y perdido.

—Con José Manuel de Castro nunca es demasiado tarde —sonrió Flint.

—Hemos quedado citados para mañana a primera hora de la mañana, cuando despunte el sol.

—¿Ya tenéis padrino?

—Iba a pedírselo a mi socio.

—¡Bien! Que se entreviste con sus padrinos y que zanje el tema. Hacedle ver que un escándalo afectaría a la empresa. Vuestros clientes son gente que se preocupa por esos detalles.

—¿Y si José Manuel no acepta?

—Aceptará —rió Flint—. Lo único que quiere es dinero —entonces se puso serio—. Os jugáis demasiado. Inglaterra no perdonaría un error como éste. Vos esperáis la gracia del rey y el gobierno espera de vos que hagáis lo que tenéis que hacer. En caso contrario, si salís con vida, os enfrentaréis a la justicia británica.

El corazón de Tom todavía luchaba con su mente. Era imposible que Mariana lo hubiese engañado hasta aquel punto. Sus abrazos, sus palabras, las caricias, las tardes de amor... Pero la realidad, aunque fuese dura, apuntaba hacia la verdad de las palabras de Flint. En un platillo de la balanza se hallaban su amor y su ilusión y en el otro, la oportunidad que el destino había puesto en sus manos y por la que tanto había luchado. Y ahora todo pendía de un hilo.

—De acuerdo —aceptó Tom.

Flint tomó el sombrero y se despidió con una inclinación de cabeza. Tom también tomó el sombrero y se dirigió a la empresa. Tenía que hablar con su socio.

Don Santiago escuchó toda aquella historia. De vez en cuando soltaba un taco. Después, pedía disculpas y seguía escuchando. Cuando Tom acabó, el empresario cerró los ojos y respiró hondo. ¡Santo Cristo! El primer día que conoció a la baronesa ya había tenido el presentimiento de que acarrearía problemas, pero no se imaginaba que llegarían hasta tal extremo.

—¿Cuánto dinero te ha exigido?

—No ha mencionado la cifra, pero me han dicho por ahí que con diez mil duros bastará.

—¡Hijo de puta! —alzó la voz el empresario.

—Un escándalo de estas proporciones afectaría a la empresa —dijo Tom, empleando el argumento y las palabras de Flint— Lo siento de veras.

—No me preocupa el escándalo —reaccionó don Santiago —. Siento afecto por ti. El resto no son más que tonterías.

—¿Seréis mi padrino?

—Negociaré con esos cabrones. Seguro que todos son de la misma calaña. Esta estupidez tiene que acabarse de inmediato. Además, los duelos están prohibidos.

Don Santiago tomó el sombrero y abandonó el despacho. Tom lo siguió y se dirigió hacia el suyo. Por el momento no podía hacer otra cosa que esperar.

Nada más abrir la puerta se encontró con Angelines.

—¿Qué haces aquí? —preguntó Tom.

La muchacha tenía una expresión llena de preocupación. Casi asustada.

—¿Qué significa ese duelo? —exclamó ella.

—¿Ahora te dedicas a escuchar detrás de las puertas?

—Si alguien no quiere ser oído, que no hable a gritos —replicó ella—. ¿Qué duelo es ése?

—Cosas de hombres —respondió Tom.

—¿Por causa de una mujer? ¿Quizás por causa de aquella baronesa, que es una p...? —se quedó con la palabra en los labios.

Hay calificativos que una boca femenina no pronuncia aunque la quemen por dentro. Eso le habían enseñado.

—Eres demasiado joven para entender ciertas cosas.

—¡Claro! —estalló Angelines—. Soy demasiado joven para entender que te jugarás la vida por alguien que no te merece; soy demasiado joven para entender que, si mueres, mi vida ya no tendrá sentido; soy demasiado joven para entender...

Guardó silencio. Había dicho lo que nunca se habría atrevido en circunstancias normales. Había cambiado el distante vos por un familiar y enamorado tú. Lo había mirado con rabia, pero no con la rabia del odio, sino con la vehemencia del amor. Acababa de derribar sus propias murallas y se sentía desnuda y a merced de aquel hombre.

Bajó la vista, se dio la vuelta y huyó en dirección a la escalera. Tom se quedó boquiabierto. Por primera vez veía a una mujer en Angelines, fuerte, luchadora y enamorada.

No la detuvo, aunque lo deseaba. La vio desaparecer por el portón y entró de nuevo en su despacho. Se sentó en la silla. De pronto, lo veía todo claro. Se había equivocado de Cenicienta, había trastocado los papeles del cuento y había otorgado el título de princesa a la mujer equivocada. En el fondo, Cenicienta era él. Pero había ciertas diferencias entre su situación y el cuento de Charles Perrault porque si don Santiago no conseguía convencer a José Manuel de Castro, Tom quizás perdería algo más que una zapatilla. Podía perder la vida.

Don Santiago regresó tres horas más tarde. Cruzó el portón de la calle cabizbajo y con los labios prietos. Se dirigió a la escalera, sin responder al saludo de los empleados y subió con paso firme y decidido. Manolo lo esperaba en la puerta de su despacho, pero don Santiago lo ignoró y entró en el de Tom.

El joven levantó la cabeza, sorprendido. No había oído abrirse la puerta, de tan ensimismado como se hallaba.

—No hay manera de dar con José Manuel de Castro. Sus padrinos dicen que ya hablarán con él y nos dirán algo —casi gritó don Santiago, desesperado—. Mienten. He intentado negociar con ellos y rebajar la cifra, pero ni me han escuchado. Creo que persiguen mayor tajada.

El joven asintió varias veces con la cabeza.

—No se lo permitiría a ningún hijo mío y tú eres la mejor persona que he conocido jamás. Eres noble y prudente —siguió hablando don Santiago. Entonces se quedó un instante callado, meditando, y dijo en voz baja—: Casi siempre —Recuperó el tono y añadió—: A ti tampoco te lo permitiré. Si no responden, mañana llevaremos con nosotros el dinero y pagaremos. Si no tienes suficiente, yo te ayudaré.

Tom se emocionó. Desde que había venido a España nadie lo había tratado así, excepto María, que le había comunicado muchas cosas con los ojos. Y... Angelines, naturalmente.

—Dispongo de suficiente dinero y pagaré.

—Ese José Manuel de Castro es un mal pájaro. Se ve que tiene un historial de aúpa. Ha matado a un hombre y ha herido a unos cuantos más.

Hacia las ocho de la tarde, Tom recibió en su casa la visita de don Santiago. No había respuesta y no les quedaba otro remedio que esperar hasta el día siguiente.

Tomó una cena ligera y se metió en la cama temprano. Nunca se sabe lo que el destino puede deparar y más valía estar preparado.

Le costó dormirse. De nuevo pensó en Inglaterra, en Reigate y en lo que había sucedido unos años antes, aquel día en había ido a la plaza, donde se había citado con el panadero para dar clases particulares de lectura a sus hijos. Estaban hablando cuando apareció su madre, que venía corriendo.

—Detenlo, por favor. Detenlo —le había rogado y lo había asido por las solapas, mientras recuperaba el aliento.

—¿A quién he de detener, madre?

—A tu padre. Ha ido en busca del señor de Brooksheeld.

—¿Por qué he de detenerlo?

—Ha cogido la espada.

—¿Por qué, madre?

—¡No preguntes ahora! —había gritado ella—. Detenlo o cometerá una locura.

Echó a correr y no se detuvo hasta alcanzar la mansión de Brooksheeld. Pero llegó tarde. El cuerpo de su padre estaba en el suelo; Peter, el hijo del señor de Brooksheeld sostenía la espada en la mano, manchada de sangre; los criados contemplaban la escena con espanto; nadie se atrevía a hablar; Tom cayó de rodillas junto al cuerpo de su padre. ¿Qué había sucedido?

—Nadie insulta la casa de Brooksheeld —oyó la voz de Peter—. Quitad del jardín esa porquería y limpiad la sangre.

Tom miró a Peter, incrédulo. Aquel hombre, con quien había jugado cuando niño, el hijo del señor de Brooksheeld, que lo había escogido a él, que era tres años más joven, para que ayudase al maestro de esgrima a entrenar a su hijo en el manejo de la espada, hablaba de su padre con un desprecio absoluto tras haberle dado muerte. ¿Cómo había podido enfrentarse a un

hombre mayor, que no podía medirse con él, a quien ya no le quedaban suficientes fuerzas para sostener una espada en la mano? ¿Y cómo podía insultar a un cadáver de aquella manera?

El dolor y la rabia se apoderó de él, agarró la espada que yacía junto al cadáver de su padre y se levantó.

—Mi padre no es ninguna porquería..

—Echadlo fuera a él también —ordenó Peter con mayor desprecio aún.

—Hazlo tú, si te atreves —lo desafió Tom.

Poco después Peter de Brooksheeld caía mortalmente herido. La lucha había sido corta y Tom fue apresado y encarcelado de inmediato.

Lo acusaron de asesinato y dos semanas más tarde ordenaron su traslado a Londres. Durante el camino, en una parada, aprovechó un descuido de los guardias que lo conducían y escapó.

Durante días intentó regresar a Reigate y, finalmente, lo consiguió. Le buscaban por toda la región y sólo pudo ver a su madre unos momentos. Tomó cuatro cosas, entre ellas el cuento de Cenicienta, el primer libro que su padre le había regalado cuando era niño, y huyó. Casi no había podido cruzar ni dos palabras con su madre y desconocía los motivos que impulsaron a su padre a ir en busca del señor de Brooksheeld. Su madre le dio algún dinero y le dijo que se dirigiese a Dover. Tenía que abandonar Inglaterra. Dos días después, una noche, contempló las tierras británicas desde la borda del barco que lo conduciría a la costa francesa.

¿Por qué su padre fue en busca del señor de Brooksheeld? Todo había sucedido tan rápido y él tuvo que huir tan de prisa que no había podido enterarse de nada y su madre había guardado silencio ante sus preguntas. ¿Por qué?

Y con estos recuerdos y estas preguntas se durmió.

16 - PRIMERA SANGRE

La mañana era fría y los árboles escondían el carruaje. De vez en cuando, el relincho de un caballo rompía la sutil armonía que rodea a la naturaleza cuando duerme. Dentro de muy poco las primeras luces de la alborada rasgarían la penumbra y horadarían la vegetación para colarse entre las hojas y recortar figuras que la apacible brisa transformaría en mil y una nuevas formas.

En el interior del carruaje, don Santiago sentía escalofríos. No podía atribuirlos a la temperatura, que no era baja, sino a los malos augurios que cruzaban por su mente. Había hecho lo imposible por convencer a los padrinos de José Manuel de Castro. Incluso había intentado hablar de nuevo con ellos antes de subirse al coche y dirigirse a casa de Tom. Los dos padrinos del desafiador le habían contestado que ya era demasiado tarde y que, si tenía algo que añadir, que aguardase hasta encontrarse en el parque, donde los árboles los mantendrían al abrigo de miradas ajenas que, en aquella hora, no debían de existir.

El empresario miró a Tom. El joven permanecía en silencio, con la vista fija en la ventanilla del carruaje. Ya era la hora y su rival llegaba con retraso. ¿Cuánto tiempo lo haría esperar? El señor De Castro actuaba como lo que era: un jugador. Sabía que unos minutos son preciosos, que se convierten en eternidad cuando se espera y que pueden desembocar en la desesperación. Un caballero se habría presentado a la hora en punto. Eso ya le proporcionaba una idea precisa de quién sería su contrincante, si es que no se producía el acuerdo que Flint le había exigido. Inglaterra así lo quiere, le había dicho.

Don Santiago consultó su reloj. Ya pasaban cinco minutos de la hora fijada. Quizás había sucedido algo que impedía que el señor De Castro acudiese a la cita. ¡Sería un milagro! Él había salido de su casa sin hacer el menor ruido, sin despertar al servicio y, al llegar a la puerta, le había parecido escuchar unos pasos. Posiblemente se trataba de Angelines, que la noche anterior, durante la cena, había estado callada casi todo el rato y no probó el segundo plato ni los postres. Se retiró temprano, pero no para dormir. La había oído moverse por la habitación. Sólo una mujer enamorada se preocupa así por un hombre. ¡Lástima que el destino no obraba como sería de desear!

Durante la tarde anterior se había enterado de quién era el señor De Castro: un jugador, un chulo, un hombre que corría tras las faldas, y un mal nacido. Todo menos un caballero. Tom no tenía nada que hacer. La tarde anterior también se había dado una vuelta por el banco y había hablado con don Pedro para sacar diez mil duros. Sabía que Tom guardaba un pagaré en el bolsillo, pero él había preferido traer dinero contante y sonante. Si José Manuel de Castro era tal como le habían explicado, no rechazaría una bolsa bien repleta.

Don Santiago empezó a rezar. Tom le caía muy bien. No sólo porque lo había salvado de la ruina, sino porque era un hombre de pies a cabeza. Tanto era así que lo había escogido por esposo de su hija. ¡Qué decepción! ¡Ay, Angelines! ¿Qué andaría por su cabeza?

Matilde se había levantado temprano y al pasar frente a la habitación de Angelines vio luz bajo la puerta. La muchacha nunca se levantaba tan pronto. Quizás, incluso, ni se había acostado. La noche anterior, cuando subió para ayudarla a desnudarse, la echó. Ya lo haría ella sola, le había dicho. Y, a pesar de que insistió, fue en vano. Matilde también estaba al corriente de cuanto se cocía. Todos lo estaban. Casi podía jurarse que todo Madrid lo sabía.

—¿No van a detenerlos? —había preguntado Angelines.

—Los hombres son unos hipócritas. Promulgan leyes que después no cumplen —le había contestado ella.

La dejó sola. ¡Pobre Angelines! Había dicho que el señor Headking era un orgulloso y un engreído, que no era nada atractivo y que ella nunca podría enamorarse y menos casarse con un hombre como aquél. Una mujer que no siente la menor atracción por un hombre no se comporta de esa manera, pensó Matilde.

Llamó a la puerta y aguardó unos instantes. ¿Y si la noche anterior se había dejado el candil encendido? Abrió con tiento y metió la cabeza. La cama no estaba deshecha y Angelines permanecía sentada en la butaca, frente al espejo. Aún vestía la misma ropa. A través del espejo, Matilde podía ver que los ojos de Angelines aparecían enrojecidos. Había llorado.

—Es la hora, ¿verdad? —exclamó, sin apartar la mirada del espejo.

Matilde afirmó con un ligero movimiento de cabeza. Era la hora.

—Lo amas —dijo. Y no en tono de pregunta.

—Lo amo —respondió Angelines y se cubrió la cara con las manos—. Es un imbécil, pero lo amo —repitió entre sollozos.

—Tu padre ha salido muy temprano. Ayer llegó con una buena bolsa de dinero. Pagará y todo se acabará. No debes preocuparte —la consoló.

—¿Cómo ha podido caer en las redes de una mujer como ésa? Es fea y lleva la maldad escrita en la cara. ¿Te has fijado en sus ojos?

—Me parece que es un poco bizca. El izquierdo mira hacia dentro.

—¿Verdad que sí?

—Porque se estruja la cintura tanto como puede que, si no, parecería un embutido —la azuzó Matilde.

—¿Cómo puede una mujer como ésa engañar a un hombre inteligente como Tom?

¿En qué quedaban: imbécil o inteligente?, sonrió Matilde.

—¿Y si acaba malherido? —se volvió Angelines y miró a Matilde a los ojos—. ¿Y si muere?

—Ya conoces a tu padre. Es capaz de negociar con el propio diablo y salirse con la suya.

El rumor de las hojas llegaba hasta ellos. En esta ocasión no las movía el viento. Poco después apareció otro carruaje, avanzó lentamente y se detuvo a unos veinte metros de donde se hallaban. La portezuela se abrió y tres hombres descendieron. Sus siluetas parecían fantasmas en mitad de las primeras luces del alba.

—Ya han llegado —dijo Tom.

—No te separes del coche y espera a que yo hable con ellos —ordenó don Santiago.

Abandonaron el asiento y descendieron. Tom había escogido calzas cortas y medias, en lugar del pantalón entero con raya. Era más cómodo para batirse. También había escogido una camisa ancha, que no le estorbase lo más mínimo. De color blanco, tal como mandan los cánones. Y, por lo que podía ver, su contrincante había hecho otro tanto.

Los padrinos de José Manuel se dirigieron hacia don Santiago, que también se adelantó unos pasos.

—Buenos días, señor Erquiza —saludó uno de ellos.

—Buen día, señores —respondió don Santiago.

—Normas de caballeros —dijo el que había hablado—. No puede lanzarse la espada al rival...

—Antes de fijar las normas, señor Ardides, he de comunicaros que mi representado ha decidido presentar excusas y pagar. No ha de haber duelo —lo cortó don Santiago, y sacó la bolsa que guardaba bajo la capa.

Ardides se dio la vuelta y se dirigió hacia José Manuel. Hablaron unos instantes. Entonces, Ardides regresó.

—El señor De Castro dice que ya es demasiado tarde —comunicó.

—Lo intenté ayer y...

—El señor De Castro ha sido ofendido en su persona, en la de su hermana, la baronesa, y en la del su cuñado. Demasiadas ofensas para aceptar unas simples excusas.

—Unas excusas y dinero. Hay diez mil duros —replicó don Santiago.

Ardides dudó. La cantidad era importante. De manera que se dirigió de nuevo hacia José Manuel.

Poco después, regresó.

—El señor De Castro dice que quiere cien mil.

—¿Cien mil duros? —casi gritó don Santiago—. No disponemos de tanto dinero. En todo caso, podríamos añadir diez mil más. Ahora mismo. Mediante un pagaré.

Ardides habló de nuevo con José Manuel. Don Santiago se mordía los labios y rezaba.

—Si sólo disponéis de veinte mil duros, habrá duelo. El señor De Castro dice que, después de haber acabado con el señor Headking, se conformará con los veinte mil duros, porque es norma de caballeros que quien pierde ha de satisfacer todas las deudas —fue la respuesta de Ardides—. En caso contrario, han de ser cien mil. Y de ahí no baja. Él es un caballero.

—Sí, un caballero —murmuró don Santiago.

—¿Acaso lo ponéis en duda?

—El señor De Castro aún no ha vencido —se enfadó don Santiago, pero rectificó de inmediato—. Quiero decir que no tiene porqué llegar a ningún extremo. El señor Headking considera que el señor De Castro tiene razón y...

—No perdamos más el tiempo, señor Erquiza. Ya hay suficiente luz —lo cortó Ardides—. Normas de caballeros.

—Un momento. He de hablar con mi representado —dijo don Santiago.

—Rápido, por favor —exclamó Ardides.

El empresario se dirigió hacia donde estaba Tom.

—Ese hijo de puta quiere cien mil duros —dijo, muy enfadado—. Tendremos que hipotecar...

—Ni hablar —exclamó—. Estamos pagando los barcos y no podemos disponer de tanto dinero sin poner en peligro la empresa. No lo permitiré.

—Podemos hacerlo. Tú y yo juntos...

—No. El señor De Castro busca algo más que dinero.

—¿Qué puede buscar?

—No lo sé, pero no perdamos más tiempo. Decidle que acepto el duelo.

—¡No puedes, hombre! —exclamó don Santiago—. ¿Has perdido el juicio?

—Llevo demasiados días perdiéndolo, así que no importa —dijo Tom.

Don Santiago iba a replicar, pero la mirada del joven lo decía todo. No había nada que hacer, de manera que fue a hablar con Ardides.

—Normas de caballeros —aceptó don Santiago.

Habría querido insultarlo, saltarle encima y machacarlo. En su juventud lo habría hecho. Sin embargo, ahora eran otros tiempos y otras circunstancias. Sólo faltaría que aquel duelo se convirtiese en un doble duelo.

Se retiró pensativo y se dirigió a Tom.

—No sé cómo detener esta locura —exclamó don Santiago.

—Ya habéis hecho más de lo que debíais. Os lo agradezco —sonrió Tom—. La vida es así —añadió, y se quitó la chaqueta y el pañuelo que llevaba al cuello.

Ardides vino hasta ellos con dos floretes en la mano. Los agarró por la punta, extendió el brazo para apoyarlos en él y se los ofreció a Tom.

—Escoged uno —dijo.

Tom observó las armas. Eran idénticas. Tomó una, Ardides le dedicó una corta reverencia con la cabeza, se retiró y entregó la otra a José Manuel.

Evidentemente, De Castro sabía que cien mil duros era demasiado dinero, pero si su hermana quería romper con el negocio él había de vengarse convenientemente. O comían todos o no comería nadie.

Los dos hombres avanzaron hasta situarse uno frente al otro. Ambos empuñaban el arma con la mano derecha.

—Normas de caballeros, señores. El arma no abandonará las manos y no puede ser arrojada, ni puede herirse a un rival que ha caído al suelo, no... —recitó Ardides todas las condiciones impuestas por el honor. Finalmente, cuando acabó, se apartó y ordenó—: En guardia, señores.

Los dos floretes se alzaron y las puntas se cruzaron.

La última noticia que Albert Flint tenía era que todavía seguían las negociaciones. Eso había tenido lugar la noche anterior, hacia las diez. Después se había acostado y se había dormido enseguida, pero hacia las seis se había desvelado y se había levantado. ¿Habrían alcanzado un acuerdo? ¿Había obrado con cordura al hablar del asunto con el embajador? ¡Por supuesto! Sí, en respuesta a ambas preguntas. No podía ser de otra manera. José Manuel de Castro sólo iba tras el dinero. Una vez cobrada una buena suma, perdía todo interés por cualquier otro tipo de satisfacción. Sin embargo, ¿por qué se había despertado?

¿No sería Tom Headking tan estúpido como para romper su palabra y enfrentarse a aquel desgraciado? ¡No, sería absurdo!

No había empleado las mismas palabras que el embajador para evitar el duelo. No le había dicho a Headking que no debía batirse porque no era un caballero, a pesar de que el argumento de sir Arthur Gray era contundente y demoledor. Flint sentía simpatía por aquel joven.

No debería haber enviado el mensaje a Gordon, pensó de pronto. Se había precipitado y ahora ya no podía detener al mensajero. Cuando Gordon recibiese la noticia... ¡Cielo Santo! No quería ni pensar en ello. Debería haber esperado el desenlace y entonces... Entonces, si todo iba bien, ni siquiera tendría que informar de aquel incidente, y si salía mal...

Los floretes se apartaron. José Manuel sonreía divertido. Había acertado. Headking no parecía ningún experto con las armas. Empuñaba el florete correctamente. Eso, sí. Pero no daba la sensación de que fuese capaz de mucho más. Avanzó dos pasos con rapidez por tantear a su rival y lanzó una estocada blanda, que Tom desvió con agilidad. Eso no había estado mal. Quizás se había precipitado en su valoración, pensó José Manuel.

¡Bien! Jugaría un rato con él. Acabar demasiado pronto dejaría tan a las claras su superioridad que la gente no valoraría su acto. Al contrario, dirían que se había aprovechado de un pobre desgraciado. ¿Matarlo? Quizás bastaría con una buena herida. ¿Tal vez, una estocada en algún punto delicado? Sí, era una buena idea. Un punto delicado para un hombre. Eso buscaría. Y su hermana... ¡Ah, su hermana! Quizás entonces le permitiría gozar de sus favores. Todos los hombres se volvían locos por ella. Y deseaba descubrir su secreto. Pero, ahora, la tarea era otra y debía concentrarse.

Isabel entró en la habitación y descorrió las cortinas para que entrase la luz de la mañana. Mariana había dado orden de que la despertasen temprano. Tenía que arreglarse para ir a la iglesia de la Virgen de la Esperanza. Allí estarían sus amigas. Aquél era el único paseo que se permitía, cada mañana, con su marido en el lecho de muerte. ¿En el lecho de muerte? El muy idiota se aferraba a la vida con desesperación. ¿Qué pretendía? ¿Continuar haciéndole la puñeta? ¿Seguir padeciendo como un desgraciado?

Mariana no había conseguido hacerse un hueco entre la gran aristocracia, entre los importantes, pero todas las damas de segunda fila la respetaban. ¿Respeto o envidia? Todas admiraban a José Manuel y sentían envidia de ella por tener un hermano como el que tenía, a pesar de que ellas, naturalmente, no lo veían precisamente como a un hermano ni deseaban que cuidase de su virtud, sino de algo muy distinto. Sonrió ante aquel pensamiento. Que se lo quedasen todo para ellas. Dentro de poco recibiría la noticia de que Tom había regresado. Entonces hablaría con él, Abelino moriría y su vida cambiaría.

Hacía un par de días que había enviado de nuevo a Isabel a la empresa de Tom. Aún no había regresado, le había dicho la sirvienta siguiendo las instrucciones de José Manuel.

Tom era todo un hombre y ella no había mentido cuando su hermano le había preguntado por él. Además, era un buen partido. Tenía dinero, un buen negocio y como hombre era el mejor que había conocido.

El barón moriría pronto y Tom ocuparía su lugar. ¡Ay! Una nueva vida la esperaba.

Tom deshizo el molinete y se quedó plantado frente a José Manuel. Ya llevaban unos minutos batiéndose y ya sabía mucho más sobre su contrincante. De Castro se crecía por momentos. Tenía muy claro que Tom no era un rival de su talla. Tom había cometido incluso algún pequeño error. No demasiado grave, y, por fortuna, lo había corregido enseguida. Hacía tiempo que no empuñaba la espada y su rival había decidido jugar un rato con él. Aquí podía hallar su única oportunidad, si mantenía la sangre fría y recordaba las enseñanzas que recibió en casa del señor de Brooksheeld, cuando era compañero de su hijo y le servía para entrenarlo en el manejo del acero. Lo que no imaginaba Peter era que Tom se quedaba cuando acababa la clase y que su maestro, un gran maestro, le había enseñado algunos detalles y algunos trucos que el hijo del amo no tomaba en consideración, pero que a él le salvaron la vida. Peter de Brooksheeld cayó en un abrir y cerrar de ojos. Sin embargo, De Castro era de otra pasta. Tenía experiencia y sabía muy bien lo que se hacía.

—No repitas dos veces el mismo golpe —le había explicado el maestro—. Pero eso no quita que puedas iniciar un movimiento que recuerde a tu adversario otro ya ensayado y le induzca a caer en el error de responder de igual forma. El arte de la esgrima es el arte de la improvisación finamente estudiada. Aunque pueda parecer que todo es producto de la intuición, nada queda en manos de la improvisación. Cuando des un paso has de saber cuáles son los veinte posibles siguientes. Así reaccionarás de la forma más adecuada. Procura que tu adversario se confíe, que crea que es superior a ti, porque cuanto más se confíe más posibilidades habrá de un error por su parte. Y, sobre todo, procura mantener siempre la sangre fría.

Y lo había hecho durante todo el tiempo. Pero, tenía frente a sí alguien que no cometía errores, alguien que manejaba una espada como si fuese la prolongación de su brazo, que medía cada movimiento y que no ofrecía puntos débiles. Tom era consciente de que, si José Manuel se hubiese empleado a fondo desde del primer momento, el duelo ya habría terminado. No le quedaba más remedio que seguir esperando su oportunidad. ¡Y no fallar!

José Manuel lo obligó a retroceder diez pasos con tres estocadas. No podía esconder que disfrutaba a placer. Tom contraatacó y su rival se mostró satisfecho. Aquella reacción permitía a José Manuel ganar puntos ante sus testigos, que relatarían que no había sido fácil y que el contrincante tenía talla.

Don Santiago contemplaba la escena y padecía con cada movimiento de José Manuel. La diferencia era tan evidente que lo único que le quedaba por hacer era implorar que la estocada no alcanzase ningún punto vital. Se había mordido el labio inferior por lo menos tres veces. Incluso pensaba que sangraba.

Aquella historia estaba durando demasiado, decidió José Manuel. Cuando menos, él ya tenía suficiente. Se había citado a las diez con una dama y aún tenía que lavarse y vestirse. De manera que había llegado el momento de acabar con Tom. Retrocedió un paso, levantó el florete, lo puso horizontal a la altura del hombro, y atacó con pasos cortos y mesurados, empujando a Tom, que se vio obligado a ceder terreno.

De pronto bajó el acero muy de prisa y simuló una estocada para acto seguido subir la punta y buscar el costado de su rival. Tom esquivó el ataque en el último instante, pero no pudo impedir que la punta del florete le rasgase la camisa y lo hiriese. Se plegó a un costado, estuvo a punto de perder el equilibrio, pero se rehizo y respondió lanzando un par de estocadas a su adversario, que retrocedió.

Una mancha carmesí se destacó sobre el blanco de la camisa y a don Santiago el corazón le dio un vuelco.

—¡Sangre, señores! —exclamó el empresario—. Hay que detener el duelo.

—Normas de caballeros, señor Erquiza —replicó José Manuel, con una sonrisa de desdén.

—¡Bien! —sonrió don Santiago—. El duelo ha concluido.

—Habría concluido si el señor Headking no hubiese levantado el arma —seguía sonriendo José Manuel—. Pero, ha respondido. Ahora, ya no es un duelo a primera sangre.

—Pero...

—¡Silencio! —dijo Ardides—. Normas de caballeros. El señor Headking no ha aceptado la primera sangre.

Don Santiago tragó saliva y se mordió de nuevo los labios. Él no entendía demasiado de duelos. Miró a Tom. En los ojos del joven vio que acababa de cometer un grave error, pero la rabia había podido más que el buen juicio.

José Manuel avanzó de prisa procurando abrir un resquicio en la guardia de Tom, que pudo reaccionar a tiempo. De Castro se preparó de nuevo y avanzó con rapidez.

Había llegado el ataque definitivo, pensó don Santiago, y de nuevo tragó saliva. Rezaba para que Tom, al recibir la estocada, cayese al suelo y no se levantase. Las normas de caballeros impiden atacar al adversario cuando ha caído.

17 - PUNTO Y APARTE

El comisionado abandonó su despacho para dirigirse al de sir Blum. Se arregló los puños, echó una ojeada a las medias y...

—¡Ferguson! —exclamó dando un salto atrás.

Otra vez aquel idiota y sus apariciones teatrales. Algún día lo mataría de un ataque al corazón, si es que Gordon no acababa antes con Ferguson.

—Os traía un mensaje urgente de Madrid, pero sir Blum me lo ha arrebatado de las manos —dijo el funcionario—. Por eso os esperaba.

—¿Qué decía el mensaje?

—Headking ha sido desafiado por José Manuel de Castro.

Los labios de Gordon se torcieron hacia abajo, aún más, y apareció un pequeño rictus en su ojo izquierdo.

—¿La baronesa? —preguntó con timidez y temor.

—Me temo que sí, señor.

El comisionado puso los ojos en blanco, no respondió y se dirigió al despacho de sir Blum. Aquella noticia acarrearía, a buen seguro, terribles consecuencias.

Entró apesadumbrado y captó enseguida la media sonrisa burlona de sir Blum, que no podía esconder su satisfacción.

—Discreto y prudente —dijo—. ¿Fueron ésas vuestras palabras? —afirmó lentamente—. Discreto y prudente —repitió, contemplando el mensaje—. ¡Anónimo! —añadió.

Gordon tenía el rostro encendido como un tomate maduro y no era capaz de replicar a su superior. Sir Blum se levantó de la silla, le entregó el mensaje y le dio la espalda.

—Vuestro hombre, escogido por discreto y prudente, ha caído en las redes de la baronesa. Igual que el capitán Lear —dijo sir Blum, mirando por la ventana.

—El mensaje no dice que se hayan enfrentado —replicó Gordon.

Sir Blum se volvió lentamente y se quedó mirando a su subalterno. Sonrió divertido.

—Sólo dice que el duelo tendrá lugar... Mejor dicho: que ya ha tenido lugar —señaló la ventana—. ¿Creéis que es propio de un hombre discreto y prudente medirse con la primera espada de Madrid?

—Tendría que conocer los detalles para pronunciarme. Todavía no sabemos si se han enfrentado. Quizás Flint ha conseguido detener el duelo. Por lo menos, eso es lo que dice: que lo intentará —repitió Gordon. Carecía de más argumentos.

—¡Oh!—exclamó sir Blum, alzando las manos. Estaba disfrutando como nunca—. ¿Cómo lo definisteis? ¡Ah, sí! Una bocanada de aire fresco. ¿Fueron también ésas vuestras palabras? Vos lo tenéis todo bajo control. Un plan infalible, dijisteis. ¡Sí! Un plan que no va a ninguna parte —dijo con sarcasmo—. Hemos pintado el Forrester y lo hemos rehecho de arriba abajo para convertirlo en otro barco; hemos reparado el Argos; hemos enviado cañones a Gibraltar para armarlos; y ahora no servirán para nada. ¿Dónde está la infalibilidad de vuestro plan? ¿Y dónde está el hombre perfecto?

Era evidente que sir Blum ya daba por muerto a Headking, y a Gordon por destituido y enterrado.

—Lord Grenville ha tenido que ausentarse pero regresa dentro de tres días —dijo sir Blum—. Tenéis tiempo más que sobrado para entregarme un informe detallado de todo este asunto y de todos los que lleváis entre manos —y le dio de nuevo la espalda. La conversación había terminado.

El comisionado asintió sin despegar los labios y salió.

Aquella noche, Helen vio a su marido derrotado. No había dejado de hablar en todo el rato en voz baja. Un murmullo, casi una oración.

—Nuestros hijos ya son mayores —dijo la señora Gordon —. Disponemos de suficiente dinero para vivir tranquilamente el resto de nuestros días. Además, tú ya querías retirarte.

—Sí, pero no en estas condiciones. Es mi honor lo que está en juego —contestó Gordon.

—No podías prever esta circunstancia.

—Flint debería haberla previsto —objetó Gordon—. Y yo debería haberle vigilado de cerca. Me he confiado demasiado.

—Si no quieres cenar, vamos a dormir. Mañana será otro día.

—Sí. Posiblemente mi último día.

—Vamos.

—Luego iré. Deseo quedarme a solas un rato.

Helen abandonó la sala y cerró la puerta. Sabía que aquel trabajo lo era todo para su marido, a pesar de que cuando se enfadaba gritaba que ya había trabajado suficiente y que lo mejor era retirarse.

¿Qué sería de él, ahora? No soportaría una afrenta como aquélla. ¿Qué pensaría la gente? ¿Y sus hijos? Toda su vida había trabajado para el gobierno de Su Majestad. No podía ser que un error acabase con tan brillante carrera. Sin embargo, sir Blum era vengativo e implacable y no se detendría hasta que Gordon hubiese sido expulsado del ministerio. ¡Mal asunto!

*** ***

Mariana bajó el velo del sombrero para cubrirse el rostro, salió a la calle y se dirigió hacia la pequeña plaza. Eran cerca de las diez y el sol se había levantado alegre. Respiró hondo.

Enfiló hacia la iglesia, entró y se dirigió a la pila de agua bendita.

La nave permanecía en la paz de la espiritualidad que se elevaba hacia los cielos. Cuando llegó a la pila de agua bendita, tuvo que aguardar unos instantes hasta que sus ojos se acostumbraron a la penumbra del rincón. Tomó agua con la punta de los dedos, se persignó y entonces descubrió a la señora de Pontefondo acompañada por otras dos mujeres. Cuchicheaba y las otras dos la escuchaban embobadas y asentían de vez en cuando.

¡Bien! Había llegado el momento de la representación teatral de cada mañana. Se dirigiría hacia ellas, se arrodillaría, sacaría el rosario de la pequeña bolsa que traía consigo y cruzaría las manos delante del pecho. Después, con estudiada tristeza, alzaría los ojos, piadosamente, hacia la imagen de la Virgen y dejaría que sus labios se moviesen. De hecho se trataba de un movimiento mecánico y no pronunciaba palabra alguna, pero como sus amigas no lo sabían...

Se acercó lentamente. Aún no se habían percatado de su presencia. Al llegar pudo captar parte de la conversación.

—¿Seguro? —preguntaba una de ellas.

—Lo juro por lo más sagrado —contestó la de Pontefondo.

—¡Qué vergüenza! —exclamó la otra.

—¿De qué habláis? —se interesó Mariana.

La señora Pontefondo se calló de pronto, dirigió una significativa mirada a las otras dos mujeres y las tres se levantaron y abandonaron la iglesia.

¿Pero... pero... qué había sucedido?

*** ***

Matilde abrió la puerta y se sobresaltó al ver que don Santiago entraba arrastrando a Tom, que llegaba con el brazo plegado a su costado izquierdo y una gran mancha de sangre que llenaba casi por entero la camisa blanca.

La criada se tapó la boca con la mano para detener el grito, pero otra exclamación llegó al recibidor.

Angelines descendió corriendo la escalera y asió a Tom por el otro lado. El joven se quejó y todavía se plegó más. Entonces, ella se asustó y lo soltó.

—De prisa. Llevémoslo al sofá —ordenó—. Y tú, Matilde, llama a un médico. ¡Vamos!

Don Santiago condujo a Tom hasta el sofá de la sala, mientras Matilde salía corriendo y Angelines abría las puertas, buscaba un cojín y lo disponía para que el herido pudiese descansar la cabeza.

—¡Dios mío! —gritó al descubrir que la sangre empapaba hasta la espalda del joven—. Traedme agua y vendas —ordenó a su padre, que abandonó la sala.

—Lo siento —dijo Tom—. No quería...

—Calla, que estás malherido —lo miró Angelines con preocupación, mientras le desabrochaba la camisa.

Don Santiago entró con una palangana llena de agua y unas cuantas vendas.

Angelines retiró la camisa y empezó a limpiar la sangre. Le daba miedo descubrir el alcance de la herida y procuraba hacerlo todo con sumo cuidado. Su padre permanecía en pie, quieto, junto a ella, sosteniendo la palangana de agua que enseguida se tiñó de rojo.

—Traedme más agua limpia —dijo Angelines.

Don Santiago obedeció y regresó poco después. Los dos jóvenes permanecían en silencio. Tom la miraba.

—Es muy fuerte y se curará —dijo el empresario.

—¿Y vos qué sabéis? —le contestó Angelines—. Podría morir.

—No es mi intención —dijo Tom.

Angelines lo miró. Un par de lágrimas se escapaban de sus ojos.

La puerta de la calle se abrió y poco después apareció Matilde acompañada por el médico, que apartó a Angelines y examinó la herida.

—No afecta a ningún órgano —dijo el médico—. Con una buena desinfección y un buen cosido habrá más que de sobra. Tendréis que hacer reposo durante unos días. Esta vez José Manuel de Castro se ha conformado con muy poco.

—Sería más correcto decir que no ha podido hacer más —dijo don Santiago con voz llena de orgullo, más calmado al oír las palabras del doctor.

El médico miró a don Santiago sorprendido.

—Tom lo ha mandado al hospital —añadió don Santiago.

—No es posible —exclamó el médico.

—¡Por supuesto que sí! —rió don Santiago. Ahora se le veía eufórico—. Ha sido increíble. Aun herido, Tom ha detenido una estocada, ha cambiado el florete de mano y... ¿Cómo lo has hecho?

Don Santiago no era capaz de poner en palabras lo que había presenciado en el parque, pero lo recordaba vivamente, como si fuese ahora mismo. José Manuel había decidido rematar la faena y se había lanzado adelante con el acero apuntando al pecho de Tom, que había desviado la estocada hacia la derecha. Sin darle tiempo a reaccionar, el joven, situado a la diestra de su adversario, había cambiado el florete a la mano izquierda, había levantado el brazo bien alto y lo había bajado en línea recta. La punta del arma penetró entre la clavícula derecha y el hombro de

José Manuel, como si se tratase de un toro de lidia que recibe el estoque del matador. De Castro había soltado su arma y había vuelto la cabeza, incrédulo ante lo que se ofrecía a sus ojos. El acero, completamente vertical, a un dedo de su nariz, acababa de perforarle el pulmón, y allí permanecía. Notó que le faltaba el aire, retrocedió dos pasos y cayó sentado en el suelo. Oyó lejana la voz de Ardides, que protestaba.

—Eso no es de caballeros —decía Ardides, desencajado.

—Os equivocáis, señor —respondió Tom—. Las normas de caballeros establecen que el arma no abandonará las manos ni será arrojada. Yo no la he arrojado. La he cambiado de mano. Y no la he soltado hasta que se ha enterrado en el señor de Castro.

—No discutáis, imbéciles —se oyó la voz medio apagada de José Manuel.

Se habían llevado al herido y don Santiago, eufórico, había abrazado a Tom, que se quejó. El pobre empresario había olvidado la herida del joven. Entonces lo había acompañado hasta al coche y había ordenado que los condujeran a su casa.

Ahora, se sentía feliz. Todo había concluido y bien podía decir que sus oraciones habían sido escuchadas por el buen Dios.

—Ha podido matarte —exclamó Angelines, arrodillada junto a Tom, y alzó la mano para soltarle una bofetada, pero se arrepintió, empezó a sollozar y abandonó la sala.

—Te ama, muchacho —exclamó don Santiago, contento y satisfecho.

—¿Cómo puede amarme después de lo que he hecho?

—Conoces muy poco a las mujeres —rió don Santiago—. Si no estuvieses herido, te habría soltado un par de bofetones. Eso sólo lo hace una mujer enamorada. ¿No es así, doctor?

—Así es, amigo mío —respondió con una carcajada.

*** ***

Sir Arthur Gray llenó sus pulmones con todo el aire de la estancia. Tenía frente a sí a Albert Flint, que acababa de comunicarle la noticia.

—Enviad un mensaje urgente a Londres. No quiero que lord Grenville sufra demasiado.

—Ya he cursado la orden, excelencia —respondió Flint.

—¡Bien! Una gran noticia. El honor británico ha sido lavado —sonrió sir Gray—. Siempre he dicho que un caballero inglés es un caballero de pies a cabeza.

—Sí, excelencia —afirmó Flint, e hizo una leve reverencia antes de retirarse.

Una vez fuera, Albert Flint meneó la cabeza y chasqueó la lengua. Lo que había dicho sir Gray no era precisamente que un caballero inglés fuese un caballero de pies a cabeza, sino que Headking no era un caballero. ¡Cómo cambia la visión de la jugada, según sean las circunstancias!

*** ***

Francisco, el mayordomo de Godoy, ordenó descorrer las cortinas en el preciso instante en que el primer ministro entraba en el comedor.

—Sólo tomaré café —dijo Godoy—. Un café con leche, bien caliente —corrigió—. Con dos tostadas y mermelada —todavía añadió.

El mayordomo hizo una reverencia y salió para dar las órdenes oportunas. Godoy se sentó y desplegó la servilleta. Parecía cansado. La noche había sido larga. Larga y completa. Aquella mujer tenía una piel suave y un cuello largo y esbelto. Pero lo más largo era su lengua. ¡Y cómo la manejaba, la condenada! Sonrió ante el recuerdo.

Francisco entró enseguida acompañado de María, que llevaba una bandeja.

—El jefe de policía está aquí, excelencia —anunció el mayordomo.

—¿Ruipérez? —se extrañó Godoy.

—Dice que se trata de un asunto delicado.

—¡Bien! Hazlo pasar y esperemos que no me eche a perder el café.

Francisco se retiró y regresó acompañado por un hombre bien vestido, con un gran bigote, no demasiado alto y un poco grueso, que inclinó la cabeza al llegar a presencia del primer ministro.

—Excelencia —saludó.

—Sentaos, Ruipérez —le indicó una silla Godoy—. ¿Os apetece una taza de café?

El interpelado afirmó con la cabeza y Godoy le hizo una señal a María, apuntando a la cafetera y luego al invitado.

María escogió una taza, la llenó de café, buscó el azúcar y se plantó frente al jefe de policía.

—Dos, por favor —dijo Ruipérez, sin mirar a María.

—No puede oíros. Indicádselo con los dedos.

Dos, señaló el jefe de policía con los dedos, y María se retiró para echar dos cucharaditas de azúcar en el café.

—Esta mañana ha tenido lugar otro duelo —dijo Ruipérez.

—Hacía días que no teníamos diversión —sonrió Godoy—. ¿De quién se trata?

—De don José Manuel de Castro.

—Eso significa que hay un pobre desgraciado que no quería pagar por los servicios de la baronesa de Malpica —rió Godoy—. ¿Quién es?

—Un inglés residente en Madrid. Tom Headking es su nombre.

—¿Headking? ¿De qué me suena?

De pronto María, que se dirigía hacia el jefe de policía para ponerle la taza de café, tembló y casi lo derramó. Ruipérez dio un brinco hacia atrás en la silla.

—Disculpadla, señor —se adelantó Francisco, con una servilleta en la mano, y puso remedio antes de que el café alcanzase la calza del jefe de policía.

María intentó ayudar. Las manos le temblaban.

—¿Qué le sucede?

—No lo sé, excelencia —respondió Francisco, que se volvió hacia María, interrogándola con la mirada.

María juntó las manos como si rezase para pedir perdón.

—No ha sido nada —dijo Godoy con una sonrisa y un gesto para calmar a la mujer.

La sirvienta inclinó la cabeza, se retiró unos pasos y buscó un lugar que le permitiese estar al tanto de los movimientos de los labios.

—Me decíais, señor Ruipérez, que el rival era Tom Headking —invitó a continuar Godoy al jefe de policía.

—Es socio de don Santiago Erquiza, que tiene una empresa...

—¡Ah, sí! Ya sé de qué me sonaba. ¡Claro! Erquiza es quien me proporciona el aceite y los quesos por recomendación de Su Majestad la Reina. ¡Pobre hombre! Erquiza tendrá que buscarse otro socio.

—No, excelencia. El señor Headking ha recibido una herida en el costado, pero sigue vivo —respondió Ruipérez.

—Tanto mejor para él.

María exhaló todo el aire de sus pulmones en un largo suspiro de alivio, que obligó a Ruipérez a mirarla, sorprendido.

—¿Sucede algo? —se interesó Godoy—. Oh, no os preocupéis. La pobre es sordomuda.

—¿Seguro que es sordomuda? —se interesó Ruipérez.

—¡Por supuesto!

—Pues, perdonadme, pero yo juraría que sabe muy bien de qué estamos hablando —replicó Ruipérez, escondiendo el rostro y bajando el tono de su voz.

—Es imposible —rió Godoy.

—Cuando he pronunciado el nombre de Headking, a ella casi se le ha caído la taza —dijo Ruipérez casi sin mover los labios—. Y cuando he dicho que Headking seguía vivo, ha suspirado aliviada.

—Imaginaciones vuestras.

—Quizás —respondió Ruipérez sin convencimiento.

Godoy hizo un gesto con la mano y Francisco y María abandonaron el comedor.

—La policía siempre sospecha de todo el mundo —sonrió Godoy—. ¿Estáis más tranquilo así? ¡Bien! ¿Es grave la herida del señor Headking?

—No, pero la de José Manuel de Castro, sí. ¡Y mucho! Se teme por su vida.

—¿Ha ganado el inglés? —exclamó Godoy.

—Sí, excelencia.

—¡Eso sí que es una novedad! Os agradezco que me traigáis estas noticias.

—No es por eso por lo que he venido, a pesar de que está relacionado.

—¿Ah, no?

—La noticia ha corrido como un reguero de pólvora por todo Madrid. Dentro de poco recibiréis la visita de monseñor Mendoza. El clero exige que se cumpla la ley y que se ponga fin a los duelos.

—Supongo que, una vez fuera de circulación José Manuel de Castro, viviremos una época tranquila. La aprovecharemos para endurecer la postura oficial.

—Sí, pero ¿qué hacemos en este caso? Los inquisidores también han tomado cartas en el asunto.

Godoy le dio un mordisco a la tostada, respiró hondo, masticó lentamente, meditando, y sonrió.

—Si a De Castro le hemos disculpado sus éxitos, también habremos de disculparle su fracaso. ¿No creéis?

—¿Cerramos los ojos? Pensad que monseñor...

—Ya me ocuparé de él.

—¿Y si la baronesa interpone denuncia?

—¿La baronesa? —rió Godoy—. No creo que ella tenga el menor interés en presentar una denuncia. Perdido su defensor, el escándalo todavía sería mayor.

—Como vos ordenéis, excelencia.

—No, amigo mío. Como la lógica manda, diría mejor. No obstante, tened bien presente que ya no queremos más duelos. Que corra la noticia.

—De acuerdo —aceptó Ruipérez.

El jefe de policía apuró la taza de café, se levantó, saludó y se fue.

Godoy se quedó pensativo. Decían que Mariana de Malpica era una mujer muy especial, que volvía locos a los hombres. ¿Cuál sería su secreto? Ahora que ya no contaba con su defensor, tal vez se mostraría más asequible. De hecho la baronesa de Malpica era parienta suya. Lejana, por parte de su marido, el barón, a quien ni siquiera recordaba. Quizás debería hacerle una visita o mandarla llamar. No sería mala idea, si el infortunado de su hermano llegaba a morir. Consolar a las pobres mujeres forma parte de los asuntos de Estado, que ha de velar en todo momento por el bienestar de los ciudadanos y de las ciudadanas. ¿No era ésa la filosofía que predicaban los franceses con su revolución?

*** ***

El ministro Grenville vio aparecer a Gordon. Llevaba un rato reunido con sir Blum y no mandó llamar al comisionado hasta que el jefe de los servicios de información se hubo despachado a placer.

—Adelante, Gordon. Sentaos —indicó lord Grenville una silla.

Le caía bien aquel hombre. No obstante, no podía pasar por alto que las circunstancias favorecían ampliamente a sir Blum, que había exigido la dimisión inmediata de Gordon. Lo había calificado de inútil, de ambicioso, de imprudente y de unas cuantas cosas más. La decisión no era fácil.

—Es evidente que nos hemos equivocado al dejar en manos de un asesino un asunto de esta importancia —dijo el jefe de los servicios de información.

—Sir Blum —lo cortó lord Grenville.

El jefe de los servicios de información dejó caer los párpados con aire de suficiencia y se acarició la barba.

—Perdonad, lord Grenville, pero ya dije que Headking no era la persona adecuada para un trabajo tan delicado. Un asesino...

—Basta, sir Blum. Hablaré yo —lo cortó de nuevo.

—Yo continúo pensado que Headking es nuestro hombre —dijo Gordon.

Lord Grenville lo miró sorprendido y sir Blum puso unos ojos como platos.

—¿Aún os atrevéis a defenderlo? —exclamó el jefe de los servicios de información, y estuvo a punto de soltar una carcajada —. Es inaudito. ¿Cómo sois capaz de decir eso, si lo más seguro es que ya esté muerto?

—Sí, señor. Es nuestro hombre —sonrió Gordon, y dejó sobre la mesa el mensaje que traía en la mano.

Lord Grenville tomó la nota y la leyó. Alzó la vista y se quedó mudo. Después, reaccionó y le entregó el documento a sir Blum. Había sonado la hora de la venganza, pero no para sir Blum, sino para Gordon.

—Headking nos ha librado de un peligro que ya nos ha costado tres hombres. Nadie lo habría hecho mejor —dijo con una sonrisa.

Sir Blum sopló repetidas veces con los ojos bien abiertos. Era una olla a punto de hervir e incluso se le habían enrojecido las orejas.

—Toda la operación se ha ido al traste —dijo con rabia—. Hasta ahora era discreto, pero este asunto le ha proporcionado fama y los servicios de policía españoles le habrán echado el ojo encima. Sea como sea, ya no nos es útil.

—Permitidme que os corrija, sir Blum. Ahora Headking es más valioso que nunca —replicó Gordon—. Si la policía española lo investiga, descubrirá que es un proscrito. ¿No es eso lo que perseguíamos?

—¿No es eso lo que deseábamos? —repitió la pregunta lord Grenville, mirando al jefe de los servicios de información.

—Bien... sí... —dijo sir Blum, y guardó silencio.

—Espero que los cañones que enviamos a Gibraltar estén a punto. No se sabe nunca cuándo tendremos que subirlos a bordo del Argos y del Forrester —sonrió Gordon, con ironía.

—Ya están a punto, señor ministro —respondió sir Blum, con los labios bien apretados y finos.

—Pues, por lo menos, hay algo que habéis hecho como es debido —dijo lord Grenville.

Sir Blum se puso en pie y, sin despedirse, se dirigió hacia la puerta y salió.

Una vez solos, Gordon suspiró satisfecho.

—A partir de hoy, punto y aparte —dijo el ministro.

—¿Qué queréis decir?

—Me habéis entendido perfectamente. Todos navegamos en el mismo barco. No toleraré otro enfrentamiento entre vos y sir Blum. En cuanto a Headking, no quiero más heroicidades.

—Supongo que eso vale para ambos —se atrevió a decir Gordon.

—Preocupaos de vos y dejadme a sir Blum a mí.

—Entendido, señor —aceptó Gordon— Por cierto —dijo, y lord Grenville lo miró a los ojos—. Ahora que ya no estamos en guerra, quizás sería el momento oportuno para recordar al primer ministro que le prometimos a Headking el perdón del rey.

—Me ocuparé personalmente.

El comisionado se levantó y se dirigió hacia la puerta.

—Gordon —lo detuvo lord Grenville— ¿Estáis al corriente de los detalles?

—No, señor.

—Me agradaría disponer de un informe detallado.

—Me pondré en contacto con Flint, señor ministro.

Gordon hizo una reverencia y salió. Una vez fuera cerró la puerta y sonrió. Su honor había quedado a salvo.

18 - UN PEQUEÑO LÍO

La ascensión de Napoleón, aquel joven general que los había echado de Tolón, comenzaba a ser inquietante. Acababa de ser nombrado comandante del ejército interior francés gracias al vizconde Paul de Barras, su protector. El oficial que, según sir Blum, había tenido un golpe de fortuna, estaba demostrando que era un gran estratega y Francia volvía a acercarse a España, después de haber firmado la paz. El Directorio y Godoy negociaban. El primer ministro español, seguía pensando Gordon, era peligroso. Había dado la vuelta a las tornas y había salido reforzado tras haber conseguido que Francia se conformase con la isla de Santo Domingo, cosa que a Inglaterra no favorecía nada. Lord Grenville había dicho que sólo les quedaba la oportunidad de atracar las Antillas, siempre que España, tal como parecía, se mantuviese neutral en América. Además, Godoy, después del tratado de Basilea, había recibido en premio el título de Príncipe de la Paz, y William Pitt no creía que el rey Carlos IV aceptase una nueva guerra. La economía de España estaba maltrecha.

Aun así, España todavía disponía de la mayor flota naval de todos los tiempos. Trescientos ocho barcos no eran ninguna bagatela. Por suerte, Godoy, según las informaciones recibidas de Headking, se mostraba más preocupado por el Mediterráneo que por el otro lado del Atlántico. De hecho, no había respondido al incremento del contrabando que los barcos británicos llevaban a cabo en el Nuevo Continente. Eso les permitía expandir sus mercados.

—¿Qué hay del perdón de Headking? —había aprovechado lord Grenville para plantearle de nuevo el asunto al primer ministro—. Ahora no estamos en guerra y Su Majestad no pondrá ningún impedimento. Sobre todo, después de ver lo que ha sido capaz de hacer por Inglaterra.

—Volveré a plantear el caso.

Cuando el ministro de Exteriores abandonó el despacho, William Pitt se quedó pensativo. La policía española había investigado a Headking y había llegado a la conclusión de que no constituía ningún peligro. Habían descubierto que tenía deudas pendientes con la justicia británica. Si todo iba como los hechos y las informaciones apuntaban, España declararía la guerra a Inglaterra y, entonces, Headking sería una pieza clave. Hablaría con el rey Jorge, pero antes volvería a mover los hilos. No era oportuno que el hombre de Madrid perdiese su calidad de perseguido.

"Oportuno" es una palabra abierta muy útil en política. No se menciona a nadie y todos entienden lo que se quiere decir. Además, en política, los peones cambian de papel asignado en función de las circunstancias. Ascenderlos a la categoría de caballos o de alfiles no es fácil. Y los peones, habitualmente, son piezas puntualmente importantes pero nunca decisivas, y han de estar disponibles para ser sacrificados si la situación así lo exige. De manera que la respuesta volvió a ser negativa y el perdón del rey no llegó.

Fue entonces cuando Helen Gordon convenció a su marido de que había llegado el momento de empezar a moverse en otra dirección.

Otro día gris, pensó Gordon, contemplando el cielo. ¡Bien! Cargó con la bolsa y se dirigió hacia el hostal de Ferenci, en mitad del pueblo. Su intención, hacía unos días, había sido viajar directamente a Reigate, pero después de releer con detalle todo lo que contenía el informe que le había proporcionado Brenton, había tomado la decisión de detenerse en aquel lugar. Además, lo pillaba de camino y la diligencia no perdió más allá de un par de minutos en descargar parte del equipaje, aunque el conductor protestó y se negó a llevarlo hasta la plaza.

Enfiló la calle apoyándose en el bastón. Andar no era su gran virtud y ya hacía días que padecía de los pies. El médico decía que era un principio de gota y que no debía comer tanta carne. A su edad, si le retiraban el placer de la mesa, ¿qué le quedaría? Aquélla era la única carne que comía, porque Helen y él ya no... ¡En fin! Que no probaba más carne que la que su esposa le servía cocinada y en un plato.

El hostal de Ferenci era una casa de dos plantas. La fachada, de madera y piedra, estaba bien conservada y se veía enseguida que el dueño procuraba mantenerla atractiva.

Gordon entró y se dirigió al mostrador, tras el que había una mujer de unos treinta y cinco años, rubia y entrada en carnes.

—Quisiera una habitación —anunció.

—¿Para cuántos días, señor? —preguntó la mujer.

—Sólo una noche. He tenido que detenerme porque la gota me está matando. Mañana seguiré mi camino hacia el sur. Necesitaría agua caliente y sal. ¿Es posible?

—Sí, señor. Ordenaré que os la lleven a la habitación.

La mujer abandonó el mostrador y le rogó que la siguiese. Lo guió a través de un pasillo hasta una habitación situada en la planta baja. Tenía mejores habitaciones, le explicó en tono de disculpa, pero había creído que, si le dolían los pies, quizás no debería subir escaleras. Gordon le agradeció el detalle y depositó la bolsa de viaje sobre la cama, que era ancha y se adivinaba cómoda.

—La cena se sirve a las seis —anunció la mujer.

—¿No está el señor Ferenci? —preguntó Gordon.

—No, señor. Hace ya seis años que el hostal cambió de dueño.

—Lástima. Me habría gustado saludarlo. Viajaba mucho por esta zona, cuando comerciaba con telas, y lo conocía. Ahora me dirijo a Brighton, para visitar a mi hija mayor. ¿Qué ha sido del señor Ferenci?

—Murió hace un par de años. El pobre era ya muy mayor y estaba enfermo.

—¡Pobre hombre! —exclamó Gordon—. ¡Bien! Es ley de vida. ¿Ahora es suyo el hostal?

—De mi marido, Benjamin Harris.

—¿Y no está?

—Ha salido, pero durante la cena lo verá.

—Gracias —dijo Gordon, con una sonrisa.

Poco antes de las seis, Gordon sacó los pies del agua caliente, se puso las medias, se calzó, se vistió la chaqueta y abandonó la habitación para dirigirse al comedor. Brenton era muy eficiente buscando información. Él ya conocía todos los datos que le había proporcionado la patrona del hostal. Y muchos más.

En el comedor había tres mesas ocupadas. Una por un matrimonio y las otras dos por dos hombres. Saludó a los presentes y se sentó en la primera que encontró. Estaba alejada de las demás y junto a la puerta. Eso convenía a sus planes y, si alguien preguntaba por qué se había sentado lejos de ellos, la patrona se ocuparía de explicarles que padecía gota y que no podía caminar demasiado.

Por la puerta de la cocina apareció un hombre de unos cuarenta años, pelirrojo y alto, que se acercó con una simpática sonrisa y lo informó de que disponían de verdura y carne.

—Tomaré la verdura, pero la carne... —dijo Gordon, meneando la cabeza.

—¿Le ha ido bien el agua con sal?

—Ha sido de gran alivio. Gracias.

—Le traeré un buen plato de verdura y un pedazo de pastel.

Gordon afirmó con la cabeza y contempló cómo Harris se dirigía hacia una mesa y se interesaba por los comensales.

Alargó la cena intencionadamente, hasta que los demás huéspedes abandonaron el comedor. Entonces, volvió a aparecer el dueño.

—¿Todo bien, señor?

—Perfecto. Os felicito. No es como en tiempos del señor Ferenci. Y también he de añadir que lo tenéis todo mejor que él —halagó, paseando su mirada por las paredes—. Ferenci ya era mayor y lo tenía un poco descuidado. Aquello no era bueno para el negocio. Ahora, parece que va mucho mejor.

—No podemos quejarnos —respondió Harris, orgulloso.

—¡Cómo ha cambiado! —lo azuzó Gordon.

—Tan pronto nos hicimos cargo del negocio nos dimos cuenta de que necesitaba algunas reformas, pintar de nuevo, arreglar las goteras y poner muebles nuevos.

—Os habréis gastado una fortuna.

—No fue barato, pero valía la pena.

—¡Ya lo creo! —afirmó Gordon con un fuerte asentimiento —. Sin embargo, hay algo que... —fingió que dudaba.

—¿El qué, señor? —preguntó Harris, mientras echaba una mirada a su alrededor en busca de algún error en las paredes, en el suelo o en la decoración.

—¿Tan generoso era el salario de un ex sargento de policía que os ha permitido comprar un hostal y pagar todas las reformas?

Harris puso cara de idiota.

—¿Os dice algo el nombre de Thomas Headking? —lanzó Gordon.

Aquel hombre lo miró asustado. No era capaz de articular una sola palabra.

—Sentaos, tenemos que charlar un rato —sonrió Gordon.

*** ***

Hacía días que le daba vueltas. Londres no le había hecho ningún favor. Al contrario: su vida cada vez se complicaba más. Habría podido seguir en Barcelona y no habría sucedido nada de cuanto había tenido lugar. Gordon lo había engatusado y era evidente que el rey Jorge nunca le concedería su gracia. Flint ya no sabía qué excusa darle. «Vuestro asunto está en buenas manos», le repetía cada vez que se encontraban. Todo seguía su curso, pero ya hacía más de tres años que duraba aquella situación ambigua.

Tras la aventura con Mariana, Tom había descubierto en Angelines una mujer de veras, enamorada. Y él también lo estaba. Los días pasados en casa de su socio le habían abierto los ojos. Jugarse la vida le había servido para reflexionar. ¿Qué había hecho Inglaterra por él? ¡Nada! Excepto utilizarlo. ¿Y, ahora, qué tenía? ¡Nada! Excepto un montón de problemas. Las preguntas que en cierta ocasión le había formulado a Flint, lo torturaban.

Angelines no permitió, bajo ningún concepto, que abandonase la casa hasta no estar complemente restablecido de la herida, a pesar de que el médico decía que no era demasiado seria y que sólo necesitaba unas semanas de reposo. Ella ordenó preparar la habitación que había sido de su hermana Petra. Y durante casi tres semanas cuidó de él como si se tratase de un niño o de un anciano desvalido. Le traía la comida, le leía libros, lo obligaba a descansar y le prohibió que fuese por la empresa, aunque su padre pinchaba a todas horas para que Tom se reincorporase.

—Un poco de ejercicio le vendrá bien —decía.

—Ni hablar —respondía ella—. Los hombres os creéis muy fuertes y después las heridas vuelven a abrirse.

Durante tres semanas tuvieron tiempo para conversar largamente y Tom estuvo tentado, en diversas ocasiones, a contarle muchas cosas, pero siempre acababa mordiéndose la lengua. Había deseado pedirle perdón por su estupidez con la baronesa de Malpica, pero no se había atrevido a sacar el tema; había deseado estrecharla entre sus brazos y decirle que la amaba, pero no pudo; había querido revelarle quién era y de dónde venia, pero... ¿cómo hacerlo sin reconocer que los había engañado? Había mentido a quienes más le habían ayudado, a los que sentían simpatía y afecto por él y a los que le habían abierto las puertas de su casa.

No debía nada a Inglaterra. Lo había hecho para obtener una gracia que nunca llegaba. Siempre había una excusa. ¡Dios mío! Había confiado en Gordon, como en otro tiempo había confiado en que Peter Brooksheeld era un amigo, y la realidad le escupía a la cara su inocencia y su estupidez. Tras su huida y tras haber viajado por media Europa, después de haber luchado con Brunell para hacerse un hueco en Barcelona y después de servir a su país con lealtad, descubría que el mundo estaba podrido.

¿Quién había por encima de Gordon? Sir Blum y lord Grenville. Dos representantes de la nobleza. ¿De qué nobleza? La palabra era ofensiva. A él no le extrañaba que Europa entera fuese una alcantarilla, donde todos luchaban y conspiraban. La nobleza se aprovechaba de los plebeyos tanto como podía. William de Brooksheeld, que lo había acogido en su casa con afecto para que sirviera de compañero de juegos a su hijo, después lo había acusado de asesinato y había ordenado que lo apresaran; sir Blum lo había perseguido por todo el continente; lord Grenville le había prometido una gracia inexistente; la baronesa de Malpica había jugado con él de la peor manera que podía imaginar... Sólo sus iguales lo habían ayudado de veras. María le había salvado la vida con la nota que depositó en su mano, bajo la manzana; don Santiago había intentado ayudarlo y, cuando estaba herido, le había abierto las puertas de su casa de par en par; Angelines había cuidado de él durante todo aquel tiempo... No podía extrañarse de que el pueblo francés acabase por salir a la calle y cortar todas las testas nobles, a pesar de que, después, se devorasen unos a otros. Europa cambiaba y los reyes y los nobles ya no tenían cabida. Las viejas estructuras sociales ya no funcionaban, las estructuras económicas hacían aguas por todos lados. Menos mal que ellos, la empresa, comerciaban con toda Europa, porque España se hundía cada vez más. Cuando el edificio social y el mundo económico no andan, hay que cambiar las estructuras políticas. Francia ya lo hacía y, posiblemente, los cambios se extenderían por toda Europa. Cuando menos, Tom así lo esperaba.

¿Cómo deshacer todos los entuertos? Ya no le quedaban ánimos para continuar con tanta mentira. Hablaría con María y la sacaría del palacio de Godoy para conducirla de nuevo a Barcelona. Hablaría con don Santiago y le explicaría... ¡Santo cielo! ¿Qué le diría? Y cuando hablase con Angelines, ¿no la perdería?

¿Qué había al final del camino? ¡Nada! Absolutamente nada. Había perseguido una quimera y ahora se encontraba que, una vez más, tendría que abandonarlo todo y huir. ¿Adónde? Una pregunta sin respuesta, porque su estado de ánimo era tan bajo que no se sentía capaz de buscar un mapa y señalar un punto. Y tenía que hacerlo, porque el camino que había escogido no llevaba a ninguna parte.

George Washington acababa de crear una nueva nación en un nuevo continente, mientras la vieja Europa seguía empecinada en aferrarse a las arcaicas estructuras y lentamente caía de su pedestal. Inglaterra había perdido buena parte de las colonias, España arrastraba desde hacía mucho tiempo problemas en Méjico, Argentina, Perú, Bolivia... Nuevas mentalidades, con nuevos planteamientos, enarbolaban la bandera de la libertad. Quizás América sería su solución.

*** ***

Gordon se la había imaginado mayor. Por lo menos, la edad consignada en el informe de Brenton daba pie a pensar que tendría que haberse encontrado con una cara más arrugada o una mujer más gruesa. Sin embargo, la señora Anna Headking se mantenía muy bien.

Se quitó el sombrero antes de llamar a la puerta que le habían indicado unas casas más allá.

—Le traigo noticias de su hijo Tom —dijo Gordon.

La señora Headking lo miró sorprendida.

—Mi hijo... —empezó Anna.

—Lo conocí en España —la cortó Gordon, antes de que dijese algo que no convenía y le diera con la puerta en las narices —. Un hombre muy agradable, que me rogó que la visitase —sonrió.

Anna dudó durante unos instantes. Aquel hombre parecía inofensivo.

—Pasad, por favor —invitó.

Gordon entró y se encontró en una estancia bien decorada. La casa parecía grande. Sobre todo para una mujer sola. Anna lo condujo hasta una pequeña sala que daba al jardín que había detrás de la casa, que, aunque no muy grande, se veía bien cuidado.

Durante un buen rato, Gordon le relató la historia que había estado urdiendo. Le dijo que Tom lo había librado de unos desgraciados que querían robarle en Madrid, que había invitado a su hijo a cenar y que habían trabado una buena amistad. Anna lo escuchó con interés y acabó por ofrecerle una taza de té. Gordon, con mucha habilidad, la hizo sentirse distendida.

—Me rogó que os preguntase si os hace falta algo, pero veo que disponéis de una casa muy bonita —dijo en un momento de la conversación.

—Una mujer sola tiene pocas necesidades —respondió Anna.

—Sí. El señor de Brooksheeld fue muy generoso —sonrió.

Anna le devolvió la sonrisa y asintió, pero inmediatamente se puso tensa y lo miró con recelo y temor.

—¿Quién sois vos? —preguntó.

—Ya os lo he dicho. Un amigo de Tom —contestó Gordon.

—No es cierto. ¿Qué queréis de mí? —replicó Anna.

—De acuerdo —sonrió Gordon. De hecho ya no valía la pena seguir fingiendo. La afirmación y la reacción de la señora Headking le habían proporcionado muchas respuestas— Veréis, detrás de este asunto se esconde una historia muy extraña. Por ejemplo: la manera cómo Tom pudo escapar no queda del todo clara.

—¡Salga de mi casa! —exclamó Anna.

—Benjamin Harris, el sargento que dejó huir a Tom, me ha contado que recibió una importante suma de dinero, harto generosa, que vos le pagasteis. ¿De dónde sacasteis tanto dinero?

—¡No os importa! Ayudé a mi hijo. Cualquier madre lo habría hecho.

—Cierto, pero vos no sois su madre. ¿Verdad?

Aquella mujer se quedó muda y sus labios temblaron. Apartó la mirada y se frotó las manos en la falda.

—Lo acogieron cuando tenía dos años, según me han explicado en la pensión donde me hospedo —siguió hablando Gordon—. También me han contado que vos trabajasteis en la mansión Brooksheeld, hasta que Tom mató al hijo de los señores. Decidme, señora Headking, ¿qué sucedió el desgraciado día de la muerte de vuestro marido?

La señora Headking se puso en pie de un salto.

—Fuera de mi casa —ordenó.

Gordon se levantó y se dirigió a la puerta. Sin embargo, antes de salir, se volvió hacia la señora Headking.

—Un tribunal encontrará detalles interesantes en esa historia y, posiblemente, se preguntará de dónde sacasteis el dinero. Más vale que busquéis una respuesta convincente.

—¡Fuera de aquí! —gritó, lo empujó y cerró la puerta.

¡Bien! Con toda la información que le había sacado a la patrona de la pensión podía moverse en distintas direcciones y buscar nuevos datos. Que la señora Headking lo hubiese echado de su casa carecía de importancia.

Una semana más tarde, William Pitt, sin decirle nada a lord Grenville, mandó llamar al comisionado. Evidentemente, Gordon se extrañó. No sabía que el primer ministro había recibido la visita de lord Bristol, que se quejaba de que el funcionario estaba molestando a la gente de Reigate y quería saber quién se lo había ordenado y qué estaba investigando.

En política nada es gratuito y Pitt había recordado a lord Bristol el asunto con los católicos, enfrentamiento en el que el rey no estaba dispuesto a transigir. Las presiones de la iglesia anglicana pesaban demasiado y el primer ministro se hallaba en una situación comprometida con sus votantes. Pero, con el apoyo de lord Bristol, quizás el rey cambiaría de parecer, había sugerido Pitt. Y lord Bristol aceptó reflexionar sobre el caso, siempre y cuando Pitt le echase una mano con Gordon.

Cuando el comisionado entró en el despacho del primer ministro, lo encontró con gesto grave.

—¿No tenéis nada mejor que hacer que viajar a Reigate? —preguntó Pitt.

—No sabía que el gobierno de Su Majestad se interesase por cómo los funcionarios ocupamos nuestro tiempo libre —replicó Gordon.

—No tenemos más remedio que preocuparnos. He recibido quejas de todos los rincones. ¿Qué hacíais en el hostal Ferenci?

—Me detuve a descansar porque mis pies me estaban matando y...

—No me vengáis con historias, porque habéis recorrido un largo camino —lo cortó Pitt. Tomó el documento que tenía frente a él, lo agitó en el aire y dijo—: Habéis molestado a la señora Headking y habéis visitado tres orfanatos y cuatro abogados. Os habéis presentado como funcionario del ministerio de Asuntos Exteriores y habéis estado revisando montañas de documentos de adopción. ¿A eso lo llamáis tiempo libre?

—He de ocuparme de mis hombres.

—Entonces, ¿por qué habláis de tiempo libre? —replicó Pitt—. ¿Quién os lo ha ordenado?

—Es una iniciativa personal.

—¿Podéis explicarme qué habéis descubierto y para qué sirve?

—Tom no es hijo de los señores Headking —dijo Gordon—. Tengo copia de los documentos de adopción.

—¿Y qué? —inquirió Pitt.

—Anna Headking pagó una cantidad importante de dinero para que dejasen escapar a Tom.

—¿Y qué? —repitió Pitt.

—La señora Headking era la esposa de un maestro de escuela. ¿Cómo disponía de semejantes sumas? Alguien le proporcionó el dinero y yo estoy convencido de que fue William de Brooksheeld.

—¿Os habéis vuelto loco? —exclamó Pitt—. ¿Cómo podía el señor de Brooksheeld pagar para que dejasen escapar al hombre que había matado a su hijo?

—William de Brooksheeld se casó con lady Miriam, que era viuda y que ya tenía un hijo: Peter. No han tenido más hijos, porque lady Miriam ha padecido siete abortos. De manera que era su padrastro y no su padre.

—¿Adónde queréis ir a parar?

—Peter tenía tres años más que Tom —explicó Gordon—. Lady Miriam se quedó viuda cuando todavía no había tenido a su hijo y se casó con William de Brooksheeld cuando su hijo tenía un año. Eso significa que Tom nació cuando ya estaban casados. Si el señor de Brooksheeld fuera el padre de Tom, significaría que tuvo una aventura y, lo que todavía es más horrible, que su propio hijo mató al hijo de lady Miriam.

—Ahora sí que estoy seguro de que habéis perdido el juicio —dijo el primer ministro, boquiabierto.

—Pues yo no estoy tan seguro —respondió Gordon—. La verdadera madre murió en Londres, donde tenía alquiladas unas habitaciones. La patrona me ha contado que la muchacha ya llegó embarazada y que era un caballero elegante quien pagaba, hasta que murió. Entonces, el caballero en cuestión le ordenó que llevase el niño al orfanato. Y así lo hizo. Cuando llenaron la ficha, la mujer dio el nombre de la madre y recordó que le había dicho que era natural de Reigate. Curiosa coincidencia. ¿No creéis? —sonrió.

—Coincidencia, como vos decís. ¿La patrona de las habitaciones dijo, en algún momento, que el caballero en cuestión fuese Brooksheeld?

—No —negó Gordon—. Nunca llegó a verle la cara.

—Entonces, de aquí a formular la acusación de que el padre de la criatura era William de Brooksheeld hay un abismo. ¿No creéis?

—Depende —alzó las cejas Gordon e inclinó ligeramente la cabeza—. Aún no os he comunicado que la muchacha en cuestión había trabajado en la mansión de Brooksheeld, de donde se marchó precipitadamente, sin ni siquiera despedirse, pocos meses antes de dar a luz.

—Acabad de una vez. Me estáis poniendo nervioso.

—Sí, señor primer ministro. Hacía tiempo que el matrimonio Headking buscaban un hijo y los médicos dijeron que Anna no podía tener. Entonces decidieron adoptar uno y la señora Headking, que también trabajaba en la mansión Brooksheeld, solicitó consejo al dueño de la casa y éste les envió a su abogado, que se encargó de buscar una criatura y de realizar los trámites correspondientes. Eso lo he sabido por la patrona de la pensión donde estuve hospedado durante mi visita a Reigate, una mujer muy habladora que era gran amiga de Anna Headking, pero que ya no lo es. La patrona de la pensión se enfadó con la señora Headking porque dice que es muy interesada y que siempre va tras el dinero.

—Id al grano, por favor —lo azuzó Pitt, que ya empezaba a perder la paciencia.

—Sí, señor. El destino, que es muy caprichoso, hizo que adoptasen precisamente a aquel niño. El destino o... —se quedó callado un instante—. Estoy seguro porque los documentos y los nombres coinciden. Tampoco deja de ser curioso que William de Brooksheeld escogiese a Tom como compañero de juegos de su hijo. Perdón. Quiero decir hijastro. El tiempo pasó y ahora imaginemos por un momento que la señora Headking, que trabaja en casa de los Brooksheeld, descubre algo que le hace sospechar que el padre de la criatura es el señor de la casa. No sé: una carta, por ejemplo, o algún documento o también podía haber oído una conversación. Entonces, decide que aquella información puede resultar una fuente de ingresos importante y se lo comunica a su marido. Pero no todo sale como ella había planeado y el señor Headking...

—¡Absurdo! —rió Pitt—. El señor Headking se enfada y quiere matar a William de Brooksheeld. ¡Absurdo! —repitió—. ¿Por qué fue espada en mano en busca del señor de Brooksheeld aquella mañana? ¡Absurdo! —exclamó por tercera vez—. ¿Quizás quería obligarlo a pagar?

—Yo también me lo he preguntado —agregó Gordon con lentos movimientos de cabeza—. Parece absurdo, pero no lo es a partir del instante en que podemos imaginar que el señor Headking también ve un buen negocio, pero él quiere estar seguro de que la información es correcta. Investiga y encuentra que el nombre de la verdadera madre no es otro que Lorna Headking, su hermana, que desapareció de Reigate por aquellas mismas fechas. Curioso. ¿No creéis, señor primer ministro?

William Pitt se quedó mudo.

—Ahora ya disponemos de un motivo para que el padre adoptivo de Tom llegase a casa, regresando de Londres, encontrase a su esposa, le explicara toda la historia, tomase la espada y fuese en busca del señor de Brooksheeld, mientras Anna Headking echaba a correr y le rogaba a Tom que lo detuviese. Peter, joven e impulsivo, así que escuchó los gritos y los insultos del señor Headking, también empuñó la espada. Y, finalmente, Tom llega tarde, se encuentra con el drama y se enfrenta con quien está insultando el cadáver de su padre. Porque él no sabe nada de su verdadera madre.

Pitt se quedó pensativo. Una historia complicada, pero posible. Y más todavía si tenía en cuenta que la fortuna de los Brooksheeld venía de lady Miriam y no de William. El tema era demasiado complejo. William de Brooksheeld era amigo personal de lord Bristol, que bien podía pretender echar tierra sobre el asunto.

El primer ministro miró a su subordinado. Gordon, tal como decía lord Grenville, era como un bulldog cuando iba en pos de una información. No se equivocaba a menudo y, menos todavía, explicaría todo lo que había vomitado si no estuviese seguro de ello.

—¿Qué pensáis hacer ahora? —preguntó.

—Llegar hasta al final, señor primer ministro. Discutimos y concertamos un precio justo por los servicios de Tom Headking. Vos, personalmente, lo aprobasteis en este mismo despacho. Su perdón. ¿Lo recordáis?

—William de Brooksheeld ocupa un cargo importante y lady Miriam pertenece a una de las grandes familias de Inglaterra. Nadie, ni siquiera lord Grenville, ha de saber nada de todo este asunto.

—¿Y el perdón de Tom Headking? —insistió Gordon.

—Eso es mejor que me lo dejéis a mí —dijo Pitt y lo miró con dureza—. A cambio, olvidaréis todo este asunto y dejaréis las cosas como están.

—Como deseéis, señor primer ministro—inclinó Gordon la cabeza.

La reunió se había acabado y William Pitt contempló cómo aquel hombre, gordo y pesado, cerraba la puerta al salir de su despacho.

Gordon no debía de andar muy lejos de la verdad. El hecho de que lord Bristol se presentara en su despacho era muy significativo. Seguramente Anna Headking había hablado con William de Brooksheeld, que se había quejado a su amigo. Todo quedaba claro. Lord Bristol quería tapar el asunto porque la nobleza recibiría un duro golpe y, ahora que Francia y España habían negociado un tratado, no convenía a su clase social. Una historia como aquella no sería del agrado del pueblo.

¡Bien! Sonrió. Gordon le había proporcionado un buen material para mejorar sus relaciones con lord Bristol. Le explicaría todo aquel asunto y le pediría que le echase una mano para obtener la gracia del rey para Tom Headking y así detener el ímpetu del comisionado. Naturalmente, el secretario particular del rey también debería echarle un capote en el tema de las prerrogativas de los católicos. Iría a verlo de inmediato.

Al primer ministro le había gustado la forma en que Gordon había planteado el tema, con aquellos toques de suspense, y, dadas las circunstancias, intentó una jugada similar. Sólo que, para darle mayor interés, dejó para el final que el comisionado había llegado a la conclusión de que el padre de Tom era William de Brooksheeld. De tal suerte, fue desgranando todos los pasos que había dado Gordon, explicó quién era la verdadera madre de Tom, dónde había trabajado y, cuando ya estaba a punto de revelar el nombre, hizo una pausa y sonrió. Con ello le ofrecía a lord Bristol la oportunidad de que fuese él quien pronunciase el nombre del padre de la criatura.

—¿Sois consciente, ahora, de las dimensiones del problema? —preguntó lord Bristol.

—Por supuesto No sería un tema apropiado para el pueblo.

—Efectivamente —afirmó lord Bristol—. En otros tiempos, eso no tenía la menor importancia, pero hoy en día, un hijo bastardo de la Corona es un asunto muy delicado.

¿Un hijo bastardo de quién? Estuvo a punto de preguntar William Pitt, pero se tragó las palabras. Su cerebro acababa de recibir un mazazo. Tenía que ganar tiempo y rehacerse, porque la situación había dado un giro inesperado. ¡El rey!

—Tenemos un problema sobre de la mesa. Un pequeño lío. ¿Cómo se os ocurrió aceptar el plan de Gordon y escoger a Tom Headking? —preguntó lord Bristol.

—Es el resultado de un cúmulo de despropósitos —respondió Pitt. Tenía que seguir ganando tiempo— ¿Y vos, sabiendo cuanto sabéis, por qué no intervinisteis? —le devolvió la pregunta.

—Cometí el error de suponer que Tom Headking huiría al sentirse descubierto. Hasta entonces no había hecho otra cosa. Pero, cuando vi que solicitabais su perdón, ya era demasiado tarde. Como vos decís, fue otro cúmulo de despropósitos.

—¿Puedo preguntaros qué papel juega William de Brooksheeld en toda esta historia, además de haber perdido a su hijo?

—Cuando era joven, Su Majestad visitaba la mansión Brooksheeld con regularidad. Al rey le agradaban las fiestas que su amigo William organizaba para él. En una de esas visitas, el rey se encandiló de una muchacha del servicio. Se interesó mucho por ella. Demasiado. No podemos afirmar ni negar nada de forma categórica, porque cuando se descubrió que la muchacha estaba embarazada, William la interrogó sobre quién era el padre y ella respondió que no podía pronunciar su nombre. Por supuesto había otros invitados, pero todo apuntaba al rey. William vino a verme y me puso al corriente del caso. Tuvimos que tomar una decisión.

—¿Entonces, el rey no sabe nada?

—No. Para él, si es que tuvo algo que ver con aquel embarazo, se trató de una aventura. De hecho, no se acuerda de nada de lo que pudo haber sucedido. La esposa de Brooksheeld no se encontraba en la casa, la fiesta duró hasta altas horas, todos habían bebido en exceso y aquello degeneró en una orgía. El problema es que precisamente aquella muchacha, que le hacía gracia al rey, quedó embarazada.

—Todo son suposiciones —sonrió Pitt.

—Suposiciones que han desembocado en una situación incómoda. Si el tema sale a la luz pública, el escándalo será terrible —dijo lord Bristol.

—No veo porqué. No es el primer caso de amantes reales en la historia.

—Cierto, pero los tiempos cambian y ya no vivimos en la época de Enrique VIII —replicó lord Bristol—. Que el rey tenga amantes entre la nobleza no escandaliza a nadie. Todos los monarcas europeos tienen sus aventuras. Muchas de ellas consentidas por la propia reina. No obstante, que el rey participe en cierto tipo de celebraciones y que deje embarazada a una muchacha del pueblo llano que, según dijo, fue forzada, y teniendo en cuenta que Francia ya le ha cortado la cabeza a su monarca, podría resultar peligroso para la estabilidad de Inglaterra. Cuando todo sucedió, el rey era joven y podríamos hallar una disculpa, pero no olvidéis que pocos años después, en 1788, estuvo a punto de ser declarado loco. Si esta historia se destapa, aparecerán viejos fantasmas. Y no conviene a nadie. En aquellos días lo solucionamos con ayuda de William de Brooksheeld. Pero ahora hemos de hallar una salida definitiva.

—¿Una salida para qué? ¿No decís que ya lo solucionasteis entre vos y Brooksheeld?

—Lo estaba, hasta que se produjo el desgraciado incidente que costó la vida al hijo de Brooksheeld. ¿Os dais cuenta de lo que representaría conceder el perdón a Tom Headking?

—De lo que soy consciente es de que, si Headking no obtiene la gracia del rey, Gordon no se detendrá y es capaz de llegar hasta el final —contestó Pitt, que todavía no se había rehecho de todas aquellas sorpresas.

—Ahí radica el problema —murmuró lord Bristol. Entonces alzó la voz—. Si Tom Headking obtiene el perdón, regresará, hará preguntas y... —dejó la frase en el aire.

No había que ser ninguna lumbrera para acabarla.

—Cuanta menos gente sepa de todo este asunto, tanto mejor —siguió lord Bristol—. De manera que ni sir Blum ni lord Grenville deben estar en el secreto. Evidentemente, Gordon abandonará sus pesquisas y William de Brooksheeld debe permanecer al margen. Ya ha hecho bastante y ya lo ha pagado con creces. Cuando Tom mató a su hijo y fue detenido, Anna Headking fue a verle y le dijo que había escuchado una conversación más que interesante. Lo acusó de ser el padre de Tom y lo amenazó con contárselo todo a su esposa. ¿Os imagináis lo que habría significado? William no podía acusar al rey y tomó una decisión rápida y arriesgada, pero acertada. Aquella mujer quería dinero. Vino a verme y decidimos dejar escapar a Tom, sobornamos a un sargento para que hiciese la vista gorda y le concedimos a Anna Headking una generosa pensión. Todo como si hubiera sido el propio William de Brooksheeld. Por fortuna, en todo este delicado asunto había un detalle a favor nuestro. Peter no era hijo de William, como ya sabéis, sino hijastro. No quiero ni imaginar lo que habría podido suceder en caso contrario. Si me echáis una mano para encontrar una solución definitiva, a cambio os apoyaré en el asunto de los católicos.

—No será fácil —dijo Pitt entre dientes—. ¿Os dais cuenta de que todo el futuro de una persona está en nuestras manos y que éste depende de la decisión que tomemos?

—¿Y vos os dais cuenta de que es un futuro del que depende la nación? —replicó lord Bristol—. Las personas no son nada si las comparamos con un reino. Y, menos todavía, si las enfrentamos a un continente. Europa está cambiando y pocos somos conscientes de ello. ¿Cuál es su futuro? ¿Dónde está su pasado? Las instituciones se tambalean y la historia señala nuevos cambios, marca nuevas fronteras, nos propone nuevas conquistas, nos depara nuevas derrotas y nos ofrece nuevos éxitos. Tom Headking no debe conocer la verdad que, por otro lado, nadie sabe a ciencia cierta. Él vive convencido de que es hijo de los Headking y así ha de continuar por el bien de Inglaterra. No hemos de preguntarnos por lo que sería de su vida si supiera según qué cosas. Hemos de vivir en el presente y jugar con las cartas que tenemos en la mano. ¿Cuántas veces, a lo largo de la historia, un cambio en el futuro de una persona lo ha cambiado todo? No es momento de jugar con el destino y más vale dejarlo como está.

—Pensaré en ello —dijo Pitt.

—Yo también pensaré la manera de convencer al rey para que conceda a los católicos las prerrogativas que piden —sonrió lord Bristol.

Ya no había nada más que hablar y el primer ministro se despidió y salió. Entonces, la puerta pequeña que había detrás de la mesa de lord Bristol se abrió y apareció un hombre de unos sesenta años elegantemente vestido.

—¿Crees que nos ayudará? —dijo.

—Sin duda —afirmó lord Bristol—. Tiene un compromiso con sus electores y no puede defraudarlos.

—¿Y cómo sabes que hará lo que hemos planeado?

—Porque carece de alternativa —sonrió lord Bristol. Entonces se acercó al hombre, le puso la mano sobre el hombro y dijo—: No te preocupes más, William. El nombre de Brooksheeld quedará al margen de todo, tu esposa nunca sabrá nada y cuando muera heredarás su fortuna.

—¿No crees que has ido demasiado lejos involucrando el rey en todo este asunto? —preguntó William de Brooksheeld.

—Yo no he acusado a nadie. Sólo he hablado en hipótesis. Todos estábamos un poco... ¡En fin! Su Majestad había bebido mucho y no recuerda nada de aquel día, a pesar de que se hallaba presente en la habitación cuando tú abusaste de aquella criada. Tu único error fue intentar hacer algo por aquel niño y encargar a tu abogado que se ocupase de los trámites de adopción. Te lo advertí entonces y no quisiste escucharme. Cuando te juegas demasiado, los sentimientos deben quedar al margen. Tom es hijo tuyo, pero también es el hijo de una criada. No pertenece a nuestra clase. ¿Comprendes?

—Podíamos haberlo solucionado sin meter por medio al primer ministro —se quejó William.

—¿Todavía no has comprendido que en política hay que saber aprovechar todas las jugadas? —lo miró lord Bristol, sorprendido—. Pitt es muy listo, pero también es muy joven y la experiencia puede ganar la partida a la inteligencia. Si él toma la decisión, estará metido hasta el cuello. ¿Comprendes?

—¿Y si no la toma?

—La tomará —sonrió lord Bristol—. La tomará —repitió.

—¿Y los católicos?

—Tampoco deben ser motivo de preocupación. El arzobispo de Canterbury se ha emperrado, y ya lo conoces. El rey no podrá hacer otra cosa que negarse, a pesar de que yo apoye las tesis de Pitt con todas mis energías. Es una batalla perdida —se encogió de hombros lord Bristol y alzó las cejas, mientras dibujaba una tímida sonrisa.

*** ***

El pesimismo y el optimismo, a pesar de ser antagónicos, siempre andan de la mano. Pasar de uno a otro a veces depende de unas pocas palabras escritas en un documento firmado por un rey.

Tom no podía creérselo. Albert Flint acababa de entregarle su perdón. Durante un buen rato siguió contemplando aquel pedazo de papel que llevaba el sello de Su Majestad Jorge III, hasta que decidió que ya había llegado la hora de tomar decisiones.

Al día siguiente salió temprano pero no se dirigió a la empresa, sino que fue directamente a casa de su socio. A aquella hora aún no habría salido.

Don Santiago se sorprendió al verlo, pero la gran sorpresa se produjo cuando Tom le comunicó que tenía intención de pedir la mano de su hija Angelines. Había esperado este momento y, ahora, lo único que se le ocurrió fue abandonar la sala, subir las escaleras, dirigirse al dormitorio de su hija y llamar a la puerta.

La muchacha aún dormía y se despertó sobresaltada. Se levantó, tomó la bata y dio su permiso para que entrase. Don Santiago abrió la puerta.

—¿Quieres casarte con Tom? —preguntó, sin ni siquiera darle los buenos días.

—¿No es él quién debería pedírmelo?

—Acaba de hacerlo. ¿Quieres casarte o no? —exclamó, desesperado.

—¿Ha venido?

—¿Cómo quieres que pida tu mano sin estar aquí? —exclamó don Santiago.

A veces las mujeres te entienden con una mirada y en otras ocasiones necesitan confirmación de todo. Con pelos y señales.

Angelines apartó a su padre y salió corriendo. Enfiló hacia las escaleras, pero se detuvo y reflexionó, dio media vuelta, apartó de nuevo a su padre, se contempló en el espejo, nerviosa, intentó arreglarse el cabello, arrojó el cepillo, se abotonó la bata, volvió a mirarse en el espejo, se dirigió a la puerta, volvió sobre sus pasos, abrió el armario...

—Entretenedlo. ¡Que no se vaya! —exclamó. Después sacó la cabeza al pasillo—. Matilde, ¿dónde está el vestido azul?

El empresario puso los ojos en blanco y salió. ¡Pobre Tom!, pensó, meneando la cabeza. No sabe lo que le espera.

¡MALDITO CATALÁN!

Quien no da crédito a los consejos de los médicos acaba pagando una buena factura. El día anterior había comido fuera de casa, se había saltado el régimen y ahora los pies le estaban matando. Se había levantado de mal humor, pero no había hecho mención alguna del dolor que le producía la gota. De sobras sabía que si hubiera emitido una sola queja habría tenido que aguantar un sinfín de reproches de su esposa. Desde que ocupaban la casa de campo, Helen había tomado muchas decisiones. Verdura y más verdura. Parecía como si el hecho de haber abandonado su cargo en el ministerio también le hubiera restado autoridad en su propia casa. Eso de levantarse y no tener que salir, de permanecer todo el día mano sobre mano, sin nada que hacer excepto vivir, había calentado los ánimos de la señora Gordon. Y por desgracia, Patty, la cocinera de toda la vida, no había podido seguirlos. Helen había encontrado otra, pero no era lo mismo. No sabía cocinar como Dios manda. Todo lo hacía insípido. Quizás eran órdenes de la señora.

—El médico dice que no puedes comer —lo reñía Helen cuando descubría que su marido miraba con demasiado interés el plato de carne guisada que ella despachaba—. El médico dice que no puedes salir; el médico dice que...

¡Diantres! A la en otros tiempos sumisa Helen ya no le bastaba con el gobierno de la casa, sino que había tomado el mando de su vida.

¡Ay!, exclamó, y empezó a examinar la correspondencia. Aquello le recordaba viejos tiempos, cuando Ferguson dejaba sobre su mesa los documentos y los mensajes de sus hombres en Europa.

«¡Carta de Tom!» Sonrió contento. La apartó del resto, la abrió y la leyó.

—¡Helen! —gritó, y su esposa apareció—. Tom acaba de ser padre por segunda vez —rió—. Una niña —siguió riendo—. Dice que vendrá pronto y que nos visitará.

—¿También vendrá Angelines? —se interesó Helen.

—No lo menciona. Supongo que será un viaje de negocios. Además, ¿cómo quieres que venga, si acaba de parir?

—¡Claro! —exclamó Helen.

Gordon se quedó con la carta en las manos y contempló el paisaje a través de la ventana. El verano estaba resultando agradable y septiembre se presentaba bien. ¡Ay, Tom! Consiguió su perdón. ¡Ya lo creo! Lo único que le supo mal era que, cuando por fin desembarcó en Inglaterra, no pudo hablar con su madre. La pobre mujer acababa de fallecer. Una extraña infección, decían los médicos. Y él tampoco acababa de entenderlo, porque habría jurado que aquella mujer tenía cuerda para rato. Un caso verdaderamente sorprendente. Pocos días antes la habían vista andar por la calle, como siempre y, de improviso, unas fiebres altas. William de Brooksheeld, incluso, le envió un médico de Londres. Una eminencia, decían. Quizás sí, pero no fue capaz de hacer nada por ella y la señora Headking empeoró y murió en un abrir y cerrar de ojos. ¡Pobre mujer! Eso es lo que exclamó William Pitt cuando le comunicó la noticia. Y no puso cara de extrañeza. ¡Bien! Tampoco tenía relación con la madre de Tom.

Ahora también recordaba la última conversación con William Pitt, cuando le entregó el perdón de Tom Headking. Fue el mismo día que le comunicó la desgracia de la señora Headking.

—William de Brooksheeld no es el padre de Tom —le había dicho, y le mostró un documento oficial que le había proporcionado lord Bristol, según el cual, por motivos diplomáticos, el marido de lady Miriam estuvo fuera de Inglaterra durante los tres meses anteriores al embarazo de Lorna Headking—. El destino, como vos decís, es caprichoso y un cúmulo de circunstancias ha desembocado en una tragedia. No sabemos ni podemos saber quién era el verdadero padre de Tom. Posiblemente fue un miembro del servicio de Brooksheeld. Sin embargo, lo mejor que podemos hacer, dadas las circunstancias, es no remover más este asunto.

Tal vez el destino quiso corregir un error y se llevó a la señora Headking. De esta manera, Tom seguiría creyendo que era su madre y, por lo que respecta al motivo que indujo a su padre a presentarse en la mansión Brooksheeld aquel maldito día continuaría siendo un misterio para todos. Como decía el primer ministro, más valía dejar las aguas tranquilas. ¡Bueno! El ex primer ministro, porque había dimitido unos meses antes por causa de su desavenencia con el rey en el tema de la emancipación de los católicos, que duró largo tiempo y que, finalmente, el rey decidió en contra de Pitt. Lo que era sorprendente es que lord Bristol apoyase con tanta bravura las posturas del primer ministro, en contra del rey. Pero el arzobispo de Canterbury se cuadró y no hubo nada que hacer.

Aquella dimisión fue una buena excusa para que también Gordon presentase su renuncia y se retirase. El nuevo primer ministro, Addington, no era santo de su devoción, a pesar de que lord Grenville continuaba en el cargo de ministro de Asuntos Exteriores. Gordon ya había soportado demasiado tiempo las estupideces de sir Blum quien, además, había echado a Ferguson con una falta absoluta de sensibilidad, calificándolo de inútil. No es que Gordon considerase que Ferguson fuera demasiado útil ni que lo defendiera, pero el pobre había perdido el apoyo de lady Mody, su protectora y, en consecuencia, todas las gracias ante sir Blum. El jefe de los servicios de información no era de fiar y mudaba de opinión en función del humor y de las circunstancias. Ya lo había aguantado suficiente.

Todavía estaba inmerso en estos recuerdos, cuando escuchó unos golpes en la puerta.

—Ya voy yo. Tú no te muevas —dijo Helen, que acababa de salir de la cocina y se disponía a abrir. Seguramente ya había probado la comida para asegurarse de que no llevaba sal.

Poco rato después, regresó acompañada de lord Grenville. Gordon, al ver aparecer al ministro, casi se levantó de un salto.

—Señor ministro —saludó.

—Pasaba por aquí y he aprovechado para haceros una visita.

—Es un honor. ¿Queréis sentaros? —le indicó una de las butacas—. Mi casa es muy humilde, pero puedo ofreceros una taza de té.

—La aceptaré encantado —sonrió lord Grenville.

—Helen...

—Ahora mismo —dijo su esposa y entró en la cocina para dar las órdenes oportunas.

Durante un rato estuvieron hablando de diversos temas y recordando viejos tiempos. Lord Grenville le puso al corriente de los cambios que se habían producido desde su marcha y tomaron una taza de té.

—Acabo de recibir carta de Tom Headking —informó Gordon—. Ha sido padre por segunda vez. Una niña.

—Es un buen elemento. Y un buen inglés. Su hijo nació aquí, mientras que ha dejado a la hija para los españoles —rió lord Grenville, divertido.

—Por fortuna lo sacamos a tiempo.

—Sí —afirmó lord Grenville—. Aunque, por culpa de su tozudez, por poco lo perdemos. La policía española empezaba a sospechar de él. Sólo faltó que aquel idiota de la embajada hiciese correr la voz, muy ufano, de que Headking había obtenido el perdón del rey Jorge. ¡Cómo se puso Flint!

Ambos recordaban que España e Inglaterra entraron en conflicto pocos meses después de que el rey firmase el perdón de Tom Headking y los ingleses residentes en todo el territorio español tuvieron serios problemas. A Tom le ordenaron que regresara a Londres de inmediato, pero él respondió que antes de irse tenía que poner a salvo a su contacto en el palacio de Godoy.

—Nunca desveló el nombre de su espía —dijo Gordon—. Siempre que le preguntaba contestaba que era mejor así. Y de ahí no lo sacabas. ¿Aún trabaja para nosotros? Quiero decir... para el ministerio.

—No, ya no trabaja para el ministerio, pero no os reprimáis. Ya podéis decir para nosotros —dijo lord Grenville—. Me gusta oíros hablar como si no os hubierais retirado. He de confesaros que os echo en falta.

Gordon depositó la taza sobre la mesita y se acercó a lord Grenville en actitud de hacer una confidencia.

—Hay muchos días en que yo también echo en falta la actividad.

—¿Os dice algo el nombre de Alí Bey? —preguntó lord Grenville, como si se le hubiera ocurrido en aquel preciso instante.

—¿Alí Bey? —murmuró Gordon, buscando en su memoria. De pronto, lo recordó—. Fue algo así como gobernador de Egipto. Atacó a Siria y organizó un buen lío. Pero, de eso ya hace unos cuantos años. ¿Quizás estamos hablando de 1773?

—Así es. Poseéis una buena memoria —alabó lord Grenville—. Pero yo no me estoy refiriendo a ese Alí Bey. ¿Recordáis a Domingo Badía?

—El hombre del globo —exclamó Gordon—. ¡Cómo podría olvidarlo! ¡Maldito catalán!, gritaba sir Blum —estalló en una carcajada—. Y volvió a repetirlo cuando nos enteramos de que había presentado al rey Carlos IV un plan para invadir Portugal.

—¡Maldito catalán!, no cesaba de repetir sir Blum —recordó lord Grenville, también entre carcajadas. De pronto, se puso serio—. ¿Qué me responderíais si os dijese que Domingo Badía se encuentra en Londres?

—¿Qué? —Gordon dio un salto en la butaca— ¿Qué ha venido a hacer?

—Prepara un viaje a Marruecos.

—¿Qué tiene que ver con Alí Bey? —se interesó Gordon. Evidentemente, lord Grenville no había pronunciado aquel nombre por casualidad.

—Eso es lo que me gustaría saber —murmuró el ministro —. ¡Ay! Sí, os echo en falta. Cada vez que hablo de este tema con sir Blum, responde: ¡maldito catalán! Y de ahí no lo saco.

—Pues, retiradlo del caso. Ahora ya no tiene a lord Bristol, que lo protegía.

—Es verdad, pero necesitaría alguien con suficiente talla como para encargarse del asunto. Y no doy con nadie adecuado —se quejó lord Grenville—. Y eso que incluso he pensado que tendría que ser alguien que no dependiese de sir Blum, sino directamente de mí —se quedó mirándolo, y añadió—: Con entera libertad de movimiento y recursos ilimitados. Evidentemente, el sueldo estaría en consonancia con el cargo.

—¡Oh! —exclamó Gordon—. ¡Lástima que ya me haya retirado!

—Precisamente mañana tengo una agenda bastante vacía. Si venís a Londres, podríamos comer juntos. ¿Qué os parece, Alfred?

¡Alfred! Era la primera vez que Lord Grenville lo llamaba por su nombre de pila. ¡Oh!, pensó Gordon.

—Tendría que convencer a mi esposa y, ahora, manda más que nunca. Los médicos le han dado demasiados argumentos.

En el momento de despedirse, el ministro tomó la mano de la señora Gordon y la besó. Helen se quedó boquiabierta.

—Se me olvidaba —dijo lord Grenville, dirigiéndose a Gordon—. El rey ha decidido concederos el título de sir por los servicios prestados. De hecho, el documento ya casi ha sido firmado. De manera que, aunque sea extraoficialmente, ya puedo llamaros sir Alfred Gordon. —Entonces miró a Helen a los ojos, sólo un instante, y después volvió a mirar a Gordon—. ¿Nos veremos mañana, sir Alfred?

Gordon se dio cuenta de que el dolor de pies había desaparecido como por arte de magia y que, de pronto, andaba sobre nubes. ¡Sir Alfred Gordon! Hinchó el pecho, tanto como pudo, y se volvió hacia Helen, que ponía unos ojos como platos y que permanecía con las manos entrelazadas y la cara roja como un tomate.

—Mañana me voy a Londres. Comeré con lord Grenville —anunció con énfasis.

—¡Bien! Muy bien —dijo Helen, e intentó sonreír.

Seguro que no se había enterado de lo que acababa de decir y había respondido mecánicamente, pensó Gordon. Eso de que todo un primer ministro y un lord te bese la mano, para una mujer como ella, era un sueño. Y, si a ello se le sumaba que sería la esposa de todo un sir, entonces el mundo era un paraíso.

Lord Grenville se fue y Gordon, tieso como un palo, se dirigió de nuevo a la butaca, se sentó y ordenó:

—La cena, a las seis. Quiero acostarme temprano. Mañana me espera un día muy atareado.

—Sí, sir Alfred —dijo Helen con un hilo de voz, y se dirigió a la cocina.

Domingo Badía... Sonrió Gordon. Un buen elemento. Sir Blum, tras el asunto del globo de Granada, había sentenciado que ya estaba acabado, pero más tarde había aparecido con un plan para invadir Portugal. Y sir Blum, en esta ocasión, volvió a calificar aquel asunto de estupidez y dijo que aquel hombre era un soñador. Sin embargo, había que tener en cuenta que también había dicho que Napoleón era simplemente un oficial con rachas de fortuna. ¡Pobre sir Blum! No acertaba ni una.

¿Cómo lo trataría ahora que ambos serían iguales? Él le diría: ¿sí, sir Blum? Y su antiguo superior debería responder: ¿me decíais, sir Gordon? O, tal vez, dejarían a un lado los tratamientos y, sencillamente, se llamarían por el nombre: Alfred y Arthur, pensó Gordon e hizo un gesto ceremonioso con la mano como si ya estuvieran conversando.

Domingo Badía y... Alí Bey. ¿Qué relación tenían y qué habría pensado ahora el hombre del globo? Un viaje a Marruecos, había dicho lord Grenville.

No le extrañaba que sir Blum hubiese exclamado: ¡Maldito catalán! Y estalló en carcajadas, porque él, tras ser nombrado sir, debería decir: ¡Bendito catalán!

OTRAS OBRAS DE ALBERT SALVADÓ

Si habéis disfrutado con la lectura, quizás os interese conocer otras obras de Albert Salvadó, todas disponibles en formato de libro electrónico.

¡MALDITO MUSULMÁN!
(Segunda parte de la trilogía LA SOMBRA DE ALÍ BEY)

Con un deje de humor que planea a lo largo de toda la novela, y sin dejar de lado la crítica mordaz al mundo de la política, en donde todo vale, Albert Salvadó nos presenta ¡MALDITO MUSULMÁN!, la segunda parte de su celebrada trilogía LA SOMBRA DE ALÍ BEY, y nos guía a través de una de las aventuras más increíbles de la historia real. «Merecería ser llevada al cine», han dicho muchos de sus lectores.

Domingo Badía viaja a Londres y Alfred Gordon desvela el misterio de Alí Bey. Sin embargo, ahora, aparece un nuevo enigma: ¿Qué pretende el gobierno de Godoy? Porque después de la aventura del globo, todo es posible.

Badía, bajo el disfraz de Alí Bey atraviesa el estrecho de Gibraltar y desembarca en Tánger. A partir de aquí, sin ningún conocimiento de la lengua ni de las costumbres de aquellas tierras, se inicia su gran aventura en Marruecos, país que recorrerá de punta a punta, conociendo al sultán Sulaiman y a buena parte de los hombres que ocupan el poder. Entre ellos encuentra Abd-as-Salam, el hermano ciego del sultán, que le conducirá por los caminos del placer y le descubrirá un mundo oculto.

Mientras, en Madrid, Godoy espera con ansia las noticias del viajero, que es como llama a Domingo Bahía, y sueña con la conquista del norte de África para obtener los cereales que Sulaiman le niega. Y todo ello bajo la atenta mirada de los servicios secretos ingleses.

¿Quién fue en realidad Alí Bey? ¿Un conspirador y un espía? ¿O podría haber sido un científico y un explorador? ¿O incluso un aventurero, un vividor y un polígamo? ¿O... tal vez otro misterio por resolver?

¡MALDITO CRISTIANO!
(Tercera parte de la trilogía LA SOMBRA DE ALÍ BEY)

Con ¡MALDITO CRISTIANO!, Albert Salvadó nos conduce hasta el desenlace de su trilogía LA SOMBRA DE ALÍ BEY, un personaje que marcó toda una época y que, aún hoy en día, sigue despertando un interés inusitado. Una obra que conforme se avanza en su lectura, cada vez apasiona más, hasta que las sorpresas se suceden y explican quién fue de veras Alí Bey.

Europa cambia, Napoleón ha sido derrotado y enviado al exilio.

En este contexto, Domingo Badía (Alí Bey) tiene que huir a Francia y se establece en París con su familia. Allí publica el relato de sus viajes por el Norte de África y los dedica al rey Luís XVIII.

Sin embargo, la vida no es fácil en un país que no es el tuyo y Badía descubre que tiene que integrarse, si quiere alcanzar sus objetivos, pero no cuenta con que el Duque de Richelieu no es Godoy y no cree en sus proyectos.

A partir de aquí Domingo Badía tendrá que ser capaz de encontrar el camino que le permita convencer al gobierno francés para que le financie una nueva expedición, única manera de enderezar su maltrecha economía familiar. Todo ello bajo la atenta mirada de los servicios secretos británicos que observan sus movimientos con creciente preocupación. Máxime cuando Domingo Badía consigue su objetivo y parte para una nueva expedición.

Pero la gran aventura de Domingo Badía, Alí Bey o Othman Bey, el hombre de las mil caras, aún no ha llegado. Él es capaz de crear una trama portentosa con la que se burlará de ingleses y franceses. Es ahí donde verdaderamente nace la leyenda del más grande de todos los viajeros del siglo XIX.

LA GRAN CONCUBINA DE EGIPTO

Obra ganadora del IX Premio Néstor Luján de Novela Histórica (2005)

En el año 1100 antes de Jesucristo gobierna el faraón Ramsés XI, los caminos no son seguros, los comerciantes están asustados, las naciones vecinas no respetan a Egipto, la nación se rompe... Herihor, general del ejército del faraón, viaja a Tebas para salvar el imperio de las garras de Penehasy, usurpador nubio. Tras la gran victoria, recibe una revelación de los dioses y ocupa el puesto de Sumo Sacerdote. Él será el primer miembro de una nueva dinastía: la dinastía de los sacerdotes. Y pacta con el otro gran general, Smendes, que Ramsés XI continuará siendo el faraón, pero ahora habrá dos reyes: Smendes reinará en el norte y Herihor reinará en el sur. Ellos pactan la división de poderes y toman todas las decisiones.

Sin embargo, la muerte de Herihor se convierte en un misterio que amenaza con desencadenar la peor de todas las crisis. Su cuerpo ha desaparecido y si no pueden enterrarlo su sucesor no puede acceder al trono, con lo que Ramsés puede reclamar de nuevo el reino de Tebas.

¿Dónde está el cuerpo de Herihor?, se preguntan todos y el misterio crece,mientras su esposa Nodyme, la Gran Concubina de Egipto, mueve los hilos con una sutileza digna del mejor de los gobernantes y decide por encima de todos.

EL MAESTRO DE KEOPS

Obra ganadora del PREMIO NÉSTOR LUJÁN DE NOVELA HISTÓRICA.

Esta es la historia de la época del faraón Snefrú y la reina Heteferes, padres de Keops, el constructor de la mayor y más impresionante de las pirámides. También es la historia de Sedum, un esclavo que llegó a ser el maestro de Keops, del sumo sacerdote Ramosi y del nacimiento de la primera pirámide.

Sebekhotep, el gran sabio de aquellos tiempos, decía: «Todo está escrito en las estrellas. La mayor parte de nosotros vivimos sin ser conscientes de ello; algunos son capaces de leer en ellas y ver el destino; pero muy pocos aprenden a escribir sobre ellas y pueden cambiar el destino».

Ramosi y Sedum aprendieron a escribir e intentaron cambiar sus destinos, pero su suerte fue muy desigual. He aquí el relato del enfrentamiento de dos inteligencias: una luchaba por el poder y la otra por la libertad.

EL RELATO DE GÜNTER PSARRIS

Los que la han leído dicen que se trata de un relato duro, pero que es, a la vez, el más tierno y humano que ha escrito Albert Salvadó.

En una cabaña en mitad de los Pirineos, tres hombres encuentran el cadáver de un pastor, la fotografía de un oficial nazi y un manuscrito.

Ésta es la apasionante historia de Günter Psarris, a quien el mundo convirtió en asesino, aunque él nunca dejó de ser una gran persona. Vivió durante la Segunda Guerra mundial en la Alemania de la locura, fue encerrado en el campo de Mauthausen y sobrevivió. Sin embargo, el precio que pagó por ello fue muy elevado.

Ésta es también la historia de alguien que amó con locura, que fue deportado y que el mundo, lejos de su casa, le trató con dureza y le robó cuanto tenía. Incluso el amor. Y ésta es una historia llena de esperanza y de lecciones, de un episodio reciente de la humanidad que ha quedado marcado por la violencia, la brutalidad, el salvajismo y el desprecio absoluto por todo aquello que es sagrado: la vida humana. Sin embargo, Günter Psarris sabe que la vida continua y que el amor es eterno. Y eso nadie se lo puede robar.

UN VOTO POR LA ESPERANZA

Según las profecías de San Malaquías, Francisco, el Papa actual, es el último. ¿Qué sucederá luego?

«Un voto por la esperanza» comienza justo cuando acaba de fallecer el Pontífice, el cónclave se ha reunido para escoger al sucesor y, de pronto, en la plaza de San Pedro se alzan voces que gritan «¡Fumata blanca, fumata blanca!». Entre la multitud, Mario Darino, periodista que cree dominar los entresijos del Vaticano, se queda petrificado al conocer el nombre que ha escogido el nuevo Papa: Pedro II. En veinte siglos, ningún otro Papa se había atrevido a adoptarlo.

A partir de este instante Mario Darino vive una experiencia increíble. Su vida da un giro de ciento ochenta grados y se ve inmerso en una peligrosa trama de intereses políticos y económicos a la que no son ajenas las intrigas que se alimentan tras los mismos muros del Vaticano, donde a menudo el afán de poder se esconde bajo un manto de religiosidad.

La historia está plagada de ejemplos, y todo se precipitará cuando empiece a tomar cuerpo la profecía de san Malaquías, que vaticina que el último Papa tendrá por divisa Petrus Romanus, llevará por nombre Pedro II y durante su pontificado tendrá lugar el juicio final.